Für meinen Sohn Seth.

Du strahlst heller als alle anderen!
Ich danke Gott jeden Tag, dass er dich geheilt hat.

ÜBER DIE AUTORIN

CP Smith verfasst humorvolle, romantische und spannungsgeladene Geschichten über Alpha-Männer, die die große Liebe finden und dabei ein paar Leichen ausgraben. Sie ist fest davon überzeugt, dass Bücher eine Fluchtmöglichkeit vor der Realität bieten sollten. Daher schreibt sie, was sie selbst gerne liest, und überlässt andere Storys jenen Autoren mit mehr Vorstellungskraft. Sie lebt mit ihrem Mann und ihren fünf Kindern in Oklahoma.

CP SMITH

UNTIL US

JOE

ROMANCE EDITION

UNTIL US: JOE

CP SMITH

Aus dem Amerikanischen von Jennifer Kager

1. Auflage

Covergestaltung: © Sturmmöwen
Titelabbildung: © Tverdohlib.com (depositphotos)
Redaktion & Korrektorat: Romance Edition

Printed in Germany

ISBN-Taschenbuch: 978-3-903413-61-0
ISBN-EPUB: 978-3-903413-62-7

www.romance-edition.com

Prolog

Joe, 4. Juli, Tybee Island, Georgia

Feuerwerkskörper zischten durch die Luft, explodierten am Himmel und regneten in Kaskaden auf die Schaulustigen herab. Joe Rouger beobachtete gelassen, wie die Küstenstadt Tybee Island anlässlich der Unabhängigkeitsfeier in die Landesfarben getaucht wurde; eine Show, die jedes Jahr eine Vielzahl von Einheimischen und Touristen anlockt. Seit fast einer Woche war er nun schon mit seinem Bruder Mike und dessen Familie hier. Sie hatten darauf bestanden, dass er mit ihnen in den Urlaub fuhr. Ihrer Meinung nach arbeitete er zu hart und bräuchte diese Auszeit.

Zuerst hatte er abgelehnt, weil er nicht wollte, dass Mikes Stiefsohn Brandon eine ganze Woche lang allein für den Club verantwortlich war. Aber November, Mikes älteste Tochter, hatte ihn schließlich überredet. Jetzt lag er mit Sand bedeckt an einem mondbeschienenen Strand und sah zu, wie sein Bruder mit Kat, seiner Frau, und ihrem Sohn Hayden spielte, der begeistert auf das Feuerwerk zeigte.

Joe drehte seinen Kopf und betrachtete seine Nichte und ihre Familie. November lief einer ihrer Töchter hinterher, während ihr Mann Asher eine weitere auf der Hüfte balancierte. Bei dem Anblick musste Joe schmunzeln. Asher war ein richtiger Mann, aber er hatte es irgendwie geschafft, nur Mädchen zu zeugen. Er war von Östrogen umgeben, und auch wenn er sich über den ständigen Lärm der Mädchen beschwerte, wusste Joe, dass Asher um nichts in der Welt etwas daran ändern würde. Der Mann war von allen Frauen in seinem Leben um den Finger gewickelt worden. Joe hoffte inständig, dass er lange genug lebte, um Ashers Reaktion zu sehen, wenn der erste Junge Interesse an einer seiner

Töchter zeigte. James, Ashers Vater, würde davon genauso wenig begeistert sein. Bei dem Gedanken an ihre Gesichter grinste Joe in sich hinein. Beide Mayson-Männer waren tickende Zeitbomben, wenn es um den Schutz ihrer Frauen ging.

Sein Blick fiel auf eine Frau, die mit drei weiteren am Strand entlangging. Vermutlich waren sie alle Freundinnen. Obwohl sie knappe Bikinis trugen, die kaum ihre üppigen Brüste bedeckten, wandte er seine Aufmerksamkeit von ihnen ab. Vor zehn Jahren hätte er ihnen vielleicht mehr seiner Zeit geschenkt. Aber die wachsende Leere in seinem Innern hatte seine Lust auf zwanglose Vergnügungen völlig verdrängt.

Nachdem er achtzehn lange Jahre unglücklich verheiratet war – mit einer Frau, die er nie geliebt hatte –, hatte er der holden Weiblichkeit abgeschworen. Heather hatte er nur einen Ring an den Finger gesteckt, weil sie mit seinen Zwillingssöhnen schwanger war. Diese Entscheidung hatte er nie bereut. Seine Jungs bedeuteten ihm alles, und er würde sein Leben für sie geben. Ihretwegen war er bei Heather geblieben, aber die Ehe mit ihr ließ ihn verbittert zurück. Egal, wie sehr er versucht hatte, den Frieden in seinem Haus zu wahren, es war ihm nie gelungen. Als seine Söhne aufs College gingen, riss er sich die Krawatte vom Hals, die sie ihm aufgedrängt hatte, und gab es auf, seinen Jungs zuliebe so zu tun, als wäre er jemand, der er nicht war. Er zog seine Lederkluft an, schwang sich auf seine Harley, schüttelte den jahrelangen Groll ab, den eine lieblose Ehe mit sich bringt, und gestaltete den nächsten Abschnitt seines Lebens nach seinen eigenen Vorstellungen. Aber jetzt, nachdem er fast zehn Jahre lang die wilde Seite genossen hatte, war er so unruhig wie nie zuvor. Die Zeit rann wie Sand durch seine Finger und hinterließ einen unbändigen Drang nach etwas von Dauer.

Etwas Tiefergehendes.

Eine Verbindung, die ihn vervollständigen würde.

Eine Frau, die nur zu ihm gehörte.

Eine verdammte Seelenverwandte, für die er leben und sterben wollte.

Während er sein Bier trank und ein weiterer Schwall

Pyrotechnik den Ozean in fantastisches Licht tauchte, fragte sich Joe nicht zum ersten Mal, ob es an der Zeit war, sich aus dem *Teasers* zurückzuziehen. Er benutzte den Stripclub, den er zusammen mit seinem Bruder betrieb, schon zu lange als Ausrede, um sein viel zu stilles Haus zu meiden. Vielleicht hätte sein einsames Dasein ein Ende, wenn er sich aus dem Club zurückzog und aktiv nach seinem Glück suchte?

Er hatte dem Geschäft mehr als dreißig Jahre gewidmet und war stolz auf das, was sie aufgebaut hatten: einen sicheren Ort für Frauen, an dem sie strippen konnten, ohne fürchten zu müssen, dass sie zur Beute wurden. In ihren frühen Zwanzigern hatten er und Mike mit der Idee für ein eigenes Geschäft gespielt. Ihr Plan war es, einen Nachtclub in Murfreesboro, Tennessee, zu eröffnen, damit die Einheimischen zum Tanzen nicht nach Nashville fahren mussten. Aber ein zufälliges Treffen mit einer ehemaligen Freundin aus der Highschool hatte alles verändert.

Scarlet Avery war ein typisches Teenager-Mädchen mit leuchtenden Augen und großen Plänen. Sie hatte eine Klasse unter Joe besucht, war aber älter als Mike. Ihr Traum war es, Hollywood im Sturm zu erobern. Doch das Leben kam ihr in die Quere. Eines Abends begegneten sie ihr im Supermarkt, als sie Bier und Chips für einen Football- und Pokerabend holten. Scarlet war vom Leben sichtlich gezeichnet. Das Leuchten war aus ihren Augen verschwunden, stattdessen lagen dunkle Schatten unter ihnen. Auf der Hüfte balancierte sie ein Kleinkind und neben ihr stand ein Polizist, der sie wegen Ladendiebstahls verhaften wollte. Zum Glück kannte der Ladenbesitzer Scarlet. Er nahm das Angebot an, dass Mike und Joe für das Brot und die Erdnussbutter zahlten, und verzichtete auf eine Anzeige.

Aus Sorge um ihre alte Freundin begleiteten Mike und Joe Mutter und Tochter zurück in ihre Einzimmerwohnung, wo Scarlet mit einer gehörigen Portion Scham ihre ganze unrühmliche Geschichte erzählte. Sie strippte, um sich über Wasser zu halten und die Rechnungen für den Strom bezahlen zu können, während sie versuchte, ihre Tochter aufzuziehen und ihren College-Abschluss zu machen. Der Club in Nashville, wo sie arbeitete, war eine Spelunke, in der die Mädchen die Hälfte ihres Trinkgeldes abtreten mussten, damit sie sich überhaupt ausziehen durften. Als wäre das nicht schlimm genug, hatten sie sich auch noch gegen Männer zu wehren, deren Hände mehr Gewalt als Trinkgeld verteilten.

Scarlets Geschichte hatte Mike und Joe zutiefst erschüttert. Am nächsten Tag warfen sie ihre ursprünglichen Pläne für einen Nachtclub über den Haufen.

Mit der Unterstützung ihrer Mutter eröffneten sie das *Teasers*, einen gehobenen Stripclub, in dem die Frauen sicher waren, die Drinks nicht verwässert wurden und die Tänzerinnen ihr Trinkgeld behielten und zudem in eine Altersvorsorge einzahlten, die Mike und Joe mitfinanzierten. Scarlet war ihre erste Angestellte. Statt zu strippen, arbeitete sie als Hostess im vorderen Bereich des Lokals und erhielt ein großzügiges Gehalt, von dem sie und ihre Tochter gut leben konnten. Nachdem Scarlet einen Abschluss in Betriebswirtschaft gemacht hatte, verließ sie den Club. Bis heute schickte sie ihnen Weihnachtskarten mit Fotos ihrer nun erwachsenen Tochter. Es genügte, diese Karte jedes Jahr zu öffnen, um zu wissen, dass sie damals die richtige Entscheidung getroffen hatten. Eine Entscheidung, die einige überraschte, aber so vielen den Schritt in ein besseres Leben ermöglicht hatte. Denn jeder hat das Recht, an einem Ort zu arbeiten, an dem er sich sicher fühlt, auch wenn die heimischen Kirchenvertreter darüber die Stirn runzeln.

Das *Teasers* bot den Frauen nicht nur ein Einkommen. Joe und Mike ermutigten ihre Mitarbeiterinnen, eine Ausbildung zu machen, und unterstützten sie dabei nicht nur mit Worten, sondern auch finanziell. Sie vergaben zinsgünstige Kredite an alle, die eine Ausbildung in Angriff nahmen und sich auf den Weg in eine rosigere Zukunft machen wollten. Joe war stolz auf all die Frauen, denen sie geholfen hatten, und er wusste, dass er mit seinem eigenen Werdegang zufrieden sein konnte. Aber er fühlte sich immer noch unerfüllt, unvollständig, als würde etwas fehlen.

Es musste mehr geben als Schecks und Renditen. Mehr als die Arbeit mit verängstigten Frauen, die sich eine bessere Zukunft wünschten. Eine Zukunft, die oft von Problemen aus der Vergangenheit bedroht wurde, die Joe um ihrer aller willen lösen musste. Allerdings konnten sie nicht allen helfen, und dieser Umstand begann irgendwann an Joe zu nagen. Noch ein Grund, warum er den Ruhestand in Betracht zog. Die Arbeit im Club hatte Narben und seelische Wunden hinterlassen. An manchen Tagen konnte er nicht schlafen, und der Gestank des Versagens klebte an ihm wie eine zweite Haut. So etwas ließ sich nicht abwaschen. Joe konnte sich nicht erinnern, wann er sich das letzte Mal sauber gefühlt hatte.

Eine weitere Farbexplosion erschütterte die Nachtluft, und Joe sah auf. Die Funken erleuchteten den Himmel und warfen Schatten auf den Strand. Sein Neffe Hayden schrie vor Freude über das bunte Spektakel und drehte sich dann hin und her, um die Menge zu durchsuchen. Als er Joe entdeckte, strahlte Hayden übers ganze Gesicht. Er winkte und deutete nach oben, als könnte Joe das laute Feuerwerk verpassen. Irgendetwas an diesem Moment füllte die Leere in seinem Innern mit Säure. Er war zu alt für weitere Kinder, aber seinen Bruder und seine Nichte mit ihren Familien zu sehen, verstärkte nur noch das Gefühl der Unvollständigkeit, das ihn immerzu begleitete.

Er schluckte gegen die Bitterkeit an, die das Alleinsein mit sich brachte, schenkte seinem Neffen ein Lächeln und winkte zurück, um Hayden zu zeigen, dass er ihn gesehen hatte.

Eine Detonation in der Nähe erregte Joes Aufmerksamkeit. Er hob den Kopf, um den Himmel abzusuchen, stellte aber fest, dass das Geräusch vom Strand ausging. Eine Familie schoss ihr eigenes kleines Feuerwerk ab. Ein hoher Pfeifton beherrschte die Luft, während sich die Feuerräder über dem Sand drehten. Als die Räder erloschen waren, hörte Joe eine samtige, süße Stimme, die voller Aufregung war, wie man es nur von längst vergessenen Südstaatenschönheiten kannte.

»Schwester! Sind das nicht diese ... wie heißen sie noch? Na, diese Dingsbumse, die du so sehr liebst?« Der samtige Klang ihrer Stimme umspülte Joe wie guter Whiskey, und aus Neugierde begann er, Ausschau nach ihrem Ursprung zu halten.

Der Strand war überfüllt mit Familien aller Art und Größe, was es schwierig machte, jemanden im Getümmel zu entdecken. Mit scharfem Blick suchte er die Umgebung nach einer Frau ab, die so warm aussah, wie ihre Stimme klang, und war dankbar für die vielen Lichterketten, die entlang des Strandes angebracht waren. Ein blonder Haarschopf erregte seine Aufmerksamkeit. Wie gebannt starrte er die Frau an und bewunderte ihre Schönheit. Mit angehaltenem Atem wartete er auf die Bestätigung, dass er richtig lag. Als sie ihren Kopf zurückwarf und lachte, wusste er, dass sie die Besitzerin der seidenweichen Stimme war. Er schätzte die Frau auf Mitte bis Ende vierzig. Sie hatte hellblondes Haar, große Augen und ein Lächeln, das die Dunkelheit erhellen konnte. Sie sah unschuldig aus, und doch war sie die auffälligste und reizvollste Frau, die er je gesehen hatte. Ihr Körper war zugleich zart und wohlgeformt. Sie hatte das Gesicht eines Engels und die Augen einer Verführerin. Sie war die Art von Frau, die seine primitivsten Sinne ansprach. In der Art, dass er sich vor sie stellen und sich auf die Brust klopfen wollte, um seinen Anspruch geltend zu machen. Und als sie ihren Kopf zurückwarf und erneut lachte, wurde ihm warm in der Brust und sein Schwanz wurde augenblicklich hart.

»Eine Frau, für die man leben und sterben will«, murmelte er, kam auf die Beine und kümmerte sich nicht darum, dass sie vermutlich in einem anderen Staat lebte. Sein Bauchgefühl sagte ihm, er solle aufstehen und herausfinden, ob sie einen Mann hatte.

Joe hatte kaum einen Schritt in ihre Richtung getan, als Hayden ihn mit voller Wucht anrempelte und fast zu Boden riss. Aus dem Gleichgewicht gebracht, griff er nach seinem Neffen und half ihm wieder auf die Beine. Dann ließ er den Blick schweifen, um nach seinem Bruder zu suchen. Der kleine Footballer sollte zurück zu seinem Dad, denn Joe war gerade beschäftigt. »Wo sind deine Eltern, Hayden?«

Noch bevor Hayden antworten konnte, leuchtete der Himmel taghell auf. Dutzende von Raketen wurden gleichzeitig gezündet, zerschellten in leuchtenden Blau- und Rottönen und begeisterten die Menge. Das Spektakel und der Lärm der Schaulustigen waren ohrenbetäubend.

Joe entdeckte seinen Bruder, der Hayden aus der Ferne beobachtete, und winkte ihn zu sich. Das Finale signalisierte das Ende der nächtlichen Feierlichkeiten und warnte Joe, dass seine Zeit begrenzt war. Mike ruckte mit dem Kopf, als Joe winkte, und schaute wieder zum Himmel. Die Menge brach in neuerlichen Jubel aus und das Donnern des Feuerwerks verschlang ihre Schreie. Joe drehte seinen Kopf, um die Blondine nicht aus den Augen zu verlieren. Nachdem die letzten Funken in einem Nebel aus Asche und Rauch verloschen waren, machten sich alle auf, den Strand zu verlassen, und die Schönheit verschwand im Gedränge.

»Wo zum Teufel bist du?«, murmelte er vor sich hin.

»Mom sagt, *zum Teufel* darf man nicht sagen«, schimpfte Hayden.

Frustriert schloss Joe die Augen, musste jedoch über den Fluch aus dem Mund seines Neffen kurz grinsen. Enttäuschung wallte in ihm auf. Er hatte die geheimnisvolle Frau in den Menschenmassen verloren und konnte sich mit Hayden im Schlepptau nicht zu ihr vorkämpfen. Aber das Bedürfnis, sie zu finden, seine Neugier zu zügeln und sicher zu wissen, ob sie vergeben war oder nicht, trieb ihn an, weiter nach ihr Ausschau zu halten.

»Ob Engel frühmorgens am Strand spazieren gehen?«, fragte er sich laut.

»Sie werden eher spazieren *fliegen* als gehen«, antwortete der kleine Klugscheißer neben ihm.

Joe schaute ein letztes Mal über seine Schulter, in der Hoffnung, sie zu entdecken, aber sie war wie weggeblasen. Als wäre sie bloß seiner Fantasie entsprungen.

Das Gefühl der Wärme, das er zuvor verspürt hatte, erlosch und ließ ihn frustriert und leer zurück.

»Einen Versuch ist es wert, meinst du nicht?«, sagte er zu seinem Neffen.

»Was ist einen Versuch wert?«, fragte Hayden.

»Morgen Früh, bevor wir zum Flughafen fahren, jagen wir einen Engel.«

Joe schloss den Reißverschluss seiner Tasche energischer als nötig. Er war spät dran, seine Familie wartete auf ihn. Dabei war er auf den Beinen, seit die Sonne über den Horizont geblinzelt hatte. Zweimal war er den South Beach entlanggelaufen, entschlossen, den Engel mit der samtigen Stimme zu finden. Aber sie war wie vom Erdboden verschluckt. Als wäre sie ein Geist, der ihn mit dem Versprechen lockte, etwas zu bekommen, was er nie haben würde. Noch hatte er nicht aufgeben, noch lange nicht. Und er war nicht bereit zu gehen. Das Gefühl, dass etwas Wichtiges in greifbare Nähe gerückt war, überkam ihn. Er musste diese Frau finden.

Ein letztes Mal ließ er seinen Blick durch das Zimmer schweifen, um sicherzugehen, dass er nichts übersehen hatte. Er würde noch eine Weile auf der Insel bleiben und nach ihr suchen, aber zuerst musste er Mike und seine Familie am Flughafen in Savannah absetzen und eine Bleibe für die nächsten Tage finden. Er war sich nicht sicher, was er seinem Bruder sagen sollte. Mike würde denken, er hätte den Verstand verloren, weil er einer Frau hinterherjagte, mit der er noch kein Wort gewechselt hatte. Vielleicht war er ja verrückt geworden. In seinem ganzen Leben hatte Joe noch nie so heftig auf eine Frau reagiert. Er war ein Mann der Tat, hatte das Risiko nie gescheut. Manche waghalsigen Unternehmungen hatten sich bezahlt gemacht, wie der Club, andere waren ihm teuer zu stehen gekommen. Aber er war kein einziges Mal vor dem Versuch zurückgeschreckt, und das würde er auch jetzt nicht tun. Man hat nur dieses eine Leben. Wer nicht wagt, der nicht gewinnt. Es nicht mal zu versuchen, bedeutet nichts anderes als kampflos aufzugeben. Mit dieser Art von Reue wollte er nicht leben.

Joe griff sich den Schlüssel seines Mietautos und ging nach draußen auf die Straße. November und Asher schnallten gerade ihre Mädchen an. Da sie so viele waren, hatten sie sich einen Geländewagen besorgt.

»Wird auch langsam Zeit«, schimpfte Mike und kam Joe entgegen.

Joe ignorierte seinen Bruder, schloss das Mietauto auf und hob den Deckel des Kofferraums an. Er warf seinem Bruder den Schlüssel zu, damit Mike die Türen öffnen und das Auto auslüften konnte, während Joe begann, das Gepäck einzuladen. Als die letzte Tasche im Auto verschwand, drehte er sich um und blieb wie erstarrt stehen. Die Rastlosigkeit, gegen die er seit gestern Abend angekämpft hatte, verwandelte sich in den Drang, sofort zu handeln. Sein Engel mit dem Südstaatendialekt stand fünf Meter entfernt, goss die Pflanzen und schaute ihn direkt an.

Ihre Blicke verhakten sich ineinander, und ihm war, als würde ein leises Klicken die Luft erfüllen. Er war überwältigt. Seine Beine befahlen ihm, den Abstand zwischen ihnen zu verringern, bevor sie ihm wieder entglitt. Aber er wollte sie nicht verschrecken. Also blieb er standhaft, während er ihren Anblick in sich aufnahm.

Ihre Brust hob und senkte sich in kurzen Atemzügen, als ob auch sie von dem, was sie sah, erregt war. Joe betrachtete sie von Kopf bis Fuß, prägte sich jede Linie und Kurve ihres Körpers ein und kämpfte um seine Kontrolle. Ihr Haar war zu einem unordentlichen Dutt gebunden, ein paar goldene Strähnen fielen ihr ins Gesicht und tanzten in der Meeresbrise. Sie trug eine Pilotenbrille mit dunklen Gläsern, die ihr bis zur Nasenspitze heruntergerutscht war, sodass sie ihn über den Rand hinweg beobachten konnte. Ein Bikini bedeckte ihren schönen Körper, um ihre Hüften hatte sie einen fließenden Stoff gebunden, der ihre üppigen Kurven kaum verbergen konnte.

Lust und Besessenheit durchzuckten seine Brust, als Joe seine Inspektion beendete. Ihm gefiel der Gedanke nicht, dass ein anderer Mann sehen könnte, was er nach einer langen, ruhelosen Nacht als *sein* betrachtete.

»Onkel Joe?«, rief November. Er ignorierte sie, denn er wollte seinen Blick nicht von dem Engel vor ihm abwenden. Es war Jahre her, dass eine Frau sein Interesse geweckt oder ihm das Gefühl gegeben hatte, nicht allein zu sein.

Er wollte gerade einen Schritt auf sie zugehen, als er aus den Augenwinkeln eine Bewegung wahrnahm. Ein Mann ging grinsend den Bürgersteig entlang, seinen Blick direkt auf die Frau gerichtet. Der jahrelange Umgang mit Betrunkenen in seinem Club hatte Joe gelehrt, sich zu beherrschen. Er ballte seine Hände zu Fäusten und beobachtete, wie der Mann die blonde Schönheit erreichte und sie in eine allzu vertraute Umarmung zog.

Frustration, Enttäuschung und rasende Wut kribbelten in Joes Bauch beim Anblick dieser Zärtlichkeit. Er war nicht überrascht, dass eine Frau wie sie schon vergeben war. Nur dumm, dass er sich etwas anderes erhofft hatte.

Joe drehte ihnen den Rücken zu, ging zum Auto, riss die Fahrertür auf und stieg ohne einen Blick zurück ein.

»Geht es dir gut, Onkel Joe?«, fragte November durch das offene Beifahrerfenster.

»Ja. Ich will einfach nur nach Hause.«

1

Ein Engel mit Feuer in den Augen

Bernice, elf Monate später …

William von Ockham stellte die Theorie auf, dass *Entitäten nicht über das Notwendige hinaus vermehrt werden dürfen.* Frei übersetzt, damit es Hinz und Kunz auch verstehen können, bedeutet Ockhams Rasiermesser, dass die einfachste Erklärung die richtige ist. Und das wiederum hieß: Wenn sich meine Nichte und ihre Freundinnen verdächtig verhielten, dann führten die *Wallflowers* – wie sich die drei nannten – etwas im Schilde, und egal, wie unschuldig sie taten, ihre Männer hatten den Braten längst gerochen und würden sich nicht so leicht hinters Licht führen lassen. Genau deshalb beobachteten meine Schwester Eunice und ich die Mädchen durch das Hinterfenster unseres Ladens, während die Männer sie wie gewöhnliche Kriminelle verhörten.

Ich lächelte, als unsere Nichte Calla Lily versuchte, Devins Fragen auszuweichen, indem sie sich an seine Seite kuschelte. Keine Sekunde später war er wie verzaubert. Kurz erstarrte er, dann legte er seufzend seinen Arm um ihre Schultern und raunte ihr etwas ins Ohr. Ich dankte Gott jeden Tag dafür, dass Devin beschlossen hatte, sich in unserer schönen Stadt niederzulassen und neben meiner Nichte einzuziehen.

Calla, Eunice und ich wurden in Savannah, Georgia, geboren und wuchsen hier auch auf. Wir waren die einzigen lebenden Nachfahren von Preston und Margaret Armstrong, Eunice' und meine Eltern und Callas Großeltern sowie Patriarch und Matriarchin der *Armstrong Shipping*-Dynastie. Unsere Familie gehörte zu den ersten Siedlern in Savannah und war zunächst im Baumwollhandel erfolgreich. Doch der Bürgerkrieg änderte alles. Einer unserer Vorväter, Lucius Armstrong, wechselte nach dem Krieg zur Schifffahrt. Er spürte, dass der Süden wieder aufstehen und dafür Ware brauchen würde. Innerhalb von zehn Jahren war *Armstrong Shipping* einer der größten Arbeitgeber in ganz Georgia, und in den über hundertfünfzig Jahren seit dem Ende des Krieges hatte sich daran nicht viel geändert.

Unsere Mutter hatte Eunice und mich nach unseren Ur-Ur-Ur-Großmüttern benannt, was unsere Namen aus dem neunzehnten Jahrhundert erklärte. Früher waren sie Eunice und mir verhasst, daher bestanden wir darauf, Neecy und Bernie genannt zu werden. Jetzt, in unseren Fünfzigern, war es uns egal, was andere dachten, und wir hießen wieder Eunice und Bernice Armstrong.

»Schwester? Geht es nur mir so, oder haben sich die Mädchen im letzten Monat verdächtig verhalten?«, fragte Eunice und beobachtete, wie Devin, Bo und Nate versuchten, unsere Nichte und ihre Freundinnen mit strengen Blicken einzuschüchtern. Um ehrlich zu sein, war es lustig, ihnen zuzusehen. Alle drei Männer waren durch und durch Südstaatengentlemen und gaben sich nur ungern selbstherrlich. Das wussten ihre Frauen sehr gut und nutzten diesen Umstand für sich, indem sie mit den Wimpern klimperten und strahlend lächelten, genau wie Calla es getan hatte.

»Das ist mir auch aufgefallen«, antwortete ich. »Seit der Entführung tuscheln die Mädchen in den Ecken und verstummen, sobald man sie am Telefon erwischt.«

Die Mädchen hatten einen Monat zuvor die Entführung einer Senatorentochter vereitelt und waren damit ins Visier der Medien geraten. Seither verhielten sie sich auffällig listig.

»Devin wird die Wahrheit schon aus Calla Lily herausholen, da bin ich mir sicher«, sagte Eunice, nahm ihren Kaffee und ging vom Pausenraum in den Laden, den wir seit 1985 gemeinsam betrieben.

Das *Frock You*, wo wir Vintage-Kleidung anboten, befand sich in der River Street im historischen Teil von Savannah. Mit dem Geld, das wir von unseren Großeltern geerbt hatten, kauften wir das Gebäude, in dem früher die Baumwollbörse tagte, und verwandelten den Altbau in unseren Wohn- und Geschäftssitz. Im zweiten Stock befand sich unser Zuhause, eine große Wohnung mit drei Schlafzimmern, in der wir Calla Lily aufgezogen hatten. Sie war erst sechs, als sie zu uns kam. Ihre Eltern waren zuvor bei einem Autounfall verunglückt, und sie blieb als Waise zurück.

Die erste Etage hatten wir zu zwei separaten Wohnungen mit je zwei Zimmern umgebaut, in denen nun Devin Hawthorne und unsere Nichte wohnten. Er war erst von ein paar Monaten eingezogen. So lernten sie sich kennen und hatten sich sofort ineinander verliebt.

Ich warf einen letzten Blick auf die Gruppe und lächelte. Calla hatte sich schnell mit Sienna Miller – nicht zu verwechseln mit der Schauspielerin – und Poppy Gentry angefreundet. Alle drei schleppten Altlasten aus der Vergangenheit mit sich rum. Daher schotteten sie sich von anderen Leuten ab, um nicht wieder verletzt zu werden. Aber das änderte sich, als sie Freundinnen wurden. Sie taten sich zusammen und nannten sich *The Wallflowers*, nach den fiktiven Heldinnen aus den Büchern, die sie so sehr liebten. Schon nahm das Chaos seinen Lauf ... Und bald erschienen drei stramme Südstaatengentlemen, die sich die Welt zur Brust nahmen, um ihre Frauen zu beschützen.

Ich seufzte zufrieden, weil ich wusste, dass die Mädchen glücklich waren. Das war mein größter Wunsch, als ich Calla aufzog. Ich hatte immer gehofft, dass sie einen Mann finden würde, der sich zwischen sie und die Welt stellt und ihr erlaubt, ihre Flügel auszubreiten und zu fliegen.

Wieder im Laden, half ich Eunice mit der neuen Auslage im Schaufenster. Der Sommer stand vor der Tür und es war Zeit für eine Dekoration anlässlich des Vierten Julis, um Kunden anzulocken.

»Wollen wir dieses Jahr wieder zum Strandhaus fahren und dort feiern?«, fragte Eunice, als ich ihr eine Lichterkette reichte.

Sofort musste ich an das Wochenende zurückdenken, das wir im vergangenen Jahr dort verbracht hatten. Und an den Mann, den ich dort gesehen und der mir den Atem geraubt hatte. Bei einem Gespräch mit den Mädchen gab ich zu, dass ich mich noch nie so stark zu einem Mann hingezogen gefühlt hatte. Nur *er* hatte diese Wirkung auf mich gehabt, dieser dunkle und gefährlich aussehende Fremde, der meinen Weg kreuzte, kurz bevor er die Insel verließ. Sein Blick war so intensiv gewesen, dass ich in der tiefsten, dunkelsten Nacht immer noch spüren konnte, wie er sich durch meine Kleidung direkt in meine Seele brannte. Kein Mann, den ich seither getroffen hatte oder dem ich in Zukunft begegnen würde, war mit dem Fremden namens Joe zu vergleichen.

Da unser Vater ein gleichgültiger Ignorant war, der sich mehr um den Profit als um seine Kinder kümmerte, waren Eunice und ich entschlossen, einem Dasein als Damen der Gesellschaft zu entfliehen. Im Alter von achtzehn kehrte ich mit ihr gemeinsam unseren Eltern den Rücken, und wir begannen, unser Leben nach unseren eigenen Vorstellungen zu gestalten. Männer fanden darin keinen Platz. Die fehlende Zuneigung unseres Vaters hatte dazu geführt, dass wir der Liebe gegenüber zynisch eingestellt waren. Erst Calla Lily konnte unsere Herzen öffnen. Nachdem sie ihre Familie verloren hatte, klammerte sie sich an uns und heilte uns auf eine Weise, bei der ich mir nicht sicher war, ob ein Mann das überhaupt geschafft hätte. Wir hegten und pflegten sie wie einen Schatz, schenkten ihr die Zuneigung, die wir nie erhalten hatten, und sie liebte uns im Gegenzug bedingungslos. So sehr, dass die Welt wieder in Ordnung kam und wir die Vergangenheit loslassen konnten. Aber dieser Prozess hatte Jahre gedauert. Wir waren in dieser Zeit fest entschlossen, uns nur auf sie zu konzentrieren, was bedeutete, dass es gar nicht möglich war, einen Mann zu finden, der mich vervollständigte. Aber jetzt war Calla mit Devin glücklich, und Eunice hatte sich mit Odis Lee zusammengetan. Und ich ... Ich hatte die Erinnerung an einen Mann namens Joe, der mir mit einem einzigen Blick das Gefühl gab, sexy und begehrenswert zu sein.

Die Glocke über der Ladentür bimmelte. Calla trat ein und fummelte an ihrem Oberteil herum.

»Konntet ihr eure Männer davon überzeugen, dass ihr nichts im Schilde führt?«

Calla blinzelte. »Wie hast du …?«

Eunice schnaubte. »Lass besser die Spielchen, Liebling. Mit dem Pokerface wirst du noch das gesamte Armstrong-Vermögen auf den Kopf hauen.«

Unsere Nichte rollte mit den Augen und beugte sich hinunter, um eine weitere Lichterkette aufzuheben und sie Eunice zu reichen. Devin und der Rest der Wallflowers kamen auf dem Weg zu seinem Büro am Laden vorbei und winkten. Devin war früher Polizist und arbeitete nun als Privatdetektiv, wofür er unsere Büroräume nebenan mietete. Dank einiger YouTube-Videos war er derzeit sehr gefragt, nachdem er und Bo Strawn, ein Detective der Mordkommission von Savannah, all die Probleme gelöst hatten, in die die Mädchen ständig gerieten.

»Wo wollen sie hin?«, erkundigte ich mich.

Calla beugte sich vor, winkte Devin zu und nestelte dabei an ihrem Oberteil. Er stieß einen Seufzer aus und tippte sich ans Ohr, bevor er die Tür öffnete und mit den anderen in seiner Detektei verschwand.

»Ist das ein Code für irgendetwas?«, fragte ich und schaute zu meiner Nichte.

Sie erstarrte und drehte sich langsam zu mir. »Code?«

Ich zeigte auf ihr Oberteil. »Du zupfst ständig daran herum. Hat das etwas zu bedeuten?«

Ihre Augen weiteten sich vor Überraschung, dann schaute sie an sich hinunter. »Das sollte bedeuten, dass mir heiß ist. *Er* macht mich heiß. Du weißt schon, weil er so *heiß* ist.«

»Das ist er in der Tat.« Eunice lachte.

Calla räusperte sich und fing an, in den Klamotten zu wühlen, die wir für die Schaufensterpuppen herausgesucht hatten. »Der vierte Juli steht also vor der Tür.«

»Ja, schon lustig, wie sich das jeden Sommer wiederholt.«

Sie nickte geistesabwesend und drehte ein Etikett um, als würde sie sich für die Größe des Kleidungsstücks interessieren. »Ich musste daran denken, was du uns im Strandhaus erzählt hast. Die Geschichte über Joe.«

Ich schaute über meine Schulter zu Eunice. Sie hatte keine

Ahnung, wer Joe war, weil ich nie mit ihr über ihn gesprochen hatte. Sie würde mich nur damit nerven oder, Gott bewahre, mich mit einem Mann verkuppeln, damit ich nicht einsam war.

»Liebling, kannst du mir mal kurz in der Küche helfen?«

»Wer ist Joe?«, fragte Eunice, was Callas Aufmerksamkeit auf mich lenkte.

Sie rollte mit den Augen und zuckte die Schultern. »Niemand?«

Eunice drehte sich um und sah mich an, wobei sie eine Braue hochzog. »*Wer* ist Joe?«

»Lüg«, raunte Calla mir zu.

»Ich bin alt, nicht taub«, schnauzte Eunice.

Ich seufzte. Da kam ich wohl nicht mehr raus. »Joe ist nur ein Mann, den ich einmal gesehen habe und der mir gefiel. Mehr nicht. Die Mädchen und ich unterhielten uns und eine von ihnen fragte, zu welcher Art von Mann ich mich hingezogen fühle. Ich erzählte von dem gutaussehenden Fremden und gab ihm den Namen Joe, weil ich finde, dass der zu ihm passt.«

Calla schnappte nach Luft. »Du meinst, sein Name war gar nicht Joe?«

Eunice stieg von der Leiter herunter. »Das erklärt, warum du ein paar Mal den Namen Joe im Schlaf gemurmelt hast.«

Ich streckte den Rücken durch. »Ich habe noch nie im Schlaf gemurmelt.«

»Schwester, das ist der einzige Grund, warum ich wusste, dass du dich in der zehnten Klasse aus dem Haus schleichen wolltest, um William zu treffen. Du redest im Schlaf.«

»Sein Name war Billy«, korrigierte ich sie eingeschnappt.

»Nur Ziegen heißen Billy. William hingegen ist ein respektabler Südstaatenname.«

»Eunice, sei nicht so ein Snob«, sagte ich.

»Ich bin ein *Borderline*-Snob«, witzelte sie und spielte damit auf einen Madonna-Song an, wie immer, wenn wir uns zankten. Wir hatten uns diese Sache ausgedacht, als Calla noch klein war, um sie vom Verlust ihrer Eltern und ihres Bruders abzulenken. Sie hatte so viel Zeit damit verbracht, Madonna zu hören, um bei unserem Wortgefecht mitmachen zu können, dass sie keine Zeit hatte, traurig zu sein.

»War sein Name Joe oder nicht?«, fragte Calla und klang ein wenig panisch.

»*Future Lovers*?«, erkundigte sich Eunice.

»*Fever*«, antwortete Calla mit ihrem eigenen Madonna-Songtitel.

»Er ist *kein* zukünftiger Liebhaber.« *Fever* traf es aber genau, denn dieser Mann machte mich immer noch heiß. Allerdings war es gut möglich, dass er in Spanien lebte, also war er definitiv kein zukünftiger Liebhaber.

»*Forbidden Love*?«, fuhr Eunice fasziniert fort, aber ich hatte genug davon. Es konnte nichts Gutes dabei herauskommen, wenn Eunice so viele Informationen hatte.

»Liebling, gibt es noch einen anderen Grund für deinen Besuch, oder wolltest du nur die Vergangenheit heraufbeschwören, was *nie* gut ist? Denn wenn das alles war, dann *Good Night and Thank You*. Ich will nicht weiter darüber ...«

»Sag mir noch mal, wie dieser Joe aussah«, unterbrach mich Calla.

Eunice drehte sich zu mir um und verschränkte die Arme vor der Brust. »Das würde mich auch interessieren. Erzähl schon, *Bernice*.«

Verdammt noch mal. Eunice und ich nannten uns immer *Schwester*, nie bei unseren Vornamen. Es sei denn, sie wollte mir deutlich machen, dass sie etwas ernst meinte.

Calla, diese Verräterin, mischte sich ein, bevor ich ein Wort verlieren konnte. »Sie sagte uns, er sei groß, dunkel und sehe gefährlich aus. Und sie konnte kaum atmen, als sie ihn sah. Er hat wohl einen gewissen *Biss*, ähnlich wie Devin, Nate und Bo. Sie meinte, dass Grandpa nicht in der Lage wäre, ihn zu verjagen, selbst wenn er es wollte, weil dieser Joe den Raum um sich herum beherrschte. Er sei wie eine Naturgewalt.«

Da sie zwei Jahre älter war als ich, hatte Eunice ihre Rolle als große Schwester immer ernst genommen. Heute war das nicht anders. Sie schaute mich mit scharfsinnigen Augen an.

»*Papa Don't Preach*«, platzte es aus mir heraus.

»Warum verheimlichst du das vor mir? Du hast also auf einen

gutaussehenden Mann reagiert. Wen kümmert das? Es ist ja nicht so, dass du mit einem Fremden durchbrennen willst.«

Um Abstand zwischen uns zu bringen, nahm ich ihr den Tacker aus der Hand und kletterte die Leiter hoch. »Ganz genau. Er ist nicht weiter wichtig. Überhaupt nicht«, rief ich über meine Schulter. »Calla romantisiert eine Geschichte, die ich Poppy nur erzählt habe, um ihr ins Gewissen zu reden, weil sie die Liebe einfach aufgeben wollte.«

Auf meine Worte folgte eine lange Pause.

Wahrscheinlich hätte ich das nicht sagen sollen.

»Du hast eine kurze Begegnung mit einem gutaussehenden Mann benutzt, um Poppy davon zu überzeugen, der Liebe nicht den Rücken zu kehren?«

Jepp. Das hätte ich definitiv nicht sagen sollen.

Die Erinnerung an die Nacht vor ein paar Monaten tauchte in meinem Gedächtnis auf. Ich wusste, dass ich Poppy damit geholfen hatte, ihre Nerven wegen Nate zu beruhigen. Aber mehr als einmal hatte ich es bereut, meiner Nichte und ihren Freundinnen von meiner Reaktion auf Joe erzählt zu haben.

»Ich werde genau wie du sein«, hatte Poppy voller Überzeugung verkündet. »Wer braucht schon Männer? Sie machen mehr Ärger als sie wert sind, richtig?«

Mein Lächeln verrutschte wie ein schlecht sitzender BH. »Bist du auf den Kopf gefallen?«, brachte ich krächzend hervor.

Poppy blinzelte. »Aber du hast doch gerade gesagt ...«

»Süße, ich bekam die Zuneigung, die ich brauchte, um mich von einer lieblosen Kindheit zu heilen. Aber glaub nicht, dass ich nicht auch nachts im Bett liege und mich frage, wo mein Prinz Charming ist.«

»Bernice ...« Der Schmerz windete sich um mein Herz, als ich weitersprach. »Ich liebe mein Mädchen. Ich würde für sie töten. Aber ich hätte trotzdem einen Mann in meinem Leben willkommen geheißen, wenn der Richtige aufgetaucht wäre. Nach dem Tod von Callas Eltern waren wir so darauf fixiert, ihr zu helfen, dass ich eines Tages aufgewacht bin und plötzlich fünfzig und allein war. Verschließe dich nicht vor der Liebe eines guten Mannes, Poppy. Auf keinen Fall.«

»Schwester?«, fragte Eunice und holte mich zurück in das Hier und Jetzt.

Ich nickte als Bestätigung, dass ich sie gehört hatte, und rief mir in Erinnerung, worüber wir gerade sprachen. Zeit für etwas Schadensbegrenzung. »Nein, so war das nicht! Ich habe Calla Lily als Beispiel dafür angeführt, wie die Liebe vergangene Verletzungen heilt. Und ich habe erwähnt, dass ich nichts gegen eine romantische Beziehung einzuwenden hätte, wenn ein passender Kerl meinen Weg kreuzt. Poppy fragte mich, ob ich jemals in Versuchung gekommen bin, und ich habe mit *Nein* geantwortet.«

»Mit Ausnahme bei Joe«, warf Calla hilfsbereit ein.

»Erzähl mir mehr über ihn«, drängte Eunice. »Er muss wirklich etwas Besonderes gewesen sein, wenn du im Schlaf von ihm sprichst.«

Ich drückte den Tacker an die Wand und betätigte den Auslöser. Die Heftklammer vergrub sich in der Rigipsplatte, während ich Joe aus den Tiefen meiner Gedanken holte. »Mitte bis Ende vierzig, schätze ich. Dunkles Haar. Groß. Kräftiger Kiefer, tolle Stirn. Er wirkte, als würde er täglich trainieren. Seine Ausstrahlung deutete auf Gefahr hin, oder er hatte schon mehr als genug davon gesehen. Außerdem war da eine Tätowierung, die unter seinem Hemdärmel hervorlugte.«

»Die Hälfte aller Männer in Georgia sieht so aus. Was macht diesen Mann so besonders?«, hakte Eunice nach.

Ich ließ meinen Kopf zurückfallen, schloss die Augen und dachte daran, was ich den Mädchen erzählt hatte.

»Eunice und ich waren an einem langen Wochenende hier. Ich goss gerade die Pflanzen. Zwei Autos parkten auf der Straße. Eine Familie lud ihre Koffer ein. Ich schaute auf, und da war er. Groß. Dunkel. Irgendwie gefährlich. Ich konnte kaum atmen, als ich ihn sah. Er hatte dieses gewisse Etwas, diesen Biss, *ähnlich wie eure Männer. Ich wusste, ihn würde mein Dad nicht vertreiben können. Wegen seinem Aussehen, seiner Ausstrahlung und der Art, wie er den Raum um sich herum beherrschte. Er war wie eine Naturgewalt.«*

»Weißt du, wie Odis Lee dich ansieht, wenn er denkt, dass du es nicht mitbekommst?« Ich warf einen Blick über meine Schulter, um zu sehen, ob Eunice mich verstanden hatte.

Ihre Miene wurde sanfter. »Ja. Als hätte ich den Mond in den Himmel gehängt.«

»Ganz genau. Ich habe Joe zuerst gesehen. Als er sich umdrehte und mich erblickte, habe ich auf seine Reaktion geachtet. Bevor die Lust seine Augen trübte, schien er erleichtert zu sein, mich zu sehen – als hätte er mich gesucht und endlich gefunden. Ich habe schon öfter Aufmerksamkeit von Männern bekommen, aber keiner von ihnen hat mich je angesehen, als würde er mich wie seinen nächsten Atemzug brauchen.«

»Das ist so ultraheiß«, murmelte Calla.

»Ganz ihrer Meinung«, stimmte Eunice zu.

»Ich gebe euch ja recht, aber ich bin auch realistisch. Höchstwahrscheinlich wäre nichts daraus geworden, selbst wenn er mit mir geredet hätte. Aber die Art, wie er mich ansah ... Er gab mir das Gefühl, begehrenswert zu sein, und zwar auf eine Weise, als würde er mehr wollen als ein paar schöne Nächte. Deshalb träume ich von ihm.«

Ich wandte mich wieder der Wand zu und hoffte, das Kreuzverhör überstanden zu haben.

»Schwester ... vielleicht war er in einer Beziehung und hat ehrenhaft gehandelt, indem er weggegangen ist.«

Ich zuckte mit den Schultern. »Das spielt keine Rolle, Eunice. Es ist, wie ich den Mädchen gesagt habe: Ich bin über fünfzig, und jeder Mann, der etwas taugt, ist schon vergeben. Dank dir und Calla führe ich ein gutes Leben. Ich kann glücklich sterben, mit oder ohne einen Mann an meiner Seite. Außerdem wissen wir beide, dass unser Vater jede Beziehung sabotieren würde, die er nicht gutheißt. Und weiß Gott, der einzige Mann, der nach Dads Meinung gut genug für eine Armstrong-Frau ist, muss in Geld schwimmen und nach Strich und Faden lügen.«

Calla ärgerte sich über meine Bemerkung. »Er sollte besser nicht noch mal versuchen, Devin zu verjagen.«

Ich kletterte die Leiter hinunter und streichelte ihre Wangen. »Ach, mein liebes, süßes Mädchen. Devin ist ein ganz anderer Typ

Mann, den dein Großvater respektiert, auch wenn er es nicht zugeben will. Devin ist vor Preston Armstrongs Einfluss sicher.«

»Weil er die Art von Mann ist, die nie aufgibt?«, fragte sie neugierig.

»Nein. Weil er ein Mann ist, der keine Angst hat, *Nein* zu deinem Großvater zu sagen und es auch so zu meinen. Es gibt nicht viele Männer, die ihm die Stirn bieten können, ohne dabei zu zittern.«

Joe

Die Flammen züngelten in der Feuerstelle. Dichter Rauch wirbelte im Wind umher, bis er die Terrasse und den umliegenden Garten einhüllte. Joe hob sein Whiskeyglas an und beobachtete das Lodern, das wie Feen wirkte, die durch das knisternde Holz tanzten. Sein Blick wanderte zu seinem Laptop, der auf der Armlehne seines Stuhls stand. Auf dem Display war das Standbild eines Videos zu sehen, auf das er gestoßen war, während er nach Stränden für seinen nächsten Trip gegoogelt hatte. Der Titel des Videos lautete: *Entführungsversuch von Senatorentochter auf Tybee Island vereitelt.* Der Mitschnitt war schon fast einen Monat alt, aber er hatte es sich trotzdem angesehen, als das Gesicht der Frau, die ihn bis in seine Träume verfolgte, seine Aufmerksamkeit erregte.

Er drückte wieder auf *Play* und wartete auf das, was er sehen würde: seinen Engel mit dem Südstaatenakzent, wie sie aus dem Polizeirevier geführt wurde. Sie wurde von einer Frau begleitet, die ihr ähnlich sah, und von demselben Mann, der sie damals, am Tag von Joes Abreise, in eine Umarmung gezogen hatte. In dem Video hatte der Kerl seine Arme um beide Frauen gelegt, während er sie durch die Horden von Journalisten führte.

Joes Griff um sein Glas wurde kräftiger, als ein übereifriger Reporter vor seinen Engel sprang und ihr sein Mikrofon ins Gesicht hielt. Joe stoppte das Video und musterte ihren

Gesichtsausdruck. Der Schock, dass ihr jemand auf die Pelle rückte, war kurz aufgeflackert. Es war auch ein bisschen Angst zu erkennen gewesen. Aber jetzt war ihre Miene eisern. Schon wenige Sekunden nach der Begegnung hatte sie ihre Schultern gestrafft, und in ihren Augen brannte ein Feuer der Wut. Sein Engel hatte Rückgrat.

»Gut«, murmelte Joe in die Nachtluft.

Das Geräusch von knirschendem Kies lenkte seine Aufmerksamkeit auf die Einfahrt. Ein großer schwarzer Geländewagen kam dort zum Stehen, und Joe lächelte. Asher ließ November einen Panzer von einem Auto fahren, damit alle seine Mädchen sicher waren.

November kletterte aus dem Fahrzeug und landete mit einem dumpfen Geräusch auf dem Boden. Sie war so klein, dass sich Joe oft wunderte, wie sie ohne Leiter in das schwarze Ungetüm einsteigen konnte. Als sie keine seiner Großnichten auslud, wusste er, dass sie nicht einfach nur bei ihm vorbeischauen wollte. Schon seit Monaten kreiste sie ihn ein. Gleich nach ihrer Rückkehr von Tybee Island fing es an. November konnte seine Stimmung offenbar spüren. Diese seltsame Unruhe, die ihn jedes Mal überkam, wenn er an die Frau auf Tybee dachte.

Was Joe empfunden hatte, als er der Frau tief in die Augen geschaut hatte, hätte sich schon vor Monaten verflüchtigen müssen. Aber das hatte es nicht. Die kurze Begegnung hatte ihn aus der Bahn geworfen. Er war angespannt. Als würde etwas oder jemand in seinem Leben fehlen. Und er war nicht in der Lage, sie aus seinen Träumen zu verbannen. Träume, in denen sie zu keinem anderen als ihm gehörte und eng an ihn gekuschelt in seinen Armen lag, während sie den Sonnenuntergang über dem Meer beobachteten. Lebhafte Fantasien, in denen der Schweiß an ihrer Haut klebte, während er tief in ihrer seidigen Hitze versank. Ihr lustvolles Stöhnen verfolgte ihn bis in den Tag. Das machte ihn wütend, denn er hatte noch nie die Frau eines anderen Mannes begehrt.

Warum er es nicht geschafft hatte, diese Frau aus seinem Kopf zu vertreiben, war ihm ein Rätsel. Sie war wie eine verbotene

Frucht. Und er wollte sie so sehr, dass er sie fast schon schmecken konnte. Es fühlte sich so an, als gehöre sie zu *ihm* und nicht zu dem anderen Kerl. Aber das machte keinen Sinn.

Nie zuvor hatte er so einen Narren an einer Frau gefressen. Sie hatte einen Nerv getroffen, und sie löste in ihm den Drang aus, nach etwas zu suchen, das er hier in Murfreesboro nicht finden würde. Er fühlte sich rastlos, schon eine ganze Weile. Das war auch der Grund, warum er in einem Monat in Rente gehen wollte. Er hatte vor, sich auf sein Motorrad zu schwingen und für einige Zeit wegzufahren, um mit sich selbst ins Reine zu kommen und alles hinter sich zu lassen, was ihn verfolgte.

Er und Mike hatten Brandon jahrelang ausgebildet, und nun war er bereit, die Führung zu übernehmen. Es war richtig, die Verantwortung an ihn abzutreten. Wichtig, den Jungen die Zügel in die Hand zu drücken, ohne dass sie ihm ständig über die Schulter schauten.

November erblickte Joe, als sie sich auf den Weg zum Haus machte. Sie änderte die Richtung und steuerte auf das schmiedeeiserne Tor zu. Ihr Gesichtsausdruck verriet, dass sie von seiner Entscheidung, für eine Weile zu verschwinden, gehört hatte.

»Wann wolltest du es mir sagen?«, rief sie, öffnete schwungvoll das Tor und ließ es hinter sich zufallen. »Seit wann hast du Geheimnisse vor mir?«

Sie hatte die Arme vor der Brust verschränkt, das Gewicht auf ein Bein verlagert und tippte mit dem Fuß des anderen ungeduldig auf den Boden. Joe lächelte. November hatte das Talent, mit ihrer kämpferischen Art den grauesten Tag zum Guten zu wenden. Er hatte keinen Zweifel daran, dass Asher den Sternen dafür dankte, dass November die Frau an seiner Seite war.

»Willst du ein Bier?«, fragte Joe.

»Nein, ich will kein Bier. Ich will eine Erklärung. Brandon hat mir erzählt, dass du dich aus dem Club zurückziehst und für Gott weiß wie lange auf deiner Harley rumfahren willst.«

Joe lehnte sich nach vorne, griff nach der Whiskeyflasche und goss mehr in sein Glas. Er und November standen sich nahe, seit sie in die Stadt gekommen war. Durch ihn war sie zum

Motorradfahren gekommen und seitdem teilten sie diese Leidenschaft. Trotz ihrer vielen Mädchen nahm sie sich immer noch Zeit für gelegentliche Ausflüge mit ihm, um einen Tag lang die Freiheit zu spüren, die mit kilometerlangem Asphalt einhergeht.

Nachdem er einen Schluck von der bernsteinfarbenen Flüssigkeit genommen hatte, lehnte Joe seinen Kopf zurück und schloss die Augen. »Ich brauche eine Auszeit. Fast mein ganzes Leben lang kümmere ich mich schon um andere und tue das, was das Beste für alle anderen ist. Mittlerweile bin ich in einem Alter angelangt, wo es heißt: Jetzt oder nie.« Er hob den Kopf und schaute November direkt an. »Diese Auszeit bin ich mir schuldig. Ich mache mich auf den Weg, um Antworten zu bekommen. Wenn ich Glück habe und Gott es will, werde ich finden, wonach ich suche – und wen ich suche.«

Der Ausdruck in Novembers schönen Augen wurde sanfter. Sie setzte sich neben ihn in einen seiner Terrassenstühle und legte eine Hand auf seinen Arm. »Welche Antworten? Nach wem suchst du, Onkel Joe?«

Er nahm noch einen Schluck, dann wanderte sein Blick zu der Frau auf dem Bildschirm seines Computers. Sie war halb Engel, halb Verführerin. »Für einen Engel mit Feuer in den Augen.«

»Ein Engel mit ... Meinst du damit jemand Bestimmtes oder ist das eine allgemeine Beschreibung?«

Er starrte weiter auf das Bild, ohne zu antworten. Im Artikel, der den Vorfall beschrieb, hieß es, dass es sich bei der Frau um Bernice Armstrong handelte, die Tochter eines Reederei-Magnaten aus einer der ältesten Familien in Savannah. Sie trug immer noch denselben Nachnamen wie ihre Schwester Eunice, die andere Frau in dem Video. Er fragte sich kurz, ob das Absicht oder ob Bernice' Mann ein zu großer Idiot war, um ihr einen Ring an den Finger zu stecken.

November bemerkte, wohin er sah, und beugte sich vor, um das angehaltene Video zu betrachten. »Entführung?«

»Versucht. Das ist vor etwa einem Monat passiert.«

»Jemand hat versucht, die Tochter eines Senators zu entführen?«

»Sieht so aus. Sie waren im Urlaub auf Tybee Island, als der Anschlag verübt wurde. Die Nachbarn haben die Schreie gehört und sind eingeschritten.« Allein der Gedanke, dass sich Bernice in solche Gefahr begab, befeuerte die Wut in seinem Bauch. *Wo zum Teufel war ihr Mann? Warum war* er *nicht da, um einzuschreiten?*

November kniff die Augen zusammen und betrachtete das Bild. »Kommt dir diese Frau auch bekannt vor?«

Seiner Nichte entging nichts. »Ja. Wir haben sie an dem Tag unserer Abreise gesehen. Sie war die Frau, die ihre Pflanzen goss.«

Novembers Blick wanderte zu ihm, und ihr Mund öffnete sich, als sie leise keuchte. Sie mag zwar jetzt eine Mayson sein, aber sie war auch durch und durch eine Rouger. Ihr entging nichts, und deshalb hatte er sich erst gar nicht die Mühe gemacht, sie anzulügen. Sie hätte die Wahrheit in seinen Augen sehen können.

»Die Frau, die deine Aufmerksamkeit erregt hat. Sie war auch für deine schlechte Laune verantwortlich, als wir abreisten, oder?«

Scharfsinnig wie ein verdammter Spürhund.

»Könnte man so sagen.«

»Willst du da hin? Nach Tybee?«

Er schüttelte den Kopf. »Sie hat einen Mann. Ich nehme mir eine Auszeit und plane meine nächsten Schritte. Ich habe es satt, allein zu sein, also muss ich etwas ändern.«

Wenig überraschend konzentrierte sich November auf den ersten Teil seiner Antwort. »Sie ist verheiratet?« Etwas an seiner Aussage schien sie zu verwirren.

»Ich weiß nicht, ob sie verheiratet ist, aber sie hat einen Mann. Er war damals auch dort. Hast du ihn nicht gesehen?«

Sie kniff nachdenklich die Lippen zusammen und schwieg einen Moment lang. »Doch, aber ich habe nicht so sehr auf ihn geachtet, denn es war klar, dass du von ihr fasziniert bist. So wie sie von dir. Ist es möglich, dass du dich irrst? Ich kenne keine Frau, die glücklich gebunden ist, verheiratet oder nicht, die einen anderen Mann so ansehen würde, wie sie dich angesehen hat. Es war fast ... Es erinnerte mich daran, wie ich Asher zum ersten Mal gesehen habe. Dieser Moment des Erkennens. Wenn du weißt, dass du vor deiner Zukunft stehst. Die Mayson-Männer nennen das den *Boom*.«

Joes Mundwinkel zuckten. »*Boom*?«

Sie nickte begeistert. »Ja, es ist schwer zu erklären, aber als ich Ashers Hand schüttelte, nachdem er mich beschuldigt hatte, Dads Frau zu sein …« Sie kicherte bei der Erinnerung daran. »Jedenfalls, als sich unsere Hände berührten, war da dieser *Funke* – ein besseres Wort fällt mir gerade nicht ein. Wir haben ihn beide gespürt. Asher und seine Brüder nennen das den *Boom*, eine Art Familienfluch. Es läuft bei jedem Kerl anders ab, aber meistens ist es ein Bauchgefühl, das ihnen sagt, wann sie die richtige Frau getroffen haben.«

»Du hast Asher also einen Stromstoß verpasst, ja?«, stichelte Joe. »Ist er deshalb so ruhig geworden?«

Sie ignorierte ihn, griff über ihn hinweg zum Laptop und drückte auf *Play*. Das Feuer in Bernice' Augen flammte weiter auf, dann drängte sie sich mit kerzengeradem Rücken durch die Horden von Reportern. »Sie wirkt auf mich nicht wie eine Frau, die sich von irgendjemandem herumschubsen lässt. Eher wie eine Frau, die weiß, was sie will. Sie könnte die Reise wert sein. Vielleicht solltest du nach Tybee fahren und herausfinden, ob dieser Mann noch in ihrem Leben ist.«

»Sie scheint wirklich Rückgrat zu haben«, stimmte Joe zu und ignorierte Novembers Versuch, ihn zu einer Fahrt nach Tybee zu überreden. Seine Nichte war eine hoffnungslose Romantikerin. »Aber sie ist vergeben, also lass es gut sein.«

»Wenn du sicher bist, dass sie vergeben ist, warum sitzt du dann hier und schaust dir das an?«

Das war die Eine-Million-Dollar-Frage.

»Ich habe mir Strände angesehen, die ich besuchen will. Da fiel mir die Überschrift auf, weil wir letztes Jahr dort waren. Mehr nicht. Ich habe sie nur zufällig von unserer Reise wiedererkannt.«

»Du wirst also *nicht* nach Tybee fahren? Und es interessiert dich auch nicht, ob der Kerl da wirklich *ihr* Kerl ist?«

Seine Nichte war wie ein Hund mit einem Knochen. Wenn sie sich einmal festgebissen hatte, ließ sie nicht locker.

»Ich fahre nicht nach Tybee«, antwortete er und betätigte die

Vorspultaste, bis er die Stelle fand, an der der Mann Bernice ins Auto half. Sie lächelte ihn an, streckte die Hand aus und streichelte seine Wange, bevor sie ihren Kopf zurückwarf und lachte. Die Zuneigung war sonnenklar. Joe ballte seine Hände zu Fäusten.

November sah sich das Video an und schüttelte den Kopf. »Die arme Frau weiß gar nicht, was sie verpasst, wenn sie an ihn gebunden ist ... Geht es nur mir so, oder sieht er aus wie eine Kreuzung aus Sonny Crockett von *Miami Vice* und dem KFC-Gründer Colonel Sanders?«

Joe schaute zurück zu dem Mann und studierte ihn. Seine Haare waren etwas länger und sein Ziegenbart war altersbedingt silbern. Er trug eine beige Leinenhose, die er mit einem hellen T-Shirt und einer weißen Leinenjacke kombiniert hatte. Joe grunzte. Sie hatte recht. Der Kerl sah aus, als käme er gerade vom Set von *Miami Vice*. Vor ein paar Jahrzehnten wären die Frauen ihm deshalb um den Hals gefallen, aber heute war dieser Aufzug einfach nur lächerlich.

»Kein Wunder, dass sie bei deinem Anblick gesabbert hat, wenn ihr so ein Kerl nachts Gesellschaft leistet.«

Er streckte die Hand aus und stupste Novembers Kopf an, woraufhin sie seine Hand wegschlug.

»Du bist heiß, Joe. Es gibt Frauen in *meinem* Alter, die einen Mord begehen würden, um mit dir auszugehen. Ich mache keine Witze. Ich wette, diese Frau hat ein oder zwei Mal an dich gedacht, seit wir weg sind.«

Joe stand auf und klappte seinen Laptop zu. »Wie ich schon sagte, lass es gut sein.«

Als er sich zum Gehen wandte, um im Haus zu verschwinden, griff November nach seiner Hand. Er drehte sich um und las die Sorge in ihrem Blick. Ihre Brauen waren zusammengezogen. »Du kommst doch zurück, oder? Versprichst du mir, dass du nicht für immer verschwindest?«

November war in New York mit einer Mutter aufgewachsen, die sich einen Dreck um sie scherte. Sie hatte erst sehr spät eine liebevolle Familie um sich, weshalb sie überaus beschützend gegenüber ihrer eigenen war.

Joe wusste nicht, wohin ihn seine Reise führen würde, also wollte er nicht lügen. Stattdessen gab er ihr die einzige Antwort, der er sich sicher war. »Es braucht schon eine außergewöhnliche Frau, um mich von dieser Stadt fernzuhalten.«

2

Ich kenne einen guten Privatdetektiv

Joe, drei Tage später ...

Joe blickte von dem Stapel Papiere auf und überprüfte die Sicherheitsmonitore. Das *Teasers* hatte vor einer Stunde geöffnet. Alles schien ruhig zu sein. Tiffany stand auf der Bühne, umgeben von Bauarbeitern, die nach einem langen Tag entspannen wollten. An der Bar saß nur ein Gast. Der Mann hatte sich dem Barkeeper zugewandt und schien sich nicht für die Tänzerin zu interessieren. Joe warf einen kurzen Blick auf die Monitore für die Außenkameras, ehe er sich wieder seiner Inventarliste widmete. Schon seit Monaten verschwanden Waren aus dem Lager. Er war fest entschlossen, den Schuldigen zu finden und zu feuern, bevor er sich in unbekannte Gefilde absetzte.

Hier im *Teasers* kümmerten sie sich um alle Angestellten, nicht nur um die Tänzerinnen, die einen Weg aus ihren beschissenen Leben suchten. Mike und er stellten keine Fragen. Es stand ihnen nicht zu, darüber zu urteilen, warum sich jemand als Stripperin oder um eine andere Stelle im Club bewarb. Alles, was sie tun konnten, war, jeden ihrer Leute mit Respekt zu behandeln und ihnen zu helfen, wo sie nur konnten. Einige nahmen die Unterstützung an, andere ließen sich von der Last ihrer Vergangenheit erdrücken. In den über dreißig Jahren seit der Eröffnung hatten Mike und er alles gesehen, was es zu sehen gab. Sogar Hausfrauen, die aus Nashville angereist waren. Manche hatten ihre Ehemänner im Schlepptau, um ihr Sexleben aufzupeppen.

Ihr Club war sauber, die Einrichtung geschmackvoll. Es war kein Drecksloch, in dem die Besitzer die Notlage ihrer Mitarbeiter ausnutzten. Umso mehr ärgerte es ihn, dass einer ihrer Leute klaute. Das war nicht nötig. Alle wussten, dass sie zu ihm, Mike oder Brandon kommen konnten, wenn sie in Schwierigkeiten steckten oder mehr Geld brauchten. Joe hatte noch keine Bitte eines vertrauenswürdigen Mitarbeiters abgewiesen. Es machte einfach keinen Sinn, dass sich jemand an der Ware vergriff.

Auf dem Monitor, der den Mitarbeiterparkplatz zeigte, fiel ihm eine Bewegung auf. In der Ferne konnte er die Umrisse von zwei Personen erkennen, die hinter einem Truck kauerten. Er verengte die Augen, um besser zu sehen, und fluchte leise, als es nicht half. Dann zückte er notgedrungen seine Brille, die er niemals in der Öffentlichkeit tragen würde. *In Würde zu altern* klang ja ganz nett, aber seiner Meinung nach war der Spruch ein Haufen Scheiße. Er würde alt werden, wenn er unter der Erde lag, und nicht einen Tag eher.

Das Bild klärte sich in dem Moment, als er die Brille aufsetzte, und verschwamm wieder, sobald die Wut hart und schnell durch seinen Körper schoss. Charlotte Pegg, eine der neuen Angestellten und eine vom Glück verlassene Mutter, die Joe an Scarlet Avery erinnerte, war mit einem Mann zusammen. Sie hielt sich einen Strohhalm an die Nase und schnupfte etwas, das wie eine Linie aus weißem Pulver aussah. Joe tolerierte verdammt viel, aber Drogen gehörten nicht dazu. Wer zugedröhnt zu seiner Schicht erschien, bekam eine Verwarnung. Entweder man besserte sich oder musste die Konsequenzen tragen. Beim zweiten Verstoß flog man raus.

Heute war Charlottes zweites Vergehen.

»Scheiße, das kann ich gerade nicht gebrauchen«, sagte Joe und erhob sich von seinem Stuhl. Charlotte war auf Bewährung. Sie hatte in der Vergangenheit gestohlene Schecks weitergegeben. Ihre Bewährungshelferin hatte schon mal angerufen, um sich zu vergewissern, dass sich Charlotte an die Regeln hielt. Joe sagte der Frau ehrlich, dass Charlotte beim Kiffen in der Umkleidekabine erwischt worden war.

Jeder Mensch fühlt sich vom Leben betrogen. Aber man hat immer die Wahl: Entweder man steht wieder auf, ballt die Fäuste und macht weiter, oder man bricht unter der Last seines Schicksals zusammen. Sowohl Joe als auch die Bewährungshelferin versuchten, Charlotte zu ermutigen, sich nicht unterkriegen zu lassen und ihren Schulabschluss zu machen, damit sie einen Vollzeitjob bekommen und ihre Tochter aus dem Pflegeheim zurückholen konnte. Offensichtlich zog sie es vor, in der Scheiße zu versinken, anstatt in den Ring zu steigen. Jetzt musste er ihr kündigen und ihre Bewährungshelferin informieren.

Charlotte hätte es besser wissen müssen, als diesen Mist in seinen Club zu bringen. Sie logen ihre Angestellten nicht an. Jeder wusste, dass das Gelände und der Club überwacht wurde. Die Mitarbeiter hatten nur keine Ahnung, wo genau die Kameras versteckt waren. Das sollte sie dazu bringen, sauber zu bleiben. Es sollte sie davon abhalten, seinen Schnaps zu stehlen oder auf seinem Grundstück Drogen zu konsumieren.

Auf dem Weg aus seinem Büro kam Joe an einem Spiegel vorbei. Er warf einen Blick auf den Mann, der er geworden war. Graue Schläfen, und auch sein Bart nahm langsam diese Farbe an. Wo zum Teufel war die Zeit geblieben? Er erinnerte sich an die Highschool, als wäre er noch letzte Woche hingegangen, und an die Geburt seiner Zwillinge, Chris und Nick, als wäre es erst gestern gewesen. Aber irgendwann hatte das Leben rasant vorgespult und ihn einfach mitgerissen.

Er ging weiter. Als er das Ende des Flurs erreichte, stieß er die Hintertür auf und setzte seinen Weg in Richtung des Mitarbeiterparkplatzes fort. Einer seiner Türsteher steckte seinen Kopf aus der Tür und pfiff. Joe winkte ihn ab. Er wurde mit allem fertig. Sein ganzes Leben hatte er Gewichte gestemmt, um sich in Form zu halten. Noch heute war er durchtrainiert und stark. Außerdem war er fast ein Meter neunzig groß. Er brauchte keinen verdammten Türsteher, um die Drecksarbeit zu erledigen; er hatte im Laufe der Jahre schon viele Betrunkene und Ganoven vermöbelt. Was er brauchte, war eine Pause von dem ganzen Trubel, den der Betrieb eines Stripclubs mit sich brachte.

Er brauchte ein anderes Leben.

Charlotte, oder Charlie, wie sie gerne genannt wurde,

schnüffelte laut, um das Koks tiefer in ihre Lunge zu ziehen. Sie hatte ihm den Rücken zugewandt und sah nicht, wie sich Joe ihnen näherte. Ihr Begleiter schaute auf und steckte ein Fläschchen weg.

»Komm morgen vorbei und hol dir deinen Gehaltsscheck ab. Es ist dein letzter«, bellte Joe und seine Worte ließen Charlie hochschrecken.

»Verdammt! Joe, ich ...«

»Ich habe dir gesagt, dass ich diese Scheiße nicht dulde. Neulich hast du deine erste Verwarnung kassiert, und eine zweite gibt es nicht. Du wusstest, dass du rausfliegst, wenn du noch einmal Drogen auf mein Grundstück bringst.«

Ihr Gesicht wurde blass, dann begannen die Tränen zu fließen. Gott, es tat ihm in der Seele weh. Sie hatte Potenzial. Sie war klug, konnte alles werden, was sie sich vorgenommen hatte. Aber sie traf immer wieder die falschen Entscheidungen. Ein Teil von ihm wollte ihr noch eine Chance geben, aber der andere, realistische Teil wusste, dass sie sich niemals zusammenreißen würde, solange sie nicht ihren Tiefpunkt erreicht hatte. Eigentlich sollte das Strippen für den Lebensunterhalt ihr Tiefpunkt sein, aber das war ihr eindeutig nicht tief genug. Joe würde nicht mitansehen, wie sie ganz unten ankam.

Manche Menschen brauchen nur eine helfende Hand, die ihnen den Weg zu einem besseren Leben wies, um wieder in Fahrt zu kommen. Andere müssen mit der hässlichen Wahrheit konfrontiert werden, bevor sie Hilfe suchen. Charlie gehörte zu den Letzteren, und das tat ihm im Herzen weh.

»Bitte, Joe!« Sie griff nach seinem Hemd, und er trat zurück. Als sie merkte, dass er sich von ihren Tränen nicht erweichen ließ, wurden ihre Augen wild. »Ich werde das in Ordnung bringen«, flehte sie in Panik. »Ich werde dafür sorgen, dass du dich gut fühlst.« Auf dem schmutzigen Parkplatz sank sie vor ihm auf die Knie und streckte eine Hand nach seinem Schritt aus.

Joe wich vor ihren Annäherungsversuchen zurück, und sie fiel auf alle viere. Ihr Kopf hing nach vorn, ein Zeichen ihrer Niederlage. Sie rappelte sich nicht wieder auf; bis auf das Schluchzen, das ihren Körper zum Zucken brachte, blieb sie regungslos und still.

Joe starrte die gebrochene Frau an und erinnerte sich an dutzende von Szenen wie diese, die sich im Laufe der Jahre abgespielt hatten. Er war immer der Vollstrecker gewesen. Er war derjenige, der sich um die Scheiße kümmerte und sie wieder loswurde. Als älterer Bruder war er fest entschlossen, die Schattenseiten des Geschäfts vor Mike zu verbergen. Seine Seele zahlte den Preis dafür, und die Rechnung war gesalzen.

Joe richtete seine Aufmerksamkeit auf den Mann, der hinter Charlie stand. Das Arschloch schien sich über ihr Leid zu amüsieren. »Bist du ihr Mann?«

Der Kerl sah ihn aus blitzblauen Augen an. »Das hätte sie wohl gern«, antwortete er belustigt. Wie um zu beweisen, dass er ein Stück Scheiße war, ging er weg, stieg in ein Auto, das wenige Meter von ihnen entfernt stand, und fuhr davon.

Joe sah Charlie an und musste sich zurückhalten, um ihren Tränen nicht nachzugeben. Er war nicht dafür gemacht, eine Frau leiden zu sehen. Er wollte ihre Probleme lösen und sie nicht noch schlimmer machen. Mit einem tiefen Seufzer ging er in die Hocke und streckte ihr die Hand entgegen. Er wartete, bis Charlie zu ihm aufschaute, um ein letztes Mal zu versuchen, zu ihr durchzudringen. »Hast du von so einem Leben geträumt, als du ein kleines Mädchen warst? Wenn nicht, nimm meine Hand und lass dir helfen.«

Sie biss die Zähne zusammen, während ihr die Tränen wie Bäche über das Gesicht liefen. Anstatt ihm zu antworten, spuckte sie ihm ins Gesicht.

Joe schloss kurz die Augen und wischte sich mit dem Handrücken über die Wange. Nicht jeder war für seine Hilfe bereit. Damit musste er leben. »Du kannst deinen Gehaltsscheck morgen Nachmittag abholen.«

Joe stand ohne ein weiteres Wort auf und ging wieder in den Club. Er ließ Charlie allein zurück und hoffte, sie würde zur Vernunft kommen, bevor sie an einer Überdosis starb.

In der Toilette wusch er sich die Hände und das Gesicht, dann setzte er sich hinter seinen Schreibtisch, bereitete den Gehaltsscheck vor und füllte die notwendigen Papiere für Charlies Kündigung aus. Nachdem er den Scheck in einen Umschlag gesteckt hatte, wandte er sich wieder dem Monitor zu und beobachtete sie auf dem Parkplatz. Sie war aufgestanden, hatte sich aber nicht von der Stelle bewegt, an der er sie zurückgelassen hatte. Er konnte die Trostlosigkeit in ihrem Blick erkennen und musste sich selbst davon abhalten, sein Wort zu brechen. Mit einem schweren Seufzer holte er sein persönliches Scheckbuch hervor. Er war es leid, sich mit anderer Leute Mist herumzuschlagen, aber er konnte es auch nicht lassen. Den zweiten Scheck legte er zu dem anderen in den Umschlag. Er bezweifelte, dass diese Geste der nötige Tritt in den Hintern war, den Charlie brauchte, aber er musste es ein letztes Mal versuchen.

»Willst du wirklich abhauen und das alles zurücklassen?«

Joe sah von einer Bierrechnung zu seinem Chef-Barkeeper auf. »Deacon hat alle Lieferungen der letzten Monate abgesegnet«, sagte er, die Frage ignorierend.

Francis schaute auf die Rechnung, die er in der Hand hielt, und nickte. »Das macht Sinn, da er Schicht hat, wenn der Laden öffnet.«

Joe drehte sich in seinem Stuhl und starrte ausdruckslos auf die Monitore. Er hatte keinerlei Beweise auf den Sicherheitsvideos gefunden. Niemand wurde beim Verlassen des Lagerraums mit Bier- oder Spirituosenkästen gesehen, für die es keine Belege gab. Wer auch immer der Dieb war, er hatte einen Weg gefunden, die Kameras zu umgehen.

Joe lenkte seinen Blick auf einen anderen Bildschirm. Lolita rekelte sich gerade kopfüber an einer Stange. Nachdem er Charlotte gestern gefeuert hatte, mussten sie für ein paar Tage die Schichten tauschen, bis sie einen Ersatz einstellen konnten. Seine Aufmerksamkeit richtete sich auf die Kamera über der Bar, um sicherzustellen, dass sie alle Winkel abdeckte, und er hielt inne. Schon den zweiten Tag in Folge saß nur ein Mann an der Theke. Wieder hatte er der Tänzerin seinen Rücken zugewandt.

»Der Typ, der an der Theke sitzt, war der gestern schon hier?«, fragte Joe.

Francis warf einen Blick auf den Bildschirm und nickte. »Ja, er hat ein paar Bier getrunken und ist wieder gegangen.«

»Kannst du dich daran erinnern, ob er einem der Mädchen zugesehen hat?«

Francis überlegte kurz, dann schüttelte er den Kopf. »Wenn ja, dann habe ich es nicht mitbekommen. Soweit ich weiß, hat er nur getrunken und ist dann gegangen.«

Ein Bulle?, fragte sich Joe.

»Tu mir einen Gefallen und zähle den Bestand hinter der Bar, und während du das tust, behalte den Kerl im Auge. Ich bin in fünf Minuten bei dir«, befahl Joe und griff nach dem Telefon.

Er rief James Mayson an, den Sheriff von Murfreesboro und Novembers Schwiegervater, um herauszufinden, ob sein Club aus irgendeinem Grund überwacht wurde. Alles an dem einsamen Mann sprach für einen Polizisten.

Als sich nur James' Mailbox meldete, hinterließ Joe eine Nachricht. Dann ging er mit einem Bestandsblatt, das Francis ausfüllen sollte, in den vorderen Bereich. Er behielt den Fremden im Auge, während er sich ihm näherte. Der Mann war groß, weit über ein Meter neunzig, und hatte ein Gesicht, das eher nach Hollywood als in ein Polizeirevier passen würde. Aber selbst von der anderen Seite des Raumes roch er nach Dienstmarke. Die Tatsache, dass er Joe nicht aus den Augen ließ, als er die Bar umrundete, bestätigte seinen Verdacht.

Er reichte Francis das Bestandsblatt und wies ihn an, zweimal zu zählen und dass das Ergebnis zwischen ihnen beiden bleiben sollte. »Keine Ahnung, was vor sich geht, aber je weniger von den aktuellen Zahlen wissen, desto besser. Ich kann Langfinger nicht leiden.« Dann wandte er sich dem Fremden zu und stützte sich auf die glatte Oberfläche der Bar. »Das zweite Mal diese Woche«, sagte Joe und beäugte den Kerl. »Entweder bist du ein Bulle oder du bist neu in der Gegend.«

Der Mann schüttelte den Kopf. »Ich komme aus Georgia. Aus der Gegend um Tybee Island.«

Joes Magen zog sich bei der Erwähnung des Ortes zusammen. »Was führt dich nach Tennessee?«, fragte er, immer noch misstrauisch, denn auch wenn der der Mann nicht aus der Gegend war, wirkte er wie ein Polizist.

Der Fremde betrachtete Joe einen Moment lang, als würde er ihn abschätzen, dann zog er sein Handy heraus und schaltete es ein. Wenige Sekunden später sah er auf und hielt Joes Blick fest, während er das Telefon herumdrehte und ihm ein Bild zeigte. »Meine Frau ...«, begann der Fremde.

Joe schaute auf das Display und erwartete, eine ausgezehrte Frau zu sehen, die drogenabhängig geworden und weggelaufen war. Was er stattdessen entdeckte, traf ihn viel härter. Zwei Blondinen mit pfirsichfarbenem Teint starrten ihn aus blauen Augen an, eine Farbe fast wie Lavendel. Er kannte diese Augen. Vor einem Jahr waren sie über den Rand einer Fliegerbrille hinweg auf ihn gerichtet gewesen.

Ohne nachzudenken, griff Joe nach dem Telefon und starrte die Südstaatenschönheit an. Bernice Armstrong. Die jüngere Frau auf dem Bild ähnelte ihr in Bezug auf Hautfarbe und Körperbau. Sie mussten verwandt sein. »Sind das deine Frau und ihre Mutter?«

»Das sind meine Frau Calla und ihre Tante Bernice. Sie hat Calla aufgezogen, als wäre sie ihre eigene Tochter, also ja, Mutter trifft es. Mein Name ist übrigens Devin Hawthorne. Ich bin Privatdetektiv.«

Joe blickte von dem Bild auf und sah Hawthornes ausgestreckte Hand. Kein Wunder, dass er das Gefühl hatte, ein Polizist würde an seiner Bar rumlungern.

»Joe Rouger«, antwortete er und nahm die Hand des Mannes, bevor er ihm sein Telefon zurückgab. »Wenn du hier nach deiner Frau suchst, bist du an der falschen Adresse. Ein so unschuldiges Mädchen hat in einem Etablissement wie meinem nichts verloren. Ich würde sie nicht mal durch die Tür lassen.«

Hawthorne lachte. »Ist vielleicht besser so. Sie würde den Laden noch vor Ende der Nacht schmeißen ... oder ihn abfackeln«, sagte er voller Ernst. »Vielleicht findet sie auch ein oder zwei Leichen, wenn sie schon mal in Fahrt ist.«

»Leichen ...?«

»Und wenn sie ihre Freundinnen dabei hat, ist der Ärger vorprogrammiert.«

Joe griff nach einer Flasche Scotch und zwei Gläser und goss je zwei Finger breit der bernsteinfarbenen Flüssigkeit hinein. Er reichte eines an Hawthorne. »Der geht aufs Haus, wenn du versprichst, deine Frau und ihre Freundinnen nie in meinen Club zu bringen.«

Hawthorne warf den Kopf zurück und lachte. »Abgemacht.«

Beide leerten den Scotch in einem Zug. Joe genoss das Brennen, das durch seine Adern floss und seine Muskeln lockerte, denn nach dem unerwarteten Bild von Bernice war er viel zu angespannt. Wie groß war die Chance, dass ein Mann, der die Frau kannte, nach der sich Joe verzehrte, rein zufällig in seinen Laden kam?

Eine Frau, die ich will, aber nicht haben kann, rief sich Joe in Erinnerung.

»Calla ist schwierig, aber ich würde sie nicht anders haben wollen«, fuhr Hawthorne fort. »Es scheint eine Armstrong-Eigenschaft zu sein. Ihre Tanten sind beide genauso verrückt wie sie.«

Joe sah bei der Erwähnung der Tanten von seinem Glas auf und bemerkte, wie Hawthorne ihn musterte. Als würde er auf eine Reaktion warten. Er wollte die Gläser wieder auffüllen, als ihm Novembers Worte von neulich in den Sinn kamen: Wenn Bernice mit ihrem Mann glücklich war, warum hatte sie dann Joe so interessiert angeschaut? Hatte ihr gefallen, was sie sah, so wie sie ihm gefiel?

»Ihre Tante, die auf dem Bild, macht sie ihrem Mann das Leben auch schwer, wie ihre Nichte dir?«, murmelte er und schenkte ihnen beiden nach.

Hawthorne schaute einen Moment lang verwirrt. »Was meinst du?«

»Die Leichen«, erklärte Joe, obwohl er vermutete, dass der Typ ihn damit nur auf den Arm genommen hatte.

Hawthorne lehnte sich auf dem Tresen vor und schüttelte den Kopf. »Du missverstehst mich, Joe. Calla und ihre Tanten ... sie sind wie eine sanfte Brise. Manchmal bringen sie einen Sturm und bereiten dir Kopfschmerzen, vielleicht auch erste Anzeichen für ein Herzversagen in jungen Jahren. Aber sie machen einem das Leben nicht schwer, sie machen es besser. Calla gehört mein Herz. Meine Seele. Sie ist der Grund, warum ich jeden Tag aufstehe. Wegen ihr bin ich ein viel besserer Mensch. Ich bin von all meinen Sünden freigesprochen und fühle mich so reingewaschen, wie ich es nach all der Scheiße, die ich während meiner Zeit bei der Polizei gesehen habe, noch nie war.«

Joe kniff die Augen zusammen, als ihn die Eifersucht überkam. Was Hawthorne erzählte, klang verdammt perfekt. Er hatte nach einem plausiblen Grund gesucht, warum Bernice so auf ihn reagiert hatte, und er auf sie. Hawthornes Erklärung kam ihm wie die Antwort vor. Nur brauchte er nicht noch mehr Treibstoff für seine Träume von ihr. »Wenn das alles zu Hause auf dich wartet, warum sitzt du dann in meinem Stripclub?«

»Wie ich schon sagte, ich bin wegen meiner Frau gekommen.«

Joe hob seine Arme und zeigte auf den Club. »Sie ist nicht hier, Junge.«

Hawthorne nickte. »Nein, ist sie nicht. Sie ist zu Hause und wartet darauf, dass ich sie anrufe und ihr ein Update gebe.«

»Ein Update?«, hakte Joe nach und wurde langsam ungehalten.

Ohne zu antworten, stand Hawthorne von seinem Hocker auf, zog zwei Scheine aus seiner Brieftasche und legte sie auf die Theke. Er hatte sich schon zum Gehen gewandt, drehte sich aber noch einmal um und sah Joe an. »Ich habe vergessen, deine Frage zu beantworten.«

»Welche Frage?«

»Die über Bernice, ob sie ihrem Mann das Leben schwer macht.«

»Und?«, knurrte Joe.

Hawthorne schüttelte leicht den Kopf. »Nein. Sie hat keinen.«

Joe blinzelte, unsicher, ob er den Mann richtig verstanden hatte. »Wiederhol das.«

Hawthorne sah sich im Club um, dann richtete er seinen Blick wieder auf Joe und musterte ihn noch einmal. Er ließ sich dabei so viel Zeit, dass Joe den Drang verspürte, die Worte aus ihm herauszuschütteln.

»Bernice hat ihr ganzes Leben damit verbracht, sich um meine Frau zu kümmern. Sie verzichtete auf die Liebe eines guten Mannes aus Liebe zu ihrer Nichte, deren Eltern bei einem Autounfall starben. Sie ist mehr als nur Callas Tante, sie ist auch *meine* Familie. Sie verdient einen guten Mann in ihrem Leben. Einen, bei dem sie an erster Stelle steht.«

Joe schloss die Augen und ließ den Kopf in den Nacken fallen. Er hatte Hawthorne richtig verstanden. »Willst du damit sagen, dass sie keinen Mann in ihrem Leben hat? Eine Frau wie sie?«

»Ganz recht. Sie ist ungebunden. Aber es gibt viele Männer, die sie wollen. Die einzige männliche Konstante in ihrem Leben ist ihr Vater, der sie für seine eigenen Zwecke benutzen würde, wenn er könnte. Du hast ihr Bild gesehen. Frauen wie sie sind selten. Sie ist eine Augenweide und wird wegen ihres Aussehens immer die Aufmerksamkeit auf sich ziehen, aber sie ist den Menschen, die sie liebt, absolut loyal. Und sie hat eine Menge Liebe zu geben.«

Joe begann zwei und zwei zusammenzuzählen. Nie im Leben war dieser Mann rein zufällig in seinem Club. Wie Hawthorne ihn gefunden hatte, war allerdings immer noch ein Rätsel. »Warum zum Teufel erzählst du mir das alles?«, fragte er. Diesmal wollte er die ganze Wahrheit hören.

Hawthorne grinste. »Soweit ich weiß, wolltest du sie schon vor einem Jahr, und ich bezweifle, dass sich das geändert hat. Nicht, wenn du der Mann bist, für den ich dich halte, und ich irre mich nur selten. Besonders in dieser Sache.«

»Wie?«, fragte Joe. »Woher zum Teufel weißt du das alles?«

Hawthorne trat einen Schritt näher, lehnte sich vor und lächelte. »Meine Frau ist eine hoffnungslose Romantikerin. Liest pausenlos. Als Bernice ihr von dir erzählte, machte sie es zu ihrer

Lebensaufgabe, dich aufzuspüren. Ich habe von der Geschichte erfahren, nachdem ich sie bei einem *weiteren* haarsträubenden Plan, dich zu finden, erwischt hatte. Ich habe sie verkabelt und zugehört, während Calla Bernice verhörte, um zu wissen, dass du es wert bist, gefunden zu werden. Ihre Reaktion auf dich war mehr als eindeutig, und doch ...« Er schüttelte den Kopf. »Dein Verhalten hat mich verwirrt. Fast wäre ich nicht hierher gekommen.«

»Mein Verhalten in Bezug auf was?«

»Auf ihre Reaktion. Du bist gegangen. Ich hätte Calla auf keinen Fall verlassen, nachdem ich sie gesehen hatte. Aber du bist auf und davon, und das bedeutete für mich, dass du Bernice nicht verdient hast. Calla war anderer Meinung. Sie erzählte mir noch einmal von eurer Begegnung, und plötzlich verstand ich es. Der Mann ihrer Schwester tauchte auf, als du dort warst, und du dachtest, sie sei schon vergeben, nicht wahr? Du bist abgehauen, weil du nicht der Typ Mann bist, der sich an die Frau eines anderen ranmacht.«

»Der Mann ihrer Schwester?«

»Silberweißer Ziegenbart, trägt Kleidung wie aus den Achtzigerjahren?«, half ihm Hawthorne auf die Sprünge. Joe nickte und ärgerte sich, dass er nicht mit Bernice gesprochen hatte, als er die Gelegenheit dazu hatte. Er konnte sich nicht vorstellen, dass eine Frau wie sie single war, also hatte er eine falsche Annahme getroffen. Und fast ein Jahr verloren, das er nicht mehr zurückholen konnte.

»Jesus. Ich hätte ...«

»Ja, das hättest du. Aber ich verstehe es. Bei einem Mann in Callas Leben habe ich den gleichen Fehler gemacht. Das Hier und Jetzt ist am wichtigsten. Also, wie sieht es aus, Joe? Sie ist die Art von Frau, die einem Mann das Gefühl geben kann, vollständig zu sein. Ein besonderes Gefühl für einen Mann, dem ...« Hawthorne schaute sich im Club um. »... viele das Leben schwer machen.«

Hawthornes Handy klingelte in seiner Hosentasche, und er zog es heraus. »Es ist Calla. Wenn ich beim nächsten Mal auch nicht rangehe, wird sie keine Ruhe geben. Ich fasse mich kurz: Keine

Ahnung, was dir durch den Kopf geht oder ob du überhaupt noch an Bernice interessiert bist. Aber du musst wissen, worauf du dich einlässt, wenn du dich für sie entscheidest. Bernice' Eltern sind wohlhabend. Eigentlich trifft es das nicht ganz. Ihnen gehört die Hälfte von Savannah und der größte Teil von *Hilton Head.* Sie und ihre Schwester sind unter der eisernen Faust ihres Vaters aufgewachsen. Er ist ein Arschloch. Er hat einen Jungen auf mich angesetzt und steckt seine Nase in Dinge, die ihn nichts angehen. Ein Mann der alten Schule mit einem Überlegenheitskomplex. So einen kennst du bestimmt auch. Jedenfalls, er geht auf die Achtzig zu, aber in seiner Nähe darfst du nicht unvorsichtig werden. Wenn er nicht aus heiterem Himmel einen Herzinfarkt erleidet, wird er in nächster Zeit nirgendwo hingehen. Er ist fit und hat viele Angestellten, um uns Ärger zu machen. Kannst du mir noch folgen?«

Joe nickte und ließ Hawthorne fortfahren.

»Bernice und Eunice haben hart für ihre Unabhängigkeit gekämpft, und er hat ihnen den Geldhahn zugedreht. Finanziell geht es ihnen gut. So altes Geld hat viele Quellen. Als ihre Großeltern starben, ging das Erbe zum größten Teil an Bernice und Eunice.«

Bei der Erwähnung des Reichtums ihrer Familie wurde Joe ganz starr. »Wenn du mir das sagst, weil du denkst, dass ich hinter ihrem Geld her bin, dann ...«

Hawthorne hob beschwichtigend eine Hand. »Ich sage dir das wegen ihres Vaters. Er wird seine Nase in ihre Angelegenheiten stecken. Meistens lässt sie ihn abblitzen, aber er ist immer noch ihr Vater und er drückt auf Knöpfe, von denen sie gar nicht weiß, dass sie sie hat. Alte Wunden heilen nie ganz. Sei gewarnt, dass dich der alte Mann *nicht* mögen wird, und er wird alles tun, um dich loszuwerden.«

Das kann er gern versuchen, knurrte Joe im Geiste. Niemand würde ihn vertreiben, denn er hatte zu lange nach einer guten Frau gesucht.

Joe musterte den jüngeren Mann genauer. Er war gutaussehend, scharfsinnig und hatte eine gewisse Ausstrahlung. Kein verwöhnter Schnösel, so viel stand fest. Er sah zwar gut aus, aber er war zu verbissen, um zu den Reichen und Schönen zu gehören. »Hasst er dich?«

Hawthorne lächelte. »Ja, er hasst mich. Und ich bin ein Ex-Cop, kein Stripclubbesitzer. Es wird ihm egal sein, dass du den Frauen hier wieder auf die Beine hilfst; er wird nur das Offensichtliche sehen. Wir fahren beide Harleys, pfeifen auf die Regeln und scheren uns einen Dreck darum, was andere außer den Frauen in unserem Leben denken.«

»Danke für die Vorwarnung«, murmelte Joe und fragte sich, wie eine Frau, die so unbeschwert wirkte, von so einem überheblichen Arschloch abstammen konnte.

»Du musst wissen, worauf du dich einlässt, bevor du dich für sie entscheidest.« Hawthornes Telefon begann wieder zu klingeln, und er sah zu Boden. »Ich gehe jetzt, damit du über das, was ich gesagt habe, nachdenken kannst. Nimm deine ...«

»Ich brauche keine Zeit zum Nachdenken«, unterbrach Joe ihn. Nur ein Narr würde Zeit mit Nachdenken verschwenden. Joe war kein Narr. Er wusste, was er wollte. »Da ich jetzt weiß, dass sie single ist, ändert das alles«, schwor Joe und verschränkte die Arme. »Bernice hat mich fast ein ganzes Jahr lang verfolgt. Wenn sie nur halb so spektakulär ist, wie ich glaube, braucht es mehr als einen alten Geldsack, um mich davon abzuhalten, sie zu erobern.«

»Das dachte ich mir«, antwortete Hawthorne und streckte seine Hand aus, um Joes zu schütteln. »Aber eins sollst du wissen, Joe: Wenn ich mich in dir täusche und du ihr in irgendeiner Weise schadest, werde ich dich aus der Stadt jagen.«

Joes Mundwinkel hoben sich zu einem Lächeln, und er drückte Hawthornes Hand fester. Der Mann war arrogant, und Joe wusste so einen Charakterzug zu schätzen. »Zur Kenntnis genommen.«

Hawthornes Telefon klingelte erneut. Er sah auf das Display und seufzte. »Kann ich Calla sagen, dass sie bald Besuch bekommt?«

»Ja. Aber ich brauche ein paar Wochen, um einige Dinge zu klären, bevor ich in den Süden fahren kann. Ich habe einen Dieb unter meinen Angestellten, der es auf meinen Alkohol abgesehen hat, und den werde ich vorher aus dem Verkehr ziehen.«

Devin warf einen Blick auf sein klingelndes Telefon und dann auf die Flaschen, die ordentlich hinter der Bar aufgereiht waren. »Wenn du Hilfe brauchst, ich kenne einen guten Privatdetektiv. Pro bono natürlich.«

3

Boom!

Bernice, drei Wochen später …

Am Himmel kreischte eine Möwe. Ihr schriller Ruf übertönte den Lärm der Touristen vor unserem Haus auf Tybee Island. Eunice und ich hatten das *Frock You* früh geschlossen, um dem vielen Verkehr, der sich vor dem langen Wochenende aus der Stadt walzte, zu entgehen. Der vierte Juli stand vor der Tür, und es gab nichts, was ein Südstaatler mehr zu schätzen wusste als einen Anlass zu feiern. Die Leute auf Tybee verstanden sich auf das Veranstalten von Partys, und so verpassten Eunice und ich keinen einzigen Festtag hier. Paraden, Livemusik am Strand und ein Feuerwerk, das in all seiner Pracht selbst New York City in den Schatten stellte. Nicht weniger erwartete uns für die diesjährigen Unabhängigkeitsfeierlichkeiten.

»Vor dem Abendessen brauchen wir Mojitos«, rief Eunice aus ihrem Schlafzimmer. »Ich mache einen Krug voll, während ich koche.«

»Gut, deine schmecken sowieso besser«, erwiderte ich, während ich mir einen mintgrünen Sarong um die Taille band, der meine Problemzone kaschierte, die sich gegen meinen Willen angesammelt hatte. »Ich werde draußen die Pflanzen gießen.«

Auf dem Weg zur Haustür hielt ich inne und öffnete die Wohnzimmerfenster, um unser kleines Ferienhaus zu lüften. Wir hatten den in die Jahre gekommenen Bungalow mit Meerblick gekauft, als Calla Lily acht Jahre alt war. Nach dem Verlust ihrer Eltern und ihres Bruders wollten wir so viele schöne Erinnerungen wie möglich für sie schaffen. Familienzeit am Strand, während wir das

Haus zu seinem alten Glanz verhalfen, schien ein guter Weg zu sein, ihr wieder ein Lächeln ins Gesicht zu zaubern.

»Was ziehst du heute Abend an?«, wollte Eunice wissen.

»Was ich immer am Strand trage«, beantwortete ich ihre völlig überflüssige Frage und trat nach draußen.

Die Sonne stand schon tief am Himmel und ließ das Wasser in einem orangefarbenen Licht erstrahlen. Ich hielt inne und genoss den Anblick eines weiteren Sonnenuntergangs auf Tybee. Wir würden das lange Wochenende allein verbringen. Kein Odis Lee. Keine Wallflowers und ihre verrückten Streiche. Nur Eunice und ich, um uns nach ein paar aufregenden Monaten zu erholen.

Während ich die Pflanzen goss, lauschte ich dem Surren des Mixers im Haus und beobachtete, wie Familien am Strand entlangliefen, um den Wellen und winzigen Krabben nachzujagen, die sich im Sand eingruben.

Auf der Seitenstraße, die an unserem Bungalow vorbeiführte, herrschte wegen der vielen Urlauber dichter Verkehr. Ich warf einen Blick auf das Nachbarhaus, in das die Entführer der Senatorentochter eingedrungen waren, um den Politiker zu erpressen. Es brannte kein Licht, was darauf hindeutete, dass das Cottage entweder leer stand oder die Mieter am Strand waren. Ich sprach ein stilles Gebet für ein paar friedliche Tage, nur für den Fall, dass die Götter des Chaos gerade zuhörten.

Das Geräusch eines Motorrads durchbrach die Abendluft, als ich gerade den Wasserhahn im Garten abdrehte. »Schwester?«, rief Eunice durch das offene Fenster. »Die Mojitos sind fertig.«

Ich wollte gerade reingehen, um ein Glas unseres Lieblingscocktails zu trinken, als eine Harley vor dem Nachbarhaus hielt. Der Fahrer stieg von seinem Motorrad und zog seine Lederjacke aus. Etwas an ihm kam mir seltsam vertraut vor. Ich sah zu, wie er seine Satteltasche aushakte, und mein Herz begann heftiger zu klopfen. Eine Tätowierung, die unter seinem Ärmel hervorlugte, ließ mich schon etwas vermuten. Und als sich der Mann ganz in meine Richtung drehte, bestätigte sich mein Verdacht.

»Joe«, flüsterte ich. »Oh mein Gott. Das ist Joe.«

Er hatte mich bei seiner Ankunft nicht gesehen. Erst jetzt, als er sich umdrehte und in meine Richtung schaute, entdeckte er mich und zuckte zusammen.

Bin ich ihm genauso in Erinnerung geblieben wie er mir?

Zum ersten Mal in meinem Leben wusste ich nicht, was ich tun sollte. Ich fühlte mich wie eine der steinernen Statuen im *Forsyth Park*, als wäre ich mitten in meinem Tun erstarrt. Ich konnte mich weder bewegen noch atmen, weil ich befürchtete, dass er verschwinden würde, wenn ich auch nur mit der Wimper zuckte.

Joe blickte mich einen Moment lang eindringlich an, dann ließ er seine Satteltasche fallen und kam über den schmalen Weg zwischen den Häusern direkt auf mich zu. Er war größer, als ich ihn in Erinnerung hatte. Und kräftiger. Er hatte sich einen Bart stehen lassen, was seine Attraktivität noch erhöhte, und er besaß immer noch die Ausstrahlung eines Mannes, der die Welt um ihn herum beherrschte. Er wirkte gefährlich, als würde er im äußersten Fall auch zu Gewalt greifen. Er war ein gestandener Bad Boy, daran bestand kein Zweifel, und das zu Vernunft und Anstand erzogene Mädchen in mir war von seinem Anblick auf eine Weise begeistert, die meine Mutter die Schamesröte ins Gesicht treiben würde. Jedes Atom in mir reagierte auf seine Gegenwart. Noch nie in meinem Leben war ich so erregt wie in diesem Augenblick.

Er war fünf Meter entfernt, als ich nervös an meinem Sarong nestelte, während ich das Muskelspiel von Joes Armen und Beinen bei jedem Schritt in meine Richtung in mich aufsog. Er war noch drei Meter entfernt, als Eunice nach mir rief, weil der Mojito wartete, aber ich konnte nicht antworten. Die Luft in meiner Lunge fühlte sich dünn und heiß an.

Dann stand er direkt vor mir, und ich könnte schwören, dass ich kurz davor war, in Ohnmacht zu fallen.

Sein Kiefer war angespannt, und seine braunen Augen glühten vor unverhohlenem Verlangen, was dazu führte, dass Hitze durch meinen Körper schoss, direkt zwischen meine Schenkel.

Ich neigte den Kopf zurück und wartete, während Joes Blick mein Gesicht abtastete, als würde er sich jede Lachfalte und jeden winzigen Makel einprägen, den die Zeit auf meiner Haut hinterlassen hatte.

Es war unwirklich, wie wohl ich mich fühlte, als er nur wenige Zentimeter von mir entfernt war. Keine vernünftige Frau sollte es zulassen, dass ein Fremder so gewaltsam in ihren persönlichen Raum eindrang. Aber ich empfand nicht die leiseste Angst. Obwohl er mich wie einen Zweig zerbrechen könnte, wenn er wollte, wusste ich irgendwie, dass er es nicht tun würde. Nachdem ich im letzten Jahr von Joe geträumt hatte, schien es mir ganz natürlich, dass er mir so nah war und mich überragte.

Seine Körperwärme drang in meine entblößte Haut ein und verursachte eine Gänsehaut auf meinen Armen. Dieser Moment war so intim. Die Luft war immer noch warm, und doch rann ein süßer Schauer meine Wirbelsäule hinab und ließ mich vor Vorfreude zittern. Alles nur wegen Joes Nähe.

»Hi, ich bin Bernice«, sagte ich atemlos und befeuchtete meine trockenen Lippen. *Herrje, ich klinge wie ein Schulmädchen.* Ich spürte, wie mir die Röte ins Gesicht kroch und sich in meinen Wangen sammelte. Weg war die selbstbewusste Frau, die ich geworden war, die über ihre Eltern und deren Millionen nur die Nase gerümpft hatte. An ihre Stelle trat eine Frau so scheu wie ein Reh, und ich wusste nicht, wie ich damit umgehen sollte. Noch nie in meinem Leben wurde ich mit so viel Testosteron konfrontiert. Dieser Mann war gefährlich für meine innere Balance.

Ich versuchte zu schlucken, aber mein Mund war staubtrocken. Als ich mir erneut über die Lippen leckte, folgte Joes Blick der Bewegung. In der nächsten Sekunde berührten seine Hände meine Wangen, und sein Mund eroberte meinen in einem wilden Kuss.

Zuerst keuchte ich schockiert und völlig überrumpelt auf, dann klammerte ich mich an ihn. Meine Knie waren weich wie Butter.

»Verdammt, du schmeckst noch besser als in meinen Träumen«, murmelte er gegen meine Lippen, bevor er mich erneut küsste, lang und tief, wie ein ausgehungerter Mann.

»Ein Gentleman sollte sich vorstellen, bevor er eine Dame küsst«, flüsterte ich zwischen zwei Atemzügen, obwohl mir die Etikette gerade egal war. Jede Benimmregel war in dem Moment vergessen, als Joes Lippen auf meine trafen. Welche Frau konnte bei so einer Aktion noch klar denken?

Joe hob bei meiner Ermahnung leicht den Kopf, ein Grinsen umspielte seinen Mund. »Ich bin kein Gentleman«, knurrte er, bevor er seine Hand sanft in mein Haar schob und meinen Kopf nach hinten neigte, damit er mir in die Augen sehen konnte. »Ich bin hart, seit ich dich gesehen habe, und ich habe das letzte Jahr damit verbracht, zu denken, dass du einem anderen gehörst. Jetzt, wo ich weiß, dass ich dich haben kann, verschwende ich keine weitere Sekunde mit Formalitäten.«

Wovon in aller Welt redet er?

»Ich verstehe nicht ...«

»Das wirst du, wenn ich mein Gesicht zwischen deinen Schenkeln habe und dich verwöhne, bis du vor lauter Lust keine Luft mehr bekommst«, sagte er selbstbewusst. »Und dann vergrabe ich mich so tief in dir, bis wir eins sind, Baby.«

Meine Augen weiteten sich bei dieser kühnen Aussage. Ich hätte ihn wegen seiner Grobheit wegstoßen sollen, stattdessen zitierte ich Calla Lily. »Oh mein Gott. Das ist so ultraheiß.« Sein Mund verzog sich zu einem sexy Grinsen und er begann, seinen Kopf wieder zu senken, aber ich hob eine Hand, um ihn aufzuhalten. Es war an der Zeit, die Kontrolle über die Situation zurückzugewinnen. »Du bist sehr selbstbewusst für einen Mann, der sich noch nicht vorgestellt hat.«

Er beugte sich vor, bis sein warmer Atem mein Ohr streifte und einen Schauer der Erregung über meinen Rücken jagte. »Du kennst meinen Namen bereits.«

Ich blinzelte, wich zurück und starrte entgeistert in sein attraktives Gesicht. Als mir klar wurde, was er gesagt hatte, kniff ich die Augen zusammen. Woher wusste er, dass ich seinen Namen schon kannte? Und dass ich single war? »Habe ich etwas verpasst? Unsere Wege haben sich nur einmal kurz gekreuzt, im letzten Juli. Du bist weggegangen, ohne mich auch nur zu grüßen, und jetzt, fast ein ganzes Jahr später, tauchst du hier auf und sagst mir ganz dreist, dass du ... *du weißt schon* ... und ich soll mich damit abfinden?«

»Schwester, warum brauchst du so ... Oh. Mann.«

Ich löste mich ruckartig aus Joes Armen und drehte mich zu meiner Schwester um, wobei mir aus einem ganz anderen Grund heiß wurde. Sie schaute besorgt zwischen Joe und mir hin und her, ehe sie fragend eine Braue hob.

»Soll ich die Polizei verständigen?«

Ich schüttelte den Kopf und versuchte, meinen rasenden Puls wieder unter Kontrolle zu bringen. »Ähm, das ist Joe«, platzte ich gedankenlos heraus und bestätigte damit, dass ich seinen Namen bereits kannte.

Eunice zog konzentriert die Brauen zusammen, dann keuchte sie auf. »Oh mein Gott.«

»Genau«, murmelte ich zustimmend.

»Er ... Du ...« Sie rang unverkennbar nach Worten, dann huschte ihr Blick zu unserer Einfahrt. Ihre Augen wurden immer größer. Verstohlen linste ich zu Joe. Er lächelte arrogant, denn die Reaktion meiner Schwester bewies, dass ich über unsere Begegnung vor einem Jahr gesprochen hatte.

Verdammter Mist. Ich hätte unseren intensiven Blickkontakt einfach für mich behalten sollen.

»Schwester, ich muss dir etwas sagen. Das heißt, ich wollte es dir eigentlich sagen, bevor die anderen kommen, aber sie scheinen früh dran zu sein, also läuft mir die Zeit davon.«

Ich hörte eine Autotür zuschlagen und drehte mich zu unserer Einfahrt um. Odis Lee lächelte uns von seinem Auto aus zu, und er war nicht allein. Er hatte einen Herrn mitgebracht, der mich angrinste, als wäre ich seine Nachspeise. Ich fühlte mich plötzlich sehr unpassend angezogen.

»Nicht schon wieder dieser Typ«, knurrte Joe hinter mir, aber ich ignorierte ihn wegen einer viel dringenderen Angelegenheit.

»Schwester, was hast du getan?«, zischte ich, und mir schwante Übles. Ich warf einen Blick auf Eunice, die für einen gemütlichen Abend in unserem Haus viel zu aufgedonnert war. Statt wie ich einen Bikini und Sarong, unser typisches Entspannungsoutfit, trug sie ein fließendes Sommerkleid und war geschminkt. Ich wusste genau, was hier vor sich ging: Eunice hatte wegen meiner Schwärmerei für Joe Mitleid mit mir und wollte mich mit einem

Freund von Odis Lee verkuppeln.

»Eunice! Das sollte doch ein Mädelswochenende werden. Sehen diese Kerle für dich wie Frauen aus?«

Sie hatte wenigstens den Anstand, ein schuldbewusstes Gesicht zu machen.

»Na, du bist ja eine Augenweide«, sagte der Mann, der Odis Lee begleitete, und wirkte viel zu glücklich darüber. Ich drehte mich um und sah, wie er mich von Kopf bis Fuß musterte. Ich reagierte auf seine unanständigen Blicke, indem ich meine Arme über meinem offenherzigen Dekolleté verschränkte.

Bevor ich dem Mann sagen konnte, dass meine Augen nicht so knapp über meinem Busen waren, landete eine Hand auf meiner Schulter und zog mich sanft zurück. Joe drängte mich hinter seinen massigen Körper. »Behalt deine Augen bei dir, Mistkerl«, knurrte Joe.

Viele Frauen wüssten seine Einmischung zu schätzen, das nahm ich jedenfalls stark an. Aber durch sein plötzliches Auftauchen und den nagenden Verdacht, dass er nicht zufällig hier war, lagen meine Nerven blank. Also rammte ich ihm meine Fingerspitze in den Rücken. Er schaute über seine Schulter und hob eine Augenbraue, als hätte ich ihn bei irgendwas unterbrochen.

»Ich bin durchaus in der Lage, meine Ehre zu verteidigen. Ich bin keins dieser zarten Frauenzimmer, das einen Mann braucht, der es beschützt«, sagte ich mit mehr Schärfe als nötig.

Er besaß die Frechheit, meinen Tonfall mit einem finsteren Blick zu quittieren. »Mag sein. Aber dich zu beschützen, ist jetzt mein Job.« Mit dieser überraschenden und zugegebenermaßen erheiternden Aussage drehte er sich wieder um, verschränkte die Arme und – der Miene von Odis Lees Freund nach zu urteilen – erdolchte er den anderen Mann mit seinem Blick.

Mein Mund stand offen, und ich stieß Joe erneut an.

Wieder sah er zu mir und hob seine Braue. Was gleichermaßen sexy wie irritierend war. »Dreh dich nicht einfach weg, wenn ich mit dir rede.«

Ich erwartete ein Gegenargument und erhielt ein Lächeln. Und nicht irgendein Lächeln. Es war sanft und sagte mir, dass er mich süß fand. Oder couragiert. Oder alle möglichen Dinge, die Männer an einer starken Frau liebenswert fanden. Mein erster Eindruck von Joe war richtig gewesen. Er war ein Mann, der sich von niemandem etwas gefallen ließ. Ein Höhlenmensch, genau wie Devin, Bo und Nate, und das bedeutete Ärger für mich. Ich hatte eine Schwäche für Männer, die die Kontrolle übernahmen. Aber Schwäche hin oder her, ich würde meine Lippen nicht wieder in die Nähe von seinen bringen, bevor ich nicht herausgefunden hatte, was er hier wollte.

»Läuft da irgendetwas zwischen euch, von dem ich wissen sollte?«, fragte Odis Lee neugierig und schaute zwischen Joe und mir hin und her.

Ich ignorierte Odis Lee, verschränkte meine Arme und konzentrierte mich auf den lächelnden Mann vor mir. Es war noch kein Jahr her, da hatte er mein Inneres mit einem Blick in Brand gesetzt, nur um dann zu gehen, als wäre nichts gewesen. Heute taucht er hier auf, in meiner zweiten Heimatstadt, und beherrscht jeden meiner Sinne, mitten in meinem Vorgarten, als wären wir seit Jahren ein Liebespaar. Als hätte er keinen Zweifel daran, dass ich seine Leidenschaft erwidern würde. So, als *wüsste* er, dass ich mich nach ihm verzehrt habe.

»Bitte erkläre mir, wie du wissen konntest, dass ich deinen Namen kenne«, bat ich höflich, denn gute Manieren waren mir von klein auf eingebläut worden. »*Eine Armstrong erhebt nie ihre Stimme, es sei denn, es ist unbedingt nötig*«, hatte meine Mutter immer gepredigt. Ich hatte das Gefühl, dass sie enttäuscht von mir wäre, wenn ich keine Antworten auf meine Fragen bekäme.

Joe schien mein Themenwechsel zu verwirren. »Was?«

»Wie«, wiederholte ich etwas schärfer, »konntest du wissen, dass ich deinen Namen kenne? Wir haben nicht miteinander gesprochen, als wir uns vor einem Jahr über den Weg liefen.«

Er schien einen Moment lang über die Frage zu grübeln.

»Joe ...« Ich stockte, als der Groschen endlich fiel. Er konnte es nur wissen, wenn er mit einer Person gesprochen hatte, die mir nahestand. »War es Calla Lily?«, platze ich heraus, und die Demütigung versengte mein Gesicht von innen. All die Fragen, die sie mir über Joe gestellt hatte, schwirrten mir im Kopf herum. Die heimlichen Blicke zwischen ihr und den Wallflowers. Sogar Devins Ausflug vor ein paar Wochen. Aus heiterem Himmel hatte er die Stadt verlassen, ohne eine vernünftige Erklärung abzugeben. Alles zusammen ergab ein fürchterlich demütigendes Bild.

Ich suchte in seinem Gesicht nach Anhaltspunkten für meinen Verdacht. Seine Augen verrieten ihn zuerst, dann das leichte Zucken in seinem angespannten Kiefer, als er die Zähne zusammenbiss. Scham durchströmte meinen Körper, und ich trat einen Schritt zurück. »Wenn du mich bitte entschuldigen würdest«, sagte ich verzweifelt und wollte nur noch weg von hier. Ich war nichts weiter als eine Frau, von der er dachte, dass sie leichte Beute sei. Er hatte von meiner heftigen Reaktion auf ihn gehört und war hergefahren, in der Hoffnung auf ein schönes, unverbindliches Wochenende. Die Fantasien, die ich monatelang über diesen Mann hatte, gingen im Rauch meiner Erniedrigung auf und ließen nichts als Enttäuschung zurück. Joe war nicht anders als mein Vater – als die meisten Männer in meinem Bekanntenkreis. Solche Kerle betrachteten uns Frauen nur als Spielzeuge für ihr eigenes Vergnügen.

Ich drehte mich um, um ins Haus zu gehen, aber ich war keinen Schritt weit gekommen, als sich Joes Finger um meinen Oberarm schlangen und mich aufhielten. »Ich sehe, wie sich die Räder in deinem Kopf drehen, also sage ich dir gleich, dass es nicht so ist, wie es aussieht.«

Ich entriss ihm meinen Arm. »Wirklich? Dann bist du nicht seit fast einem Jahr ganz wild darauf, dich in mir zu ... na, *du weißt schon.* Also?«

Joe beugte sich herunter, bis seine Augen auf gleicher Höhe mit meinen waren. Aus irgendeinem Grund funkelte Schalk in seinem Blick. »Oh, genau das habe ich vor, Engel, und noch viel mehr.«

»Was soll der Scheiß?«, zischte Odis Lee empört, was sich für meinen zukünftigen Schwager nur ziemte, da ich gerade zutiefst beleidigt wurde.

Odis Lee stellte sich zwischen Joe und mich und blickte zu Joe hoch. Ich hätte über den unnötigen Schutz geseufzt, wenn er nicht so ritterlich gewesen wäre. Odis Lee war einst ein Spion meines Vaters gewesen, und ich brauchte eine Weile, um ihm das zu verzeihen. Also ließ ich ihn in dem Glauben, er würde helfen, um seine Schuldgefühle zu lindern.

Joe verengte seine Augen und betrachtete Odis Lee, sein Kiefer zuckte vor Wut. »Glaub mir, du willst dich nicht zwischen Bernice und mich stellen. Nicht noch einmal.«

Oh, um Himmels willen.

Ich drängte mich zwischen die beiden, denn so galant sich Odis Lee auch verhielt, gegen jemanden wie Joe war er machtlos. »Genug. Du hast dein Blatt gespielt und verloren. Ich bin für niemanden eine *leichte* Beute«, sagte ich an den Freund von Odis Lee gewandt, dann konzentrierte ich mich wieder auf Joe. »Das gilt auch für dich.«

Anstatt den Schwanz einzuziehen und nach nebenan zu verschwinden, wie er es sollte, trat Joe näher. Er schaute mich fassungslos an. »Glaubst du, ich bin den ganzen Weg hierher gefahren, um dich zu vögeln?« Er klang entrüstet. »Ich habe fast ein ganzes Jahr lang versucht, dich zu vergessen, und dann finde ich heraus, dass dieser Sonny-Crockett-Verschnitt ...« Er nickte abschätzig auf Odis Lee, der sich bei diesem – zugegebenermaßen passenden – Vergleich hinter mir merklich versteifte. »... nicht mit dir, sondern mit deiner Schwester zusammen ist. Also bin ich hergekommen, um herauszufinden, ob du wirklich der Engel bist, für den ich dich halte.«

Mein Vater hatte mir vor langer Zeit beigebracht, dass Männer immer sagen, was sie denken, das man hören will. Aber ich muss Joe zugestehen, dass er aufrichtig wirkte. Er klang so glaubwürdig, dass ich fast meine Deckung fallen ließ. Aber nur fast, denn diese Deckung hatte ich über Jahre perfektioniert, um nicht wieder verletzt zu werden. Mein eigener Vater hatte Eunice und mich auf Abstand gehalten und sich nur aus Eigennutz mit uns abgegeben. Eunice hatte in Odis Lee endlich einen Mann gefunden, dem sie vertraute, was nicht jeder Ironie entbehrte, da sie sich auf ungewöhnliche Weise kennen und lieben gelernt hatten. Aber es brauchte mehr als ein übertrieben attraktives Gesicht, damit ich mich nicht länger vorsah.

Aus dem Augenwinkel nahm ich eine Bewegung wahr und blickte nach rechts. Calla und die Wallflowers machten sich von der Straße aus auf den Weg zum Haus, gefolgt von ihren Männern, was mir bewies, dass ich recht hatte. Calla schaute grinsend zwischen Joe und mir hin und her, als wäre sie eine Schurkin, deren Plan perfekt verlief. Sie wirkte kein bisschen überrascht, ihn hier zu sehen. Offensichtlich hatte sie gewusst, dass er auf dem Weg nach Tybee war, und wollte ihn sich genauer ansehen. Ein Verrat, wie ich ihn noch nie erlebt hatte, schnürte mir die Brust ein.

Wie konnte das Kind, das ich wie mein eigenes großgezogen habe, mir das antun?

»Ich muss gehen«, murmelte ich zu niemand Bestimmtes. Ich drehte mich um, um zu gehen, und Joe umfasste wieder meinen Oberarm.

»Wir beide, du und ich, sind noch nicht fertig. Ich werde Georgia nicht verlassen, bis ich es auf die eine oder andere Weise herausgefunden habe.«

Ich versuchte, mich aus seinem Griff zu befreien, aber die Finger dieses Kerls waren verdammt kräftig. »Und was genau willst du herausfinden, Joe? Ob ich gut im Bett bin?«

Seine Augen verengten sich vor Irritation. »Nein. Ich werde erst gehen, wenn ich weiß, ob du die Frau bist, für die ich leben und sterben will.«

Mein Atem ging stoßweise, und mein Kopf ruckte vor Erstaunen zurück. Er nutzte meinen Schock aus und beugte sich vor, um mir einen flüsterweichen Kuss auf die Lippen zu hauchen, bevor er mich losließ. Verwirrung, Verrat und sogar ein bisschen Hoffnung lähmten meine Brust und machten mir das Atmen schwer. Ich schaute ihm ein letztes Mal in die Augen, drehte mich um und warf Eunice einen Blick zu, der sagte: *Halt mir alle vom Leib.* Dann verschwand ich im Haus, um meine Tasche zu packen und von Tybee zu verschwinden.

Eunice beschloss wie immer, mich zu ignorieren, denn ich hatte mir kaum den Sarong vom Leib gerissen, als Calla meinen Namen rief. Ich hörte ihre Schritte näher kommen, während ich in meinem Kleiderschrank nach einem T-Shirt kramte. Als sie mein Schlafzimmer betrat, zog ich mir gerade ein altes Madonna-Shirt über meinen Bikini. »Wie konntest du nur?«, schnauzte ich sie an, bevor ich mir ein Paar *Levi's*-Jeans schnappte.

Calla blieb stehen, und ein unschuldiger Ausdruck trat auf ihr Gesicht. »Ich wollte nur helfen.«

Ich steckte ein Bein in die Jeans und schaute durch meine Haare, die mir ins Gesicht hingen, zu Calla auf. »Ich habe deine Hilfe nicht gebraucht, Liebling. Mir ging es gut.« Als sich mein Fuß im Hosenbein verfing, verlor ich das Gleichgewicht und taumelte ein paar Schritte zurück. »Verdammt, Calla Lily, du hast mich wie eine Idiotin aussehen lassen. Wie eine ...« Ich versuchte, meinen Fuß zu befreien, fiel aber aufs Bett, weil ich viel zu energisch vorging. Vor Frustration bildete sich ein Knoten in meinem Hals, und zum ersten Mal seit langer Zeit war ich den Tränen nahe.

Ich legte mich zurück aufs Bett und starrte an die Decke, während ich mich zu beruhigen versuchte. Es klappte nicht. Eine verräterische Träne kullerte mir über die Wange, und ich wischte sie weg.

»Bernice?« Calla schloss den Abstand zwischen uns und setzte sich neben mich.

»Hältst du mich für so erbärmlich?« Ich hörte, wie Calla den Atem anhielt, und drehte mich auf die Seite, um mein liebes Mädchen anzusehen. Keine Mutter könnte ein Kind mehr lieben. Und genau das war sie für mich. *Mein* Kind. Mein Bruder und seine Frau mögen Calla das Leben geschenkt haben, aber sie war auch *meine* Tochter.

Sie griff nach meiner Hand und hob sie an ihre Wange, um ihr Gesicht daran zu reiben. »Ich finde, du bist die wunderbarste Frau der Welt. Ich möchte, dass du so glücklich bist, wie ich es mit Devin bin. Du verdienst es mehr als jede andere, einen Mann in deinem Leben zu haben, der sich so um dich kümmert, wie Devin es für mich tut.«

Ich wandte meinen Blick ab und schloss die Augen. »Wie kann ich seinen Motiven trauen, wenn ich weiß, dass du ihn aufspüren musstest?«

»Was meinst du? Devin hat ihn überprüft, bevor er überhaupt in Erwägung gezogen hat, ihn in Tennessee zu besuchen.«

Wenigstens wusste ich jetzt, woher Joe kam. »Liebling, kannst du nicht verstehen, wie demütigend das für mich ist? Meine Familie hat einem Mann nachgestellt, weil ich ihn attraktiv fand, und ihm dann gesagt: *Hey Joe, meine Tante steht auf dich. Ich wette, sie würde mit dir ausgehen, wenn du dich mit ihr auf Tybee triffst.*«

Calla schüttelte energisch den Kopf. »So war es nicht.«

»Nein? Wie war es dann? Oder nein, vergiss es. Er wird ja doch nichts anderes von mir denken. Ich muss erbärmlich wirken. Schlimmer noch. *Verzweifelt.*«

»Wusstest du, dass ich dich zuerst gesehen habe?«, grollte eine tiefe Stimme von der anderen Seite des Raumes. Ich riss meinen Kopf hoch und entdeckte Joe, der am Türrahmen lehnte und mich mit einem unbeschwerten Gesichtsausdruck beobachtete. »Am Abend zuvor, um genau zu sein. Du warst mit Eunice am Strand und hast dir ein Feuerwerk angesehen. Ich hörte deine Stimme und ... wusste, dass ich die Frau finden muss, zu der sie gehört.«

»Was?«, brachte ich mit dünner Stimme heraus.

Calla schaute mich an und verdrehte die Augen. »Ich werde dann mal ...«, sagte sie, sprang vom Bett und ging zur Tür. Als sie Joe erreichte, hielt sie inne und sah zu ihm auf. »Du wirst nie gut genug für sie sein, nur damit du es weißt. Sie ist einzigartig.«

Bei diesen Worten wurde mir ganz warm ums Herz.

Joe grinste, hob seine Hand und bot sie ihr an. »Ich bin Joe. Du musst der Hitzkopf sein, der nie in meinen Club darf.«

Calla nahm seine Hand und schmunzelte über seinen Kommentar. »Devin übertreibt. Ich habe nur eine der Leichen gefunden. Sienna hat die andere entdeckt, und Poppy hatte ihren Finger nie am Abzug, also zählt die dritte nicht.«

Joe gab einen amüsierten Laut von sich, als würde er ihr nicht glauben. Wenn er nur wüsste. »Du darfst trotzdem nicht in meinen Club.«

Calla warf ihren Kopf zurück und lachte, dann ging sie aus dem Schlafzimmer und ließ uns allein.

Ich versuchte, auf die Beine zu kommen, um meine Jeans hochzuziehen. Joe sah mir zu, wie ich mich mühsam aufrichtete, und grinste dabei. Unerhört! Dieser Mann war einfach ärgerlich. »Weißt du, ein *Gentleman* würde sich umdrehen.« Ich seufzte, als ich ihn dabei erwischte, wie er meinen Hintern begutachtete.

»Ich habe dich in der Menge verloren, bevor ich mit dir reden konnte, also bin ich am nächsten Morgen früh aufgestanden und durch South Beach gelaufen, in der Hoffnung, dich zu finden«, sagte er kryptisch, anstatt seinen Blick abzuwenden, wie es jeder gute Südstaatengentleman tun würde.

»Was redest du da?«, fragte ich wütend und fluchtbereit. Als ich versuchte, an ihm vorbei aus dem Zimmer zu gehen, stieß er sich vom Türrahmen ab, schob mich zurück und drängte mich mit der Brust voraus gegen die offene Tür. Sein muskulöser Oberkörper drückte gegen meinen Rücken und wieder einmal flutete seine Nähe meine Sinne. Hitze stieg in mir auf, noch intensiver als je zuvor, weil sie sich mit der Wärme seines Körpers mischte, die durch unsere Kleidung in meine Haut drang. Ich drückte die Stirn gegen das Holz und ballte die Fäuste, um nicht dem Drang nachzugeben, mit meinen Händen über seine Muskeln zu fahren. Ich würde mich nicht von einem sexy Mann in die Irre führen lassen. Ich konnte ihm auf keinen Fall vertrauen, denn die Gründe, wegen derer er hier war, wirkten immer noch fragwürdig auf mich.

»Am vierten Juli im letzten Jahr saß ich am Strand und hörte in dem allgemeinen Geschrei eine Stimme, die so sanft und sexy war ... Mein Gott, es fühlte sich an, als hättest du mich über den Sand hinweg gestreichelt«, begann er wieder, und mein Atem stockte. »Sie glitt über meine Haut wie warmer Honig und weckte in mir ein anderes Gefühl als diese verdammte Leere, die mich ständig begleitet. Ich wusste, dass ich dich finden muss. Und das habe ich getan, aber ich habe dich in der Menge verloren.«

Mein Herz begann wild zu klopfen, als ich begriff, was er sagte. »Du hast mich wirklich zuerst gesehen?«, flüsterte ich gegen die Tür. Joe drehte mich an den Schultern zu sich herum, unsere Blicke verhakten sich.

»Ich habe dich zuerst gesehen, und ich wollte dich von der ersten Sekunde an. Also stand ich am nächsten Morgen früh auf, in der Hoffnung, dich am Strand zu finden und zusammen mit dir den Sonnenaufgang zu genießen. Doch ich hatte kein Glück, also beschloss ich, in Tybee zu bleiben und noch ein paar Tage nach dir zu suchen.«

»Warum?«, fragte ich und sah ihm unverwandt in die Augen.

Er streichelte sanft mein Gesicht, und meine Lider senkten sich bei der Zärtlichkeit. »Weil ich mich schon seit Jahren innerlich wie tot fühlte. Doch als ich deine Stimme hörte, erwachte ich aus meinem Todesschlaf und wusste, ich musste herausfinden, ob du es bist, nach der ich immer gesucht habe. Ich war dabei, meinen Bruder und seine Familie zum Flughafen zu bringen, als du mir wie ein Engel erschienen bist.« Mein Herz machte einen Hüpfer, und die Schmetterlinge in meinem Bauch breiteten ihre Flügel aus und flatterten in meiner Brust. Sagte er, was ich dachte, dass er sagte? Und wenn ja, warum zum Teufel ist er dann gegangen, ohne mit mir zu sprechen?

»Wenn du so empfunden hast, warum bist du nicht geblieben?«

»Odis Lee ist aufgetaucht. Ich dachte, er wäre dein Mann.«

Ich blinzelte. »Du dachtest, Odis Lee und ich ...«

»Ja, genau das dachte ich. Eine Frau wie du ...« Er schüttelte den Kopf. »Ich konnte mir nicht vorstellen, dass dich noch kein Mann weggeschnappt hat. Also ergab es für mich Sinn.«

Für ihn vielleicht, aber ich tat mir schwer mit dieser Erklärung. »Also bist du einfach gegangen? Ohne dich zu vergewissern, dass das, was du gesehen hast, richtig war?«

Er schloss die Augen und nickte einmal zustimmend. »Ich habe einen Fehler gemacht und das gesamte letzte Jahr dafür bezahlt, indem ich jede Nacht von dir geträumt und mir vorgestellt habe, was ein anderer Mann mit dir machen könnte. Ich muss dir sagen, ich war verdammt wütend deshalb.«

»Warum?«, flüsterte ich, unfähig, lauter zu sprechen, weil mir die Hoffnung wie ein Kloß im Hals steckte. »Was hat dich wütend gemacht?«

»Der Gedanke, dass dich ein anderer Mann anfasst. Seit der ersten Sekunde weiß ich, dass du zu mir gehörst, doch das hast du nicht getan. Und das hat mich fast wahnsinnig werden lassen.«

Ich blinzelte über sein Geständnis und presste meine Lippen zusammen, um nicht zu lächeln. Ich konnte nicht glauben, dass er nach einer einzigen Begegnung seine Besitzansprüche zugab.

Joe sah meine Reaktion und schlang seine Hand um meine Taille. Mit einem Ruck zog er mich an seinen harten Körper und schob seine Hand in meinen Rücken, um unsere Hüften eng aneinander zu pressen. Ich spürte seine Erektion an meinem Bauch, und mir wurden die Knie weich vor Verlangen.

»Bin ich deshalb erbärmlich? Oder verzweifelt?«, fragte er und starrte auf meinen Mund. »Weil ich eine Frau so sehr begehre, dass ich nicht über sie hinwegkomme?« Noch ehe ich den Mund aufmachen konnte, um ihm zu widersprechen, redete er weiter. »Oder weil ich sie in meinen Träumen so klar vor mir sehen konnte, dass keine Frau, die ich seitdem getroffen habe, ihr das Wasser reichen konnte?«

Ich atmete erschrocken aus. Es wurde immer deutlicher, dass er mich nicht vergessen hatte und seine Absichten nicht so waren, wie ich dachte. Mir wurde vor lauter Hoffnung ganz flau im Magen.

»Was ist mit der Tatsache, dass ich noch in dem Moment zu dir fahren wollte, als ich herausfand, dass ich mich geirrt hatte und du gar keinen Mann hast?«

Er wollte direkt zu mir kommen?

»Sag mir, Bernice«, begann er und schüttelte mich leicht, wie um sich zu vergewissern, dass ich ihm zuhörte. »Macht es mich verzweifelt oder erbärmlich, wenn ich hoffe, dass ein Engel mit Südstaatenakzent, dessen Stimme meine Haut streichelte und etwas in mir wärmte, das jahrelang kalt und kaputt war, genau das ist, was in meinem Leben gefehlt hat?«

»Joe, ich ...«

»Antworte mir«, knurrte er. »Bin ich erbärmlich oder verzweifelt, weil ich dich auf den ersten Blick begehrt habe?«

Tränen fluteten meine Augen, und ich schüttelte den Kopf. Er hatte recht. Ich war nicht verzweifelt oder erbärmlich. Es war nicht lächerlich, in jedem Alter auf Liebe zu hoffen.

»Nein. Nein, das bist du nicht.«

Er hob die Hand, legte sie in meinen Nacken und zog mich näher an seinen Körper, bis sein Mund nur noch wenige Zentimeter vor meinem schwebte. »Das war die richtige Antwort, Sweetheart«, flüsterte er gegen meine Lippen und küsste mich, wie ich noch nie in meinem Leben geküsst worden war. Es war so verzehrend, wie es nur sein kann. Alle Zweifel, die ich zuvor hatte, verschwanden in dem Moment, als sein Mund mit meinem verschmolz. Ich war trunken von dem Gefühl, von ihm gehalten zu werden. Es fühlte sich fast vorherbestimmt an. Als wäre all der Herzschmerz, den Eunice und ich in unserer Kindheit durchgemacht hatten, der Weg, der mich zu Joe führen sollte.

In meinem Kopf drehte sich alles wegen der Intensität meiner Gefühle, die meinen Körper überfluteten. Ich hoffte, dass die Sterne endlich günstig standen und ich in diesem Mann die einzig wahre Liebe finden würde.

Ich klammerte mich haltsuchend an Joe, aus Angst, ich könnte in Ohnmacht fallen wie ein unerfahrenes, junges Mädchen, das von seinem ersten Kuss berauscht war. Aber ich verlor fast den Boden unter den Füßen, als er sich einen Moment später keuchend und mit einem überraschten Ruck von meinen Lippen löste, seine Stirn an meine legte und stöhnte wie ein Mann, der wusste, dass er sich geirrt hat. »Mein Gott ... Ich kann nicht glauben, dass November richtig lag.«

»Was?«, fragte ich atemlos, meine Arme fest um ihn geschlungen, und überlegte, wer diese November war und warum er an sie dachte, während ich an seinen Körper gepresst war.

»Verdammter *Boom*!«

4

Bernice ist eine Wallflower

Joe

Joes Herz pochte in seiner Brust, während er Bernice wie gebannt anstarrte. Sein Schwanz war hart, dank ihrer weichen Kurven, die sich an ihn schmiegten, aber das war es nicht, was ihn so faszinierte. Zum ersten Mal in seinem Leben hatte er das Gefühl, genau da zu sein, wo er sein sollte. Als wäre er aus einem fünfzigjährigen Schlaf erwacht und endlich ein Teil dieser Welt. Ihrer Welt. Und das alles nur wegen der Frau in seinen Armen.

Schon kurz nachdem er Bernice geküsst hatte, wusste Joe, dass sie seine Zukunft war. Es bestand kein Zweifel. Er konnte es in jeder Zelle seines Körpers spüren, dass sie die Seine war, und der primitive Teil von seinem Verstand schrie ihn an, sie in Besitz zu nehmen. Mit diesem einen Kuss verstand er endlich, was sein Unterbewusstsein ihm seit einem Jahr in seinen Träumen zu sagen versucht hatte: Bernice gehörte zu ihm.

Letzten Juli, als sie sich gegenseitig angestarrt hatten, hatte sich Bernice in seine Seele eingebrannt. Sie war ihm unter die Haut gegangen. Mit einem Blick war sie zu dem Punkt geworden, um den sich seine Welt drehte, und dieses Gefühl ließ nie nach, auch nicht, als er dachte, sie sei vergeben. Und jetzt, da sie endlich in seinen Armen lag, verschwanden all die Spannung, die Frustration und die Unruhe, die ihn seit Jahren begleitet hatten. Bernice fühlte sich wie seine Erlösung an. Als hätte sie eine Tür geöffnet und das Licht wieder in sein Leben gelassen. Er fühlte sich zufrieden, fast so, als hätte ihm Gott alle Sünden vergeben, die er begangen hatte.

»*Boom*?«, fragte Bernice und drückte sich weiter an ihn. »Was soll das sein?«

»Es bedeutet, dass ich von meinen Sünden reingewaschen wurde«, murmelte er als Antwort und schloss sie fester in seine Arme. »Du bist wirklich ein Engel.«

Bernice schluckte schwer, dann schüttelte sie den Kopf. »Ich bin kein Engel. Meine Mutter würde sagen, ich bin ein hartnäckiges kleines Biest. Mehr Satansbraten als Engel.«

Joe ignorierte ihren Einwand und musterte ihr Gesicht, in der Erwartung, ein himmlisches Strahlen zu sehen. »Dann bist du eben nur mein Engel«, argumentierte er. »Du kannst so hartnäckig und biestig sein, wie du willst, aber es wird nichts daran ändern, wie ich dich sehe.«

Er konnte an ihrer Miene erkennen, dass sie ihm nicht glaubte. Joe wusste, dass er diese Frau nicht über Nacht erobern würde. Er hatte sie mit ihrer Nichte reden hören. Ihr Misstrauen gegenüber seinen Absichten war noch zu groß. Also ergriff er ihre Hand und hob sie an seine Brust, damit er ihre Mauern des Zweifels einreißen konnte. »Spürst du das?«

Sie leckte sich über die Lippen, was ihn nur noch härter werden ließ. Dann starrte sie auf seine Brust und nickte.

»Es hat seit Jahren nicht mehr auf diese Weise geschlagen. Mit *Lust*, voll Verlangen *nach dir*. Ich will dich. Ich will diese Sache zwischen uns erforschen.«

Sie sah von seiner Hand auf und schlang ihre Finger um seine. Ihre Augen funkelten fröhlich. »Meine Mutter wird dich lieben.« Sie grinste. »Sie wird dich einen Süßholzraspler schimpfen und so tun, als würdest du nichts taugen. Aber insgeheim wird sie deinem Charme erliegen.«

Joe schmunzelte. »Ist das gut oder schlecht?«

Sie zögerte einen Moment. »Mutter würde sagen, dass es schlecht ist, wenn ein Mann Macht über dich hat«, sagte sie in einem Tonfall, der ihn dazu brachte, etwas anderes aus ihrem Mund hören zu wollen. Ein Stöhnen oder, noch besser, seinen Namen.

Er verstärkte seinen Griff um sie. »Ist das so?«

»In der Tat.« Ihr Südstaatenakzent war stärker, wenn sie flirtete, und das gefiel ihm verdammt gut. »Wir Armstrong-Frauen sind aus hartem Holz geschnitzt. Wir sind auf keinen Mann angewiesen, aber ein so charmanter wie du kann ... uns bei Laune halten.«

Sein Mund verzog sich zu einem anzüglichen Grinsen. »Ich kann noch viel mehr, Sweetheart.«

Bernice presste ihre Lippen zusammen und kämpfte sichtlich darum, nicht zu lachen.

Joe hörte Stimmengemurmel im Wohnzimmer. Er schaute durch die offene Tür und ertappte Calla und zwei weitere junge Frauen dabei, wie sie auffällig uninteressiert taten, als würden sie bei diesem Kennenlernen nicht Mäuschen spielen. Er wollte kein Publikum, während er seine Frau eroberte.

»Lass uns eine kleine Spritztour auf meinem Motorrad machen.« Widerwillig löste er sich von Bernice und wartete nicht darauf, dass sie zustimmte. Er verschränkte seine Finger mit ihren und zog sie aus dem Zimmer. Sie waren schon fast im Wohnzimmer, als sie dagegenhielt. Er wollte ihr gerade erklären, dass sie Zeit für sich brauchten, als Bernice zuerst den Mund aufmachte.

»Joe, ich brauche Schuhe.«

Er schaute an ihr hinunter und betrachtete ihre kleinen Füße. Ihre Zehennägel waren leuchtend rosa lackiert und auf den Nägeln der größten Zehen befanden sich kleine weiße Blumen. Ihm wurde warm ums Herz. Bernice war in jeder Hinsicht anders als die Frauen, mit denen er bisher zusammen war. Abgesehen von seiner Nichte und ihren Töchtern gab es in seiner Welt keine Sanftheit. Nur raue Kanten und Konflikte wegen unwichtiger Kleinigkeiten. Bernice war wie eine frische Meeresbrise. Oder ein Frühlingsregen, der die Erde reinigt. Sanft und doch stark, hatte sie die Art von Naturell, die ihn hart statt wütend machte. Sie war einzigartig, eine Klasse für sich.

»Zieh Schuhe mit guten Sohlen an, wenn du welche hast. Ich will nicht, dass du dir am Auspuffrohr die Füße verbrennst.«

Bernice drehte sich grinsend um und eilte zurück in ihr Schlafzimmer. Joe sah ihr nach, bis sie außer Sicht war. Er wollte keine Sekunde verlieren, nun, da er sie endlich in greifbarer Nähe hatte.

Als sich Joe umdrehte, um nach draußen auf die Veranda zu gehen und dort zu warten, wurde er sofort von den jungen Frauen, ihren Männern und Eunice umringt. Er suchte das Wohnzimmer nach Odis Lee und dessen Freund ab und stellte zufrieden fest, dass sie nicht da waren. Ein Problem weniger, das es zu lösen galt. Aber zuerst musste er sich mit den vier Frauen auseinandersetzen, die ihn mit neugierigen Blicken musterten.

»Das sind Sienna und Poppy«, sagte Calla. »Und ihre Männer Bo und Nate.«

Er betrachtete die drei Freundinnen, von denen er schon so viel gehört hatte. Zusammen mit Calla standen eine weitere Blondine und eine Brünette vor ihm. Sie sahen alle so unschuldig aus, dass er verstehen konnte, warum Devin gesagt hatte, er und seine Freunde fühlten sich dank dieser Frauen von ihren Sünden reingewaschen. Bo, Siennas Mann, stand hinter ihr und legte seine Hand auf ihre Schulter. Er sah aus, wie Devin ihn beschrieben hatte: ein Polizist, mit scharfsinnigem Blick. Nate, der Mann von Poppy, war groß und muskulös. Auch er wirkte wachsam. Beide beäugten Joe misstrauisch. Devin hatte ihm gegenüber betont, Bernice gehöre zu seiner Familie, und für Devins Freunde schien das Gleiche zu gelten.

»Ich bin Joe«, erwiderte er.

Poppy, die Brünette, musterte ihn von Kopf bis Fuß. »Bernice hat nicht gelogen. Du bist groß, dunkel und siehst gefährlich aus.«

Ihr Mann Nate schüttelte grinsend den Kopf. Auch Joes Mundwinkel zuckten. »Gefährlich?«

Anstatt ihm zu antworten, beugte sie sich mit grimmiger Miene vor. »Wie viel verträgst du, Joe?«

Sein Blick schoss zu ihren Freundinnen, und er stellte fest, dass auch sie einen ernsten Gesichtsausdruck hatten. »Verrat mir, was genau du damit meinst.«

»Bernice ist eine Wallflower. Und mit dieser Auszeichnung gehen gewisse Probleme einher.«

Joe hätte ihre Warnung ignoriert, wenn Devin und seine Freunde nicht zustimmend nicken würden.

Joe versteifte sich. »Was für Probleme?«

»Es ist nicht so, dass wir es herausfordern würden, aber der *Ärger* wartet sozusagen an jeder Ecke«, erklärte Sienna.

Joe blinzelte und schaute zu Devin. »Definiere *Ärger*?«

»Mord und Totschlag«, begann Calla, bevor Devin antworten konnte.

»Verfolgungsjagden mit explodierenden Trucks«, fügte Sienna hinzu.

»Entführung und Aliens«, platzte Poppy heraus.

Joes Aufmerksamkeit richtete sich auf Poppy, dann schaute er ihren Mann an und hob eine Braue. Nate grinste stolz und legte einen Arm um ihre Brust, um sie an seinen Körper zu ziehen. Er genoss eindeutig den Sinn für Humor seiner Frau.

Eunice, Bernice' Schwester, drängte sich mit einem verärgerten Seufzer durch die jungen Frauen und musterte Joe nun ihrerseits akribisch. Er versuchte noch herauszufinden, ob Poppy betrunken war. »Woher kommst du, Joe Rouger?«

Er riss seinen Blick von der jungen Frau los, um Eunice zu antworten. »Murfreesboro, Tennessee.«

»Nennst du es immer noch dein Zuhause?«, fragte sie und rang unruhig die Hände.

Er warf einen Blick auf ihren nervösen Tick, dann sah er wieder in ihr Gesicht. »Das tue ich.«

Bernice' Schwester nickte, schnell und ruckartig, scheinbar verärgert über seine Antwort.

»Ich bin so weit«, rief Bernice hinter ihm und gesellte sich mit einem Lächeln zu ihnen. Joe drehte sich um und holte scharf Luft. Sie hatte sich ein T-Shirt von *Harley Davidson* angezogen und ihr Haar zu einem Pferdeschwanz frisiert. Eine Frau mit einem so frischen Teint und einzigartigen Gesicht sollte in diesem Kleidungsstil nicht so gut aussehen, aber das tat sie. Als Joe auf ihre Füße schaute, um sich zu vergewissern, dass sie die richtigen Schuhe trug, musste er lächeln. Die leuchtend pinkfarbenen Turnschuhe hatten fast den gleichen Farbton wie ihre Zehennägel.

Joe streckte seine Hand aus. Bernice starrte sie einen Moment lang an, dann legte sie ihre weiche Hand in seine. Wärme breitete sich bei der Berührung in seinem Körper aus, als hätte er einen Whiskey getrunken, und er hielt ihre zarte Hand fester. Diesmal würde er sie nicht entkommen lassen.

»Meine Damen«, murmelte er und nickte den Frauen zu. Mit Bernice hinter sich, steuerte er die Vordertür an, fest entschlossen, so schnell wie möglich mit ihr allein zu sein.

»So ein Gentleman«, flüsterte eine Stimme hinter ihnen.

Bernice kicherte und sah zu Joe auf. Er warf einen Blick auf Devin und seine Freunde, die alle lächelten. Er schaute Bernice an und schenkte ihr ein sexy Grinsen. »Verlass dich nicht darauf«, warnte er, und bei der sexuellen Anspielung senkten sich ihre Lider.

Endlich zog er sie aus der Tür und zu seinem Motorrad, das nebenan in der Einfahrt parkte. Auf dem Weg nach Tybee hatte er sich vorgestellt, dass sie hinter ihm saß. Ihre Arme fest um seinen Oberkörper geschlungen, ihre Schenkel an seine gepresst, während sie die Küste entlangfuhren.

Er hob die Satteltasche auf, die er zurückgelassen hatte, und ging zur Eingangstür des Hauses, das er gemietet hatte. »Ich muss das erst einmal verstauen.«

»Wohnst du hier?«

»Ja. Ich habe für einen Monat im Voraus bezahlt.« Er sah zu ihr hinunter, während er den Schlüssel herauszog, den er auf dem Weg in die Stadt mitgenommen hatte. »Aber ich glaube nicht, dass ich einen Monat brauche, um es zu wissen.«

Bernice wich seinem Blick aus, aber er konnte sehen, wie sich ihre Wangen rosa färbten. »Was wissen?«

Er griff nach ihrem Kinn und hob es an, bis sie ihm direkt in die Augen sah. »Ob die Krabbenküchlein hier so gut sind, wie ich es mir vorgestellt habe.«

Sie schenkte ihm ein süßes Grinsen. »Dann müssen wir zu *Ray's Tavern* fahren. Dort gibt es die besten der Insel.«

Joe öffnete die Tür und warf seine Satteltasche in die Ecke, dann schloss er wieder ab und führte Bernice zu seiner Harley. Er holte einen zweiten Halbschalenhelm und eine Lederjacke aus der Tasche vom Gepäckträger. Beides hatte er extra für Bernice gekauft, bevor er Tennessee verließ.

»Zieh das an.«

Sie gehorchte, während er sich seine eigene Jacke anzog, dann schwang er sein Bein über das Bike und wartete, den Helm in der Hand, bis sie aufgestiegen war. Als sie ihre Hände auf seinen Körper legte, drehte er sich um und eroberte ihren Mund in einem Kuss. Sie war überrumpelt, nahm aber begeistert an, was er zu bieten hatte, und fuhr mit den Fingern durch sein Haar.

Er zog sich langsam zurück, damit er die Lust in ihren Augen sehen konnte, und zwinkerte ihr zu, als ein kleiner Schauer ihren Körper durchlief.

»Ich habe das Gefühl, dass du ein sehr arroganter Mann bist.«

Joe lächelte boshaft. »Zwischen Arroganz und Selbstsicherheit gibt es einen Unterschied, Baby«

Er beobachtete mit Genugtuung, wie sie den Kopf zurückwarf und heiser lachte, wobei der Klang ihn in Wellen überspülte, genau wie vor einem Jahr. Nur musste er sich dieses Mal nicht fragen, ob die Frau so warm war wie ihre Stimme, denn er konnte es spüren.

Bernice

Ray's Tavern war, wie es der Name schon sagte, eine alte Taverne, die es bereits seit mehr als hundert Jahren auf Tybee Island gab. Ray Bush, der aktuelle Besitzer, führte das kleine Lokal zusammen mit seinem Sohn, Ray Junior. Ray Senior war ein rauer Mann mit einem eigenwilligen Sinn für Humor. Wann immer ich für ein langes Wochenende auf die Insel kam, machte ich einen Abstecher hierher. Seine Gerichte waren fettig und köstlich und seine Drinks herrlich unkompliziert. Man hatte die Wahl zwischen Schnaps oder Bier, *Weicheier-Drinks* gab es bei Ray nicht. Wenn doch mal ein Gast etwas Fruchtiges mit Schirmchen im Glas bestellte, zeigte Ray auf ein Schild hinter der Bar, auf dem stand:

Wir servieren keine Weicheier-Drinks. Ray war mürrisch, witzig und einer der besten Typen auf Tybee Island.

Aufgekratzt zog ich Joe durch die Tür und direkt an die Bar. Ich brauchte einen Schuss *Southern Comfort*, mein Lieblingslikör, um meine Nerven zu beruhigen. In Joes Gegenwart fühlte ich mich seltsam. Er hatte so viele Dinge gesagt, die völlig unerwartet kamen. Außerdem war es etwas anderes, nur von ihm zu träumen oder tatsächlich mit ihm zusammen zu sein. Ich war überfordert – auch wenn ich das Eunice oder Calla Lily gegenüber nie zugeben würde –, denn Joe war viel *männlicher*, als erlaubt sein sollte.

Um ehrlich zu sein, keiner der Männer, mit denen ich in der Vergangenheit aus war, hatte mein Inneres zum Beben gebracht. Joe gelang das mühelos. Vielleicht lag es daran, dass die anderen in erster Linie nicht auf mich, sondern auf meinen Vater scharf waren. Aber Joe war anders; seine Anwesenheit machte etwas mit mir. Mein Herz galoppierte bei seinem Anblick los und war plötzlich so wild und ungestüm wie ein Vollblüter.

Joe war nicht wie die Kerle, die mich zum Essen einluden, um ihre höflichen Umgangsformen und ihre dicken Bankkonten zu präsentieren. *Mistkerle*, die sich in Wölfe verwandelten, sobald wir allein im Auto saßen. Sie hatten mich nie respektiert, sondern nur als Spielball gesehen, um an eine der einflussreichsten Familien in Savannah ranzukommen. Ich wurde nicht eingeladen, weil mich diese Männer faszinierend fanden und mich besser kennenlernen wollten. Sondern weil sie hofften, mit Preston Armstrong als Schwiegervater auf der sozialen Leiter bis ganz nach oben zu klettern. Ich war sozusagen das große Los. Der ultimative Fang, sofern man mich an den Haken bekam.

Nachdem ich mich jahrelang mehr wie ein Objekt als ein Mensch gefühlt hatte, kehrte ich der holden Männlichkeit den Rücken. Aus diesem Grund war ich im Umgang mit Männern aus der Übung. Ich konnte zwar gut Ratschläge verteilen, wenn es um Herzensangelegenheiten ging, aber in Joes Gegenwart ... Sagen wir einfach, ich war überfordert und konnte selbst einen guten Rat gebrauchen. Oder einen Drink, um meinen rasenden Puls zu beruhigen, bevor ich mich vor ihm zur Idiotin machte.

Ich ließ mich auf einen Barhocker sinken und winkte Ray zu, der am Ende der Bar mit einem Kunden sprach. Das Leder der Hocker war zerschlissen, und das Holzgestell vom Alter dunkel gefärbt. Genau wie ihr Besitzer, und das passte mir gut. Die ganze Taverne gefiel mir. Die Einrichtung war abgenutzt, die Beleuchtung schwach, und an den Wänden hingen Bilder von Ray und seiner Familie. Die Rahmen waren willkürlich platziert, als hätte er eine Stelle gesehen und sich gedacht: *Hey, da könnte ein Bild hängen.* Die Tische waren klein und schon etwas wackelig, und die Fenster waren von Rauch und Fett getrübt. Die meisten würden das Lokal betreten und denken, dass es einige Dinge zu erneuern gab, oder dass eine gründliche Reinigung fällig sei. Aber ich schätzte dieses einfache und unverfälschte Ambiente. Nachdem ich in einem goldenen Käfig aufgewachsen war, war mir alles, was alt und eingelebt war, lieber als der Prunk und Protz meiner Kindheit.

Ray hatte ich aus denselben Gründen liebgewonnen. Er war groß, hatte einen kräftigen Brustkorb, rötliche Gesichtszüge und weißes Haar, das er militärisch kurz geschnitten trug. Sein Bart hingegen war lang, aber ebenso weiß. Er könnte als Weihnachtsmann einspringen, obwohl er das eine oder andere Kind mit seiner mürrischen Art erschrecken würde. Niemand kannte sein wahres Alter. Seine Antwort auf die Frage danach war seit Jahren die gleiche: siebzig. Aber hey, ich war die Letzte, die sich darüber ärgerte. Wenn Ray siebzig sein konnte, dann blieb ich für immer neunundzwanzig.

Trotzdem würde ich Joe sagen müssen, dass er mit einer Frau flirtete, die viel älter war als er, und bis dahin würde ich beten, dass ihm der Altersunterschied nichts ausmachte.

Joe schwang sein Bein über den Hocker neben meinem, drehte sich zu mir um und stützte einen Ellenbogen auf die abgewetzte Oberfläche der Bar. Ray betrachtete ihn mit erhobener Augenbraue, dann grinste er mich an, griff unter die Bar und kam mit einer Flasche in unsere Richtung. Ich brachte nie Männer mit, wenn ich Ray besuchte, also stellte ich mich schon mal auf ein paar Fragen ein.

»Das Übliche, Miss Sunshine?«, fragte Ray und schaute zwischen Joe und mir hin und her.

»Das wäre reizend.«

Rays Mund verzog sich zu einem Grinsen, das vor allem sein rosa Zahnfleisch zeigte. Dann knallte er in seiner gewohnten Manier ein Glas auf die Theke, und ich zuckte wie immer zusammen. Als Ray die bernsteinfarbene Flüssigkeit in das Glas goss, fiel sein Blick auf Joe. »Für dich auch?«

»Bier vom Fass.«

»Bist du ein Freund von unserer Sunshine?« Er holte ein Glas hervor und füllte es fachmännisch mit Bier aus dem Zapfhahn, bis der Schaum beinahe über den Rand schwappte.

Joe schaute mich an und zwinkerte mir zu. »So ähnlich.«

Meine Mundwinkel zuckten. »Ray, das ist Joe. Er würde gerne deine Krabbenküchlein probieren.«

Ray musterte Joe kritisch, wie es ein *guter* Vater tun würde, bevor er ihm die Hand reichte. »Ich bin Ray.«

»Joe Rouger.« Die beiden schüttelten sich die Hände – fest, wie ich unschwer an ihren Knöcheln erkennen konnte.

»Sunshine hier ist wie eine Tochter für mich. Ich hoffe, du weißt, was das für dich bedeutet.«

Ich hielt den Atem an und wartete, was Joe erwidern würde. Um ehrlich zu sein, hatte ich Joe genau aus diesem Grund zu Ray gebracht. Ray behandelte mich besser als mein eigener Vater, also war seine Meinung wichtig. Außerdem war seine Menschenkenntnis unübertroffen. Wenn er Joe mochte, wusste ich ohne Zweifel, dass Joe ein guter Mann war.

»Ich verstehe, was du meinst, aber du musst dir wegen mir keine Sorgen machen.«

Die beiden Männer lieferten sich ein Wettstarren, dann lächelte Ray. »In Ordnung. Zweimal Krabbenküchlein, kommt sofort.«

Ich sah zu, wie Ray etwas mühsam wegging, dann drehte ich mich mit dem Rücken zur Bar und lehnte mich gegen das Holz. Ich blickte zu Joe und stellte fest, dass er mich sanft anlächelte. »Was?«

Er streckte die Hand aus und zog an meinem Pferdeschwanz,

dann wanderten seine Finger zu meinem Gesicht, und er streichelte über meine Wange. »Du inspirierst Menschen, dich zu beschützen. Das sagt viel darüber aus, was für eine Frau du bist.«

Ich spürte, wie mir die Röte in die Wangen stieg, wie immer, wenn ich aufgeregt war. Wenn ich nicht lernte, meine Gefühle in Joes Nähe zu kontrollieren, würde er genau wissen, was ich dachte, und das ging nicht. Eine Frau musste ihre Geheimnisse haben.

»Was ist mit dir, Joe? Was für ein Mann bist du?«

Er erhob sich von seinem Hocker, stellte sich vor mich und drückte mich gegen die Theke, als wollte er mich in Schach halten. Ich spürte seinen heißen Atem an meinem Hals und drehte meinen Kopf, um seinen Gesichtsausdruck zu lesen. Er zog sich etwas zurück und sah mich forschend an. Sein Blick war so ernst, dass ich mich innerlich für seine nächsten Worte wappnete. »Ich versuche, ein guter Mensch zu sein, auch wenn manche das in Frage stellen, weil ich einen Stripclub besitze.«

Ich blinzelte.

Von allen Eingeständnissen, die er mir hätte machen können, kam dieses völlig unerwartet. In meinem Kopf tauchten Bilder von spärlich bekleideten Frauen auf. Sie waren kurvenreich, klammerten sich an Joe wie eine Boa Constrictor und waren weniger als halb so alt wie ich, mit vollen Brüsten und festen Hintern. Eifersucht wallte in mir auf und verunsicherte mich, was mir sehr zu schaffen machte.

»Und? Kennst du diese Frauen auch privat?«, fragte ich ein wenig eingeschnappt. Meine Reaktion darauf, dass er so eng mit sexy, leicht bekleideten Frauen zusammenarbeitete, schien nicht unbemerkt zu bleiben.

»Sie bekommen von mir einen sicheren Arbeitsplatz und eine Altersvorsorge«, begann er und grinste über meine Reaktion. »Ein intimes Vortanzen, wie du es dir gerade vorstellst, gibt es keines. Die meisten der Frauen haben sich irgendwie durchgeschlagen, um über die Runden zu kommen. Sie brauchen jemanden, der auf sie aufpasst und nicht anbaggert.«

Er bietet hilflosen Frauen Schutz und eine neue Perspektive? Und ich habe ihm mehr oder weniger unterstellt, seine Angestellten sexuell auszunutzen. Himmel, dieser Mann hatte etwas an sich, dass mich in eine Idiotin verwandelte.

Ich wirbelte herum, um meine Verlegenheit zu verbergen, und schlug dabei seine Arme weg. Dann schnappte ich mir eine Handvoll Erdnüsse und steckte sie mir in den Mund. Aus den Augenwinkeln beobachtete ich Joe, wie er sich mit einem zufriedenen Gesichtsausdruck neben mir an die Bar lehnte.

Als sein Lächeln breiter wurde, drehte ich den Kopf und hob eine Augenbraue. »Was?«

Er zuckte mit den Schultern. »Ich war mir nicht sicher, wie du reagieren würdest. Für die meisten Frauen sind Stripclubs ein sehr delikates Thema. Aber deine unmittelbare Reaktion war nicht Abscheu, sondern Eifersucht.« Er beugte sich vor, und eine herrlich männliche Arroganz überzog seine Miene. »Das gefällt mir verdammt gut.«

Ich streckte den Rücken durch. Er hatte mich *durchschaut*, weil ich es ihm viel zu leicht machte.

So ein Mist!

Meine Mutter sagte immer, es sei wichtig, einen Mann im Ungewissen zu lassen, damit er sich seiner Sache nicht zu sicher wurde. Also biss ich mir auf die Unterlippe und überlegte, welche Möglichkeiten ich hatte, damit sich Joe in Bezug auf mich – vor allem, was seine Anziehungskraft auf mich betraf – nicht zu sicher wurde.

Die einzige Möglichkeit, die mir einfiel, war, mich dumm zu stellen.

»Eifersucht? Keine Ahnung, wovon du redest, Joe Rouger.« Ich schniefte entrüstet, so wie es meine Mutter immer tat, wenn mein Vater ihr etwas vorwarf. Ich hatte das nie verstanden, aber es half ihr meistens aus der Patsche. »Ich bin nicht *eifersüchtig*. Ich wollte nur ... ähm, deine Integrität bestätigen. Die meisten Frauen, die sich für Geld ausziehen, haben ein hartes Leben hinter sich und brauchen keinen weichgespülten Adonis, der ihnen den Kopf verdreht. Das ist alles.«

Ich unterstrich diese Aussage, indem ich mein Glas an die

Lippen hob und meinen Drink in einem Zug leerte. Der Alkohol brannte ungewöhnlich stark in meiner Kehle, und es dauerte nur eine Sekunde, bis mir dämmerte, warum es so höllisch brannte. Dann keuchte ich um mein Leben. Ich brauchte Wasser, sonst würde ich von innen heraus verglühen. Also schnappte ich mir Joes Bier und versuchte, das Höllenfeuer in meiner Kehle zu löschen.

Ich würde Ray umbringen!

»Jesus«, murmelte Joe, stand auf und ging hinter die Theke. Innerhalb von Sekunden hatte ich ein Glas Wasser vor mir stehen. »Trink das, Baby.«

Nach einem Hustenanfall, der alle bisherigen Hustenanfälle in den Schatten stellte, drehte ich mich um und schoss Ray einen Blick zu. »Ray Bush! Das war Schwarzgebrannter!«

Der alte Kauz, dem ich nie wieder eine Weihnachtskarte schicken würde, warf den Kopf zurück und lachte aus vollem Hals. »Ach, komm schon, Sunshine. Etwas *Moonshine* hat noch keinem geschadet.«

Am liebsten würde ich ihm den Mittelfinger zeigen, aber so etwas ziemte sich nicht.

Als ich nicht mehr ganz so sehr vor Wut schäumte, merkte ich, dass Joe mich von der anderen Seite der Bar aus beobachtete. Es war offensichtlich, dass er versuchte, nicht zu lachen.

»Ray weiß, dass ich Schwarzgebrannten hasse. Er hält es für witzig, mich dazu zu bringen, ihn zu trinken.« Ich lehnte mich über den Tresen und fand die Flasche, aus der er mir eingeschenkt hatte. Auf dem Etikett stand *Southern Comfort* und die Flüssigkeit war so bernsteinfarben wie mein Lieblingswhiskeylikör, aber auf dem unteren Teil des Etiketts war ein winziger Halbmond gezeichnet und daneben stand ebenso klein *Für Sunshine* geschrieben. »Wie hast du diese Farbe hinbekommen, du alter Witzbold? Hast du deinen Selbstgebrannten mit Eistee gemischt?«

Ray lachte noch lauter.

»Wart's nur ab!«, rief ich über sein Lachen hinweg.

Ray Junior kam aus der Küche. Vermutlich, um zu sehen, was es mit der ganzen Aufregung auf sich hatte. Er schaute zwischen seinem Vater und mir hin und her und schüttelte den Kopf. Der jüngere Bush war in seinen Fünfzigern. Er war ein gutaussehender Mann mit grau meliertem Haar und einem Spitzbart. Um den Bauch herum war er etwas fülliger geworden, weil er gern von dem Essen in der Taverne probierte, aber insgesamt fiel er nicht unangenehm ins Auge. Ich für meinen Teil fühlte mich nicht zu ihm hingezogen, aber Ray Senior war der festen Überzeugung, dass ich mich mit seinem Sohn treffen sollte.

»Du kommst zu spät«, brummte Ray seinem Sohn zu und amüsierte sich immer noch. »Ich habe dir schon tausendmal gesagt, dass sich ein anderer unsere Sunshine schnappt, wenn du nichts unternimmst. Jetzt ist sie mit einem Mann hier. Na, wie findest du das?« Ray schaute in meine Richtung und zwinkerte mir zu, damit ich wusste, dass er nur Spaß machte. »Wenn ich zwanzig Jahre jünger wäre, hätte ich ja selbst mein Glück bei ihr versucht.«

Ich schaute wieder zu Joe. »Ich würde gerne sagen, dass er sich sonst nicht so verhält, aber das wäre gelogen. Der Mann sagt immer, was er denkt.«

Joe kam hinter der Bar hervor und lehnte sich grinsend neben mir an die Theke. »Das kann ich mir vorstellen. Gibt es etwas, das ich über Ray Junior wissen muss?« In seiner Frage schwang ein Hauch Wut mit.

Ich schaute zu den beiden Bush-Männern hinüber, die uns beobachteten. »Nur, dass er nichts dafür kann, wer sein Vater ist.«

Wie in Zeitlupe nahm Joe meine Hand und führte sie an seine Lippen. »Gibt es sonst noch jemanden, von dem ich wissen sollte?«, erkundigte er sich, nahm meine Hand in seine und führte sie wie in Zeitlupe an seine Lippen. Mein Herz setzte einen Schlag aus, als seine Zunge herausschnellte und meinen Handrücken berührte, wie um mich zu kosten. Dann hauchte er einen zarten Kuss auf meine Fingerknöchel und verursachte ein süßes Kribbeln in meinem Rücken. Wenn ich das, was Joe so sexy macht, in Flaschen füllen könnte, wäre ich reicher als Midas.

»Nein«, entgegnete ich ein wenig atemlos. »Gibt es jemanden, von dem *ich* wissen sollte?«

Joe schüttelte den Kopf und drehte meine Hand so, dass meine

Handfläche für ihn zu sehen war. Er zeichnete mit einer Fingerspitze meine Herz- und meine Lebenslinie nach, was mir einen Schauer über die Wirbelsäule jagte. »Ich habe erkannt, dass ich nur an einer ganz bestimmten Südstaatenschönheit Gefallen finde.«

Mein Gott, dieser Mann vernebelte meinen Verstand. Mutter hatte mir eingetrichtert, dass ein Gentleman die Dinge langsam angehen sollte. Aber mit jeder Sekunde, die verging, wurde mir klar, dass es mir völlig egal war, was meine Mutter sagte. Was Männer betraf, hatte sie nicht gerade den besten Riecher. Sonst wäre sie wohl kaum mit meinem Vater verheiratet. Aber ich wusste auch, dass ich eine ziemliche Idiotin wäre, wenn ich mit Joe ins Bett gehen würde, bevor ich mehr über ihn wusste.

Ich schlang meine Finger um Joes und hob seine Hand zu meinem Mund. Er beobachtete mich wie ein Falke, als ich in eine seiner Fingerspitzen biss. »Ich habe keinen Hunger mehr auf Krabbenküchlein«, sagte ich, und seine Augen wurden fast schwarz vor Lust. Sie waren so dunkel, dass ich die goldenen Flecken in jeder Iris zählen konnte. Sie schienen zu brennen und glitzerten mit demselben Verlangen, das ich spürte. »Aber ich wäre dumm, mit einem Mann ins Bett zu gehen, den ich kaum kenne.«

Ohne den Blick von mir abzuwenden, verschränkte er unsere Finger und zog mich an sich. Unsere Gesichter waren nur Zentimeter voneinander entfernt, und der Ausdruck in seinen Augen war intensiver denn je. »Ich war achtzehn elende Jahre lang um meiner Söhne willen mit einer Frau verheiratet, die ich nicht geliebt habe. Glaub mir, Sweetheart, ich bin nicht auf der Suche nach einem kurzen Vergnügen. Ich will Leidenschaft, ein Leben lang. Ich will den Rest meiner Tage mit derselben Frau in meinen Armen einschlafen.«

Ich schluckte schwer. Joe war ganz und gar nicht wie die anderen Männer, und das bedeutete, dass ich in großen Schwierigkeiten steckte.

»Ich muss dir etwas sagen«, stieß ich hervor und holte tief Luft, um Mut zu sammeln. »Ich bin älter, als ich aussehe. Ein Leben mit mir ist nicht so lang, wie du vielleicht denkst.« Joe musste fast zehn Jahre jünger sein als ich, und das sollte er wissen, bevor er sich auf mich einließ. Auf eine Frau, die alt genug war, um jemandes Großmutter zu sein. Ich hatte nichts dagegen, hier und da zu flunkern, um die Gefühle anderer nicht zu verletzen. Aber vor einem rotzfrechen Konkurrenten über das eigene Alter zu lügen, war etwas anderes, als seinem Liebhaber zu verschweigen, dass bei dir regelmäßig der Seniorenverband klingelt, um dich als neues Mitglied zu gewinnen. In einer Beziehung, egal ob rein sexuell oder mehr, war Ehrlichkeit nicht nur eine Option.

Joes Mundwinkel zuckten angesichts meines Ausbruchs. »Falls dir das irgendwie hilft, ich hatte schon immer eine Schwäche für ältere Frauen.«

»Glaub mir«, rief Ray Senior, »sie ist zu jung für dich. Wenn du jemand Älteres suchst, solltest du sie für mich verlassen.«

Ich drehte meinen Kopf so schnell zu Ray, dass mir mein Pferdeschwanz ins Gesicht schlug. »Wenn ich noch ein Wort von dir höre, hast du mich heute zum letzten Mal gesehen!«

Ray schien sich nicht bedroht zu fühlen. »Du hast ihn hierher gebracht, um meine Zustimmung zu bekommen, nicht wahr?«

Ich schaute zu Joe, dann wieder zu Ray. »Ja. Na und?«

»Nun, die hast du. Also hör auf, nach Gründen zu suchen, warum es nicht funktionieren wird. Wen kümmert es schon, wer älter ist und um wie viel?«

Ich blinzelte. »Ich such nicht nach ...«

»Klar, tust du das, Sunshine. Dein nichtsnutziger Vater hat dir so lange die kalte Schulter gezeigt, dass du auf Enttäuschung vorprogrammiert bist.«

Er hatte recht, aber ich würde es nie zugeben.

»Vielleicht interessiert es *Joe*, ob ich älter bin. Hast du das in Betracht gezogen?«, entgegnete ich schnippisch.

»Frag ihn doch, wenn du nicht sicher bist«, brummte Ray zurück. »Aber ich kenne seine Antwort schon. Eine Frau wie du?« Er schüttelte den Kopf. Warum taten das immer alle, nachdem sie diese Frage in den Raum gestellt hatten? »Wenn ihn dein Alter stört, ist er deiner nicht würdig.«

Ich schaute Joe an, um seine Reaktion abzuschätzen, und stellte fest, dass er mich angrinste. Der Altersunterschied schien ihn nicht zu stören. »Wie viel älter magst du deine Frauen?« Ich hielt den Atem an. Joe schien eine Menge über mich zu wissen, also kannte er vielleicht auch mein Alter.

»In deinem Fall reichen mir sechs Monate.«

Ich dachte einen Moment lang über seine Antwort nach, dann dämmerte mir, was er meinte. »Du bist doch nicht nur ein halbes Jahr jünger als ich. Du meinst wohl eher sechs ganze Jahre. Sogar sechzehn wären glaubwürdiger als nur sechs *Monate*.«

Mit einem Grinsen, das verriet, dass er mich süß fand – ich musste diese Annahme korrigieren, denn eine Dame mit meiner Lebenserfahrung war nicht *süß* –, zog er seine Brieftasche heraus und kramte darin herum. Er reichte mir seinen Führerschein, und ich schaute auf das Geburtsdatum. Da stand es schwarz auf weiß. Heiliger Strohsack! Joe war bloß sechs Monate jünger als ich.

»Du hast dich gut gehalten.« Ich musterte ihn von Kopf bis Fuß und nahm seine markanten Gesichtszüge und definierten Muskeln in Augenschein. Die Adern in seinen Armen ließen mein Herz schneller schlagen, bis ich mich zur Seite lehnte und seinen knackigen Hintern begutachtete. Perfekt! »*Wirklich* gut.«

Mit einem dumpfen Knall landeten Teller mit Krabbenküchlein, Reis und knusprigen Maisbällchen auf dem Tresen und ließen mich aufspringen. »Ray! Ich habe Joe hierher gebracht, um ihn zu beeindrucken, nicht um ihn zu vergraulen.«

»Du hast Besuch«, brummte Ray und deutete mit dem Kopf hinter mich.

Verwirrt drehte ich mich auf meinem Platz um und suchte den Raum ab. Ich hätte Eunice vielleicht übersehen, würde sie nicht ihr T-Shirt von Madonnas *The Virgin Tour* tragen. Es war ein Original von einem Konzert Mitte der Achtziger. Dieses T-Shirt würde ich überall erkennen. Genauso wie die Frau mit der dunklen Sonnenbrille, die sich hinter einer Speisekarte zu verstecken suchte.

Was um alles in der Welt wollte sie hier?

»Schwester?«, rief ich, und Eunice duckte sich weiter hinter die Speisekarte. »Eunice!«, rief ich lauter.

Sie zögerte einen Moment, dann ließ sie die Speisekarte fallen, nahm ihre Sonnenbrille ab und besah Ray mit einem Blick, der die meisten Männer in die Flucht geschlagen hätte. Mit einer königlichen Ausstrahlung, die den anderen Gästen hier fehlte, stand Eunice auf und kam zu Joe und mir herüber. Ich verschränkte die Arme und versuchte, ihre Stimmung zu erraten. Aus irgendeinem Grund sah sie nachdenklich aus.

»Wir müssen reden«, platzte sie heraus, dann steuerte sie die Damentoilette an, ohne Joe auch nur anzuschauen.

Ich warf einen entschuldigenden Blick in seine Richtung, den er nicht sah, weil er Eunice finster musterte.

»Ich bin gleich wieder da. Du kannst ohne mich anfangen.« Ich hatte mich keine zwei Schritte vom Hocker entfernt, als Joe mich mit seiner Hand an meinem Handgelenk aufhielt.

»Triff keine Entscheidungen, ohne vorher mit mir zu sprechen.« Ihm war Eunice' Stimmung also auch nicht entgangen.

»Ich bin sicher, es ist nichts.«

»Versprich mir einfach, dass du, egal was sie sagt, mit mir sprichst, bevor du ihr antwortest.«

Mein Herz begann in meiner Brust kräftiger zu pochen. Ich war kurz davor, etwas zu finden, was ich mein ganzes Leben lang gewollt hatte. Doch plötzlich fühlte es sich an, als könnte es mir wegen Eunice' Anwesenheit durch die Finger gleiten. »Ich verspreche es.«

Blitzschnell, als wären wir im Wilden Westen und er Lucky Luke, griff Joe nach mir, legte seine Arme um mich und brachte mein Gesicht nah an seines. Ich war so überrascht, dass ich mir ohne nachzudenken über die Lippen leckte. Dabei berührte ich die seinen. Bevor ich mich dafür entschuldigen konnte, hatte er mich nach hinten gebeugt und erforschte gründlich meinen Mund mit seiner Zunge.

Als er sich etwas von mir löste, war sein Blick lüstern und ernst. »Erinnere dich hieran, wenn sie versucht, mich dir auszureden.«

»Sie wird nicht ...«

Er berührte mit seinem Finger meine Lippen. »Erinnere dich einfach daran, wie es sich angefühlt hat.«

Ich nickte. Ich würde diesen Kuss niemals vergessen. Oder die anderen drei, die wir geteilt hatten. Seine Berührungen hatten mich zum Leben erweckt, und ich wollte mehr. So viel mehr!

5

Rosa ist meine Lieblingsfarbe

Joe

»Die beiden stehen sich sehr nahe.«

Joe riss seinen Blick von Bernice' Rücken los und sah Ray an. Der alte Mann lehnte an der Wand hinter der Bar und beobachtete ebenfalls, wie Bernice ihrer Schwester folgte.

»Wie lange kennst du Bernice schon?«, fragte Joe.

Nun wandte sich Ray ihm zu, trat einen Schritt näher und stützte sich lässig auf die abgenutzte Theke. »Seit sie alt genug ist, Alkohol zu trinken. Sie und Eunice haben früher gerne einen drauf gemacht. Wenn man sie so feiern sah, wäre man nie auf die Idee gekommen, dass sie, umgeben von Dienern, in einem Herrenhaus aufgewachsen sind. Wusstest du, dass unsere Sunshine reich ist?«

Joe nickte. »Mir wurde gesagt, dass ihre Familie Geld hat.«

Ray schüttelte den Kopf. »Nicht einfach nur Geld, mein Sohn, sondern verdammt altes Geld *und* Traditionen. Solche Leute stehen über dem Gesetz, zumindest denken sie das. Und dass sie tun und lassen können, was sie wollen.«

»Willst du damit andeuten, dass ihre Familie korrupt ist?«

»Korrupt?« Ray überlegte kurz, dann zuckte er mit den Schultern. »Vielleicht. Ihr Vater ist ein Mann der alten Schule. Er wickelt Millionengeschäfte noch per Handschlag ab. In Savannah ist niemand so wichtig wie die Armstrongs. Bernice und Eunice mussten sich immer an die Regeln ihrer Familie halten. Seit dem Tag ihrer Geburt war ihr Lebensweg vorherbestimmt, ob sie es wollten oder nicht. Und ihre Aufgabe war es, Ehemänner zu finden, die den Familiennamen stärken und Enkel hervorbringen würden. Die Liebe spielt für Preston Armstrong keine Rolle. Nur die richtigen Verbindungen. Wie du aber wahrscheinlich schon mitbekommen hast, lässt sich Bernice von niemandem sagen, was sie zu tun hat. Eunice übrigens auch nicht. Sie hatten einen älteren Bruder. Als er Kinder bekam, rebellierten die Schwestern und begannen, ihr Leben nach ihren eigenen Vorstellungen zu leben. Dem alten Armstrong gefiel das gar nicht. Er schloss sie von den Familienangelegenheiten aus, und er soll sie sogar enterbt haben.«

Die Wut darüber, dass ein Vater seine Töchter so gefühllos behandelte, brannte in Joes Bauch. »Nicht viele Frauen würden freiwillig auf so viel Geld verzichten«, antwortete Joe ruhig und war von Bernice noch mehr beeindruckt als zuvor.

»Bernice und Eunice sind nicht wie die meisten Frauen, was du wahrscheinlich schon erkannt hast. Sie kümmern sich um ihre Mitmenschen. Auch umeinander.« Ray deutete mit dem Kopf in Richtung des Flurs, in dem Bernice verschwunden war. »Du wirst keine zwei Schwestern finden, die sich näherstehen. Wenn eine der beiden denkt, dass die andere Unterstützung benötigt, ist sie sofort zur Stelle.«

Joe warf einen Blick in Richtung der Toiletten, seine Stimmung schlug in Verärgerung um. »Willst du damit sagen, ich muss sowohl Bernice als auch Eunice überzeugen, es mit mir zu versuchen?«

Ray nickte. »Wenn Eunice ein Problem mit dir hat, wird es sehr schwer für dich. Mein Rat: Bring Bernice an einen Ort, an dem ihr Zeit alleine verbringen könnt. Festigt eure Beziehung, bevor ihr es mit der ganzen Familie aufnehmen müsst.«

Er betrachtete Ray einen Moment lang. Der alte Mann wusste so gut wie nichts über ihn. Warum also ermunterte Ray ihn, Bernice zu erobern? »Gibst du diesen Ratschlag jedem Typen, den sie in dieses Lokal bringt?«

Ray warf den Kopf zurück und lachte. Als er sich wieder beruhigt hatte, warf er Joe einen Blick zu, der Bände sprach. »Unsere Sunshine bringt nie Männer hierher. Sie ist wie eine Tochter für mich, also würde ich nie jemanden einen Rat geben, den ich ihrer nicht für würdig halte. Die Tatsache, dass sie dich mitgebracht hat, bedeutet, dass du ihr wichtig bist. Das ist alles, was ich wissen muss. Sie ist wirklich gut darin, Menschen zu lesen, und erkennt schnell, wenn sie jemand aufgrund ihrer familiären Verhältnisse ausnutzen will. Du wärst nie durch diese Tür gekommen, wenn sie irgendwelche Zweifel an dir hätte. Und nachdem ich ihr schon ihr ganzes Leben beim Alleinsein zugesehen habe, würde ich mich sehr freuen, wenn sie jemanden findet, bevor ich den Löffel abgebe. Daher frage ich dich: Bist du bereit, es mit ihrem Vater aufzunehmen? Denn wenn er erst von euch erfährt, wird er gegen euch Sturm laufen? Bernice braucht einen starken Mann, der felsenfest hinter ihr steht und sich von niemandem vertreiben lässt.«

Wieder schaute Joe zu den Toiletten. »Ich habe vor, den Rest meines Lebens mit der Frau zu verbringen, die mich trunken vor Liebe macht.«

»Willst du damit ausdrücken, dass Bernice diese Frau ist?«

Bevor Joe antwortete, lenkte er seinen Blick zurück zu Ray, der ihn fixierte. »Ja«, sagte er ohne Zögern.

»Und du fühlst dich für den bevorstehenden Sturm gewappnet?«

»Für einen Sturm, einen Orkan. Nicht mal die Sintflut könnte mich von ihr trennen.«

»Dann musst du sie aus der Stadt bringen, bevor ihr alter Herr herausfindet, dass du hier bist, oder die Hölle wird über euch hereinbrechen, bevor ihr dafür bereit seid.«

Bernice

Eunice hatte mich nicht in die Damentoilette geschleppt, sondern zur Hintertür. Jetzt starrte sie aus dem kleinen Guckfenster. Sie hatte mir den Rücken zugedreht. »Wie hast du uns gefunden?«, wollte ich wissen.

»Ich bin euch natürlich gefolgt.«

Damit hätte ich rechnen müssen. Sie war schon immer überfürsorglich. »Warum?«, hakte ich seufzend nach.

»Weißt du, womit er sein Geld verdient?«, fragte Eunice, anstatt zu antworten. Sie erinnerte mich in dieser Sekunde so sehr an unsere Mutter, dass sich mir die Nackenhaare aufstellten. Sie war ein bisschen zu sehr Snob.

»Ja, das weiß ich.«

Überrascht schaute sie über ihre Schulter zu mir. »Und das stört dich nicht?«

Ich zuckte mit den Schultern. »Meine Traumvorstellung einer Beziehung ist es natürlich nicht, dass mein Mann von einer Schar schöner Frauen umgeben ist, die nur halb so alt sind wie ich. Aber welches Recht habe ich, über ihn zu urteilen? Außerdem hat er mir von seiner Arbeit erzählt. Er behandelt seine Angestellten gut, bietet ihnen sogar eine Altersvorsorge. Für mich klingt das, als sei er ein großzügiger Mann mit dem Herz am rechten Fleck.«

Eunice brauchte einen Moment, um meine Antwort zu verdauen. »Trotzdem ziehen sich die Frauen in seinem Club aus. Damit verdient er sein Geld.«

Ich lehnte mich gegen die Wand und verschränkte die Arme. »Findest du nicht auch, dass es besser ist, wenn sich jemand wie Joe um die Frauen kümmert, als irgendein Dreckskerl, der sie nur ausnutzt?«

Eunice stellte sich zu mir an die Wand. »Devin scheint auch der Auffassung zu sein, dass Joe ein ehrlicher Mensch ist«, stellte sie resigniert fest.

»Calla hat ihn bestimmt dazu gedrängt, Joe zu überprüfen, bevor Devin zu ihm gereist ist. Außerdem glaube ich nicht, dass Devin jemandem erlauben würde, in unser Leben zu treten, der nicht vertrauenswürdig ist?«

Eunice richtete ihren Blick auf ihre Hände und begann an der Nagelhaut eines Fingers zu zupfen. Ein sicheres Zeichen dafür, dass sie sich unwohl fühlte. »Er kommt aus Tennessee.«

»Das hat er mir auch gesagt. Ist das ein Problem?« Ich wartete auf ihre Antwort. Als ihre Hände zu zittern begannen, griff ich danach und hielt sie fest. »Worum geht es dir wirklich? Warum bist du hier?«

Nach einem weiteren Moment der Stille holte sie tief Luft und rückte mit der Sprache raus. »Wenn das mit euch beiden klappt, wird er dich sicher bitten, umzuziehen. Du und ich haben immer aufeinander aufgepasst. Aber wenn du in Tennessee bist ...«

Dieser Gedanke rauschte in einem schwindelerregenden Tempo durch meinen Kopf. Ich hatte noch gar nicht in Betracht gezogen, dass eine Beziehung mit Joe einen Umzug bedeuten könnte. »Oh.«

»Ja, genau. *Oh*«, murmelte sie. »Außerdem weißt du genauso gut wie ich, dass unser Vater einen Weg finden wird, euch auseinander zu bringen. Spätestens, wenn er erfährt, was Joe beruflich macht.«

Sie hatte recht. Am liebsten würde ich jetzt an der Wand hinunterrutschen und die Arme um meine Knie schlingen. Ich hatte noch nicht darüber nachgedacht, wie unser Vater auf Joes Job reagieren würde. Dad hatte mit jedem Mann, der sich für eine von uns interessierte, ein Problem. Aber die Tatsache, dass Joe einen Stripclub besaß, würde ihn zum Ausrasten bringen.

Die meiste Zeit unseres Erwachsenenlebens verbrachten wir getrennt von unseren Eltern, bis Calla zu uns kam. Seither aßen wir ein paarmal pro Jahr zusammen. Teils taten wir das aus Respekt zu den Älteren, vor allem aber aus Liebe zu Calla. Als einziges lebendes Kind unseres Bruders war sie die rechtmäßige Erbin des Armstrong-Vermögens. Sobald wir keine Lust mehr auf die selbstherrliche Art unseres Vaters hatten, zogen sich meine Schwester und ich zurück. Aber ich brauchte mir keine Illusionen machen, was meinen Vater betraf. Auch wenn er uns enterbt hatte, beschäftigte er bestimmt ein ganzes Sicherheitsteam, das seine Interessen im Auge behielt, und dazu gehörten neben Calla auch Eunice und ich. Es würde mich nicht überraschen, wenn er bis morgen früh über Joe Bescheid wüsste, sofern er es nicht schon längst tat.

Meine Augen begannen zu brennen. Zum ersten Mal stand ich kurz davor, einen Mann in mein Leben zu lassen, mit dem ich mich wirklich verbunden fühlte. Ein Mann, der mir das Gefühl gab, etwas Besonderes zu sein. Aber im Moment schien es, als stünde meinem Glück nicht nur ein Haufen, sondern ein ganzer Berg von Problemen im Weg. Selbst wenn wir meinen Vater ignorieren könnten, würde ich es übers Herz bringen, Calla und Eunice zurückzulassen? Bis vor kurzem war ich mir sicher, dass die Antwort *Nein* lautete. Aber für den richtigen Mann, einen Mann wie Joe, würde ich es in Betracht ziehen. Im Moment gab es jedoch eine dringendere Frage: Wie konnte ich Joe vor meiner Familie schützen? Mein Vater war erbarmungslos. Joe würde ihm als Schwiegersohn sicher nicht passen, und das würde er ihn wissen lassen. Ich hatte schon oft gesehen, wie Preston Armstrong Leute finanziell ruinierte, weil sie es gewagt hatten, ihm zu widersprechen. Was würde er dann erst mit einem Mann tun, der seiner Tochter den Hof machte, ihm aber so gar nicht in den Stammbaum passte?

Nichts Gutes, fürchtete ich.

»Das stinkt«, murmelte ich und gab schließlich meinem Bedürfnis nach, zu Boden zu sinken. Eunice tat es mir gleich und legte ihren Arm um meine Schultern.

»Ich gebe zu, dass ich egoistisch bin. Der Gedanke, dass du auch nur mehr als fünf Minuten von mir entfernt wohnst, bereitet mir Magenschmerzen. Doch das könnte ich irgendwie ertragen, wenn es dich glücklich macht. Aber Dad ... Auch wenn wir uns aus seinem Würgegriff befreit haben, wissen wir beide, dass er uns immer als sein persönliches Eigentum betrachten wird. Er wird alles und jeden vernichten, der uns für sich beansprucht. Ich frage mich einfach, ob Joe damit zurechtkommen wird.«

»Warum lässt du das nicht meine Sorge sein?«, grollte eine Stimme vom anderen Ende des Flurs.

Eunice und ich drehten unsere Köpfe in seine Richtung. Er sah verärgert aus. Selbst im schwachen Flurlicht konnte ich erkennen, wie seine Augen vor Wut funkelten.

»Joe, du kennst unseren Vater nicht«, begann Eunice. »Er verliert *nie*. Wenn er will, dass du verschwindest, dann wird er dich auch dazu bringen. Ich möchte nicht, dass sich Bernice zu große Hoffnungen macht. Es wäre nicht fair, etwas anzufangen, wenn wir alle wissen, dass es zum Scheitern verurteilt ist.«

Ich konnte sehen, wie sein Ärger mit jedem ihrer Worte größer wurde, und biss mir auf die Unterlippe. Der schmale Flur fühlte sich plötzlich erdrückend eng an.

»Woher willst du das wissen?«, fragte Joe. »Hast du das in einer Kristallkugel gelesen?«

»Natürlich nicht«, gab Eunice eingeschnappt zurück. »Aber ich kenne unseren Vater. Ich kann mir vorstellen, wie die Sache ausgehen wird. Egal, für wie stark ihr eure Anziehung haltet, wenn unser Dad euch trennen will, wird er einen Weg finden, das zu schaffen. Er gibt niemals auf.«

Noch bevor ich etwas darauf erwidern konnte, trat Joe vor und streckte mir seine Hand entgegen. Sie war groß, und ich hatte bereits gespürt, wie kräftig seine Finger waren und dass er Schwielen an den Spitzen hatte, als würde er oft Gitarre spielen. »Nimm meine Hand, Baby.«

Mein Arm bewegte sich wie von selbst.

»Schwester?«, murmelte Eunice und griff nach mir, um mich aufzuhalten.

Ich schaute zwischen den beiden hin und her. Wenn ich Joe jetzt die Hand reichte, würde ich damit die Büchse der Pandora öffnen. Also starrte ich darauf und fragte mich, wie sich seine Finger wohl auf meiner Haut anfühlen würden. Ich stellte mir vor, wie wir händchenhaltend am Strand spazieren gingen. Würde ich mich dann nur durch diese winzige Berührung sicher fühlen? Ich wollte es herausfinden, aber wie immer stand mein Vater meinem Glück im Weg.

Als ich mich erneut meiner Schwester zuwandte, sah ich, dass sie eine Augenbraue hochgezogen hatte. Offensichtlich erstaunte es sie, dass ich ihn noch nicht weggeschickt hatte. Mein Blick richtete sich wieder auf Joe, und ich las die Entschlossenheit in seinem Gesicht. Ich erinnerte mich daran, was ich über ihn gedacht hatte, als ich ihn zum ersten Mal sah. Er wirkte wie ein Mann, der meinem Vater die Stirn bieten konnte. Der sich nicht unterkriegen ließ. Der mich niemals aufgeben würde.

Ich blickte in seine dunklen Augen, und für den Bruchteil einer

Sekunde glaubte ich, ein Flehen in ihren Tiefen zu erkennen. Er wollte mich, genauso sehr wie ich ihn. Und er würde um mich kämpfen.

Wann habe ich das letzte Mal etwas getan, nur weil ich es wollte?

Ohne über all die Folgen meiner Entscheidung nachzudenken, ließ ich meine Hand in seine gleiten. Mein Glück, egal wie kurz es anhalten würde, war mir das Risiko wert. Mein Vater war auch nur ein Mensch, er war kein Gott. Irgendwann musste auch er einmal in seine Schranken gewiesen werden.

»Preston sollte nicht immer seinen Willen bekommen«, murmelte ich zu meiner Schwester und straffte die Schultern.

Eunice wirkte ehrlich überrascht. Sie schaute zwischen Joe und mir hin und her und musterte uns einen Moment lang. Als sich ihre Miene aufhellte, wusste ich, dass sie auch in dieser Sache zu mir halten würde, wie sie es schon ihr ganzes Leben tat. »Dann geht, bevor er mitbekommt, dass Joe in der Stadt ist«, drängte sie.

Joe verschwendete keine Zeit; er nickte Eunice zu, dann zog er mich vom Boden hoch und führte mich durch die Vordertür aus dem Lokal. Erst vor seinem Motorrad blieb er stehen. Obwohl er schwieg, während er mir mit dem Helm half, konnte ich sehen, wie er die Muskeln seines Kiefers anspannte. Irgendetwas nagte noch an ihm, doch ich hielt den Mund.

Man muss sich seine Schlachten aussuchen, pflegte Mutter zu sagen. Ich hörte nicht oft auf ihren Rat, aber in diesem Fall erschien es mir klug.

Augenblicke später saß er auf seinem Bike und reichte mir die Hand. Ohne zu zögern, ergriff ich sie, in dem Wissen, dass ich schon vor langer Zeit beschlossen hatte, nach meinen eigenen Wünschen zu leben. Und das hatte gut geklappt, bis meine Eltern nach dem Tod meines Bruders wieder auf der Bildfläche erschienen. Für Calla tolerierte ich ihre Gegenwart, aber ich würde meinem Vater nicht erlauben, sich in meine Dinge einzumischen. Und Joe war ganz allein meine Angelegenheit.

In dem Moment, als ich meine Hand in seine legte, geschah etwas Wunderbares. Die Gedanken an meinen Vater lösten sich auf, und die ständige Last seiner Missbilligung war wie weggeblasen. Bei Joe fühlte ich mich so geborgen, dass ich mir keine Sorgen mehr machte. Ich hatte die richtige Entscheidung getroffen. Er war jeden Kampf wert. Er war wie mein persönlicher Schutzwall, der zwischen mir und dem Rest der Welt stand. Zum ersten Mal in meinem Leben fühlte ich mich wirklich sicher.

Genau wie vorhin, als ich mich hinter ihn auf die Harley gesetzt hatte, drehte sich Joe zu mir um und legte eine Hand an meinen Hals. Doch diesmal küsste er mich nicht. Stattdessen sah er mir tief in die Augen. »Bereit?«

Ich wusste, was er wirklich meinte, und nickte zustimmend. »Bereit.«

»Dann lass uns von hier verschwinden.«

Ich dachte zunächst, er wollte nur das *Ray's* verlassen, aber als wir die Brücke überquerten, die Tybee Island mit dem Festland verband, tippte ich ihm auf die Schulter.

»Wo fahren wir hin?«, rief ich ihm ins Ohr, doch er schwieg und drückte kurz mein Bein, wie um mir zu zeigen, dass er mich gehört hatte. Anscheinend würde ich es erfahren, wenn wir unser Ziel erreichten.

Joe

Joe war egal, wie reich und mächtig Preston Armstrong war, der alte Mann ließ ihn völlig kalt. Ihn beunruhigte nur eine Sache: dass Bernice, Eunice und sogar Ray glaubten, dass ihr Vater Joes Verbindung mit Bernice zerstören könnte. Ray hatte recht. Er musste allein mit ihr sein und ihr klar machen, wie ernst er es meinte. Aus diesem Grund fuhr Joe mit ihr nach North Carolina und in Richtung der Outer Banks. Sie brauchten Zeit, um ihre Beziehung zu festigen, bevor sich ihr Vater, den sie offenbar für unaufhaltsam hielt, in ihr Leben einmischte.

Als Bernice gefragt hatte, wohin sie fuhren, hatte er nicht geantwortet. Er dachte, sie würde sich vielleicht dagegen wehren, die Stadt zu verlassen, aber als sie die Brücke von Savannah nach South Carolina überquerten, drückte sie sich einfach fester an ihn und legte ihren Kopf auf seine Schulter.

In den Tagen, bevor Devin bei ihm im Club aufgetaucht war, hatte er einige Zeit damit verbracht, die besten Strandgemeinden zu recherchieren. Auch wenn er am Ende nicht auf seine einsame Motorradtour gegangen war, erwies sich diese Recherche jetzt als nützlich. Die Outer Banks waren der perfekte Ort für ein paar ruhige Tage allein mit Bernice. Sonne, Bier und leidenschaftliche Nächte. Sie hatten kein Gepäck dabei, aber alles, was sie wirklich brauchten, war der jeweils andere. Andere Dinge wie frische Kleidung konnten sie sich kaufen.

Um Mitternacht hielt Joe neben dem *Tides Hotel* in Folly Beach, eine kleine Inselstadt vor Charleston in South Carolina. Es war nicht ihr eigentliches Ziel, aber für heute würden sie hier Rast machen. Er freute sich schon darauf, mit Bernice in seinen Armen einzuschlafen.

Er half ihr von seinem Motorrad. Dabei lenkte sie ihren Blick zum Hotel und begann von einem Ohr zum anderen zu grinsen. »Ich war seit Jahren nicht mehr in Folly Beach.« Während er ihre Sachen in der Tasche am Gepäckträger verstaute, machte sie sich schon auf den Weg zur Rückseite des Hotels.

Der Mond stand hoch am Nachthimmel und tauchte das Meer und den Sand in sein silbriges Licht. Auch Bernice erstrahlte in seinem Schein. Joe folgte ihr auf jeden Schritt, als wären sie durch einen unsichtbaren Faden verbunden. Sie beschleunigte ihr Tempo und schnappte sich ein Handtuch von einem Liegestuhl am Pool. Joe grinste und tat es ihr gleich. Am Strand angekommen, schaute sie über ihre Schulter zu ihm. Ihr Lächeln traf ihn mitten ins Herz und raubte ihm den Atem. Ihre Augen funkelten schelmisch, als sie anhielt und sich mit einem beherzten Ruck ihr Harley-T-Shirt vom Leib riss. Darunter trug sie immer noch ihren Bikini vom Nachmittag. Joe versuchte, Luft zu holen, während er ihr dabei zusah, wie sie sich die Schuhe auszog und die Jeans von den Beinen streifte. Sprachlos beobachtete er, wie sie ihre langen Beine aus der Enge ihrer Hose befreite. Ihre Haut schimmerte im

Mondlicht wie Seide.

»Ich fühle mich, als wäre ich wieder zwanzig«, rief sie, machte auf dem Absatz kehrt und rannte in die Wellen. Er konnte seinen Blick nicht von ihrem Hintern nehmen, während sie in den kühlen Atlantik sprang.

Devin hatte recht: Die Armstrong-Frauen hatten etwas Besonderes an sich. Er wusste nicht genau, wie er es beschreiben sollte. Sie schienen eine unschuldige Reinheit zu verkörpern und ein Licht in sich tragen, in das sie einen tauchten, wenn man ihnen nah genug war. Aus den wenigen Geschichten über sie wusste er, dass sie alle kein einfaches Leben hatten. Trotzdem bewahrten sie sich eine Lebensfreude, die ansteckend und heilend war.

Joe hinterließ eine Spur aus Kleidungsstücken, als er ihr in die Brandung folgte. Er war nackt wie Gott ihn schuf und kümmerte sich nicht, ob ihn jemand sah. Das kalte Wasser ließ seine Körpertemperatur sinken, aber als Bernice vor ihm auftauchte, wurde ihm wieder warm. Salzwasser rann ihren Hals hinab und verschwand zwischen ihren Brüsten. Mit seinem Blick verfolgte er einen der Tropfen, dann den nächsten, bis er so hart wie nie zuvor war. Bernice bewegte sich langsam auf ihn zu, und die verführerische Absicht stand ihr ins Gesicht geschrieben.

»So etwas habe ich nicht mehr gemacht, seit wir Calla aufgenommen haben.« Sie blieb vor ihm stehen, ihr Blick auf seine Brust gerichtet, und streckte die Hand nach ihm aus, um mit einem Finger über seinen Bauch zu streichen. »Versprich mir, dass ich das nicht bereuen werde.«

Joe umfasste ihr Handgelenk und zog sie mit einem Ruck an seinen Körper. »Das Leben hat mir Gutes und Schlechtes beschert«, erklärte er leise. »Ich habe meine Jungs. Meine Familie. All das ist gut. Der Club bringt Geld und gibt mir die Möglichkeit, jenen zu helfen, die einen Ausweg brauchen. Dafür werde ich mich nicht entschuldigen. Bei niemanden.«

»Joe, ich wollte nicht andeuten ...«

»Mir ist scheißegal, was dein Vater denkt. Wenn er mich persönlich trifft, wird er einsehen, dass ich keinen Rückzieher mache. Nicht vor dem hier. Du bist mir unter die Haut gegangen, wie es noch keine Frau geschafft hat. Beim ersten Blick wusste ich, dass ich den Rest meines Lebens mit dir verbringen möchte. Du willst Gewissheit? Ich kann dir eines geben: Im Leben haben wir nur eine Chance, und die sollten wir nutzen, um glücklich zu sein. Ich kämpfe *immer* für das, was ich will, und ich will dich. Wenn du versuchst, mich wegen deines Vaters zu verlassen, werde ich dich daran hindern.« Joe drückte sie enger an sich, um seinen Worten Nachdruck zu verleihen. »Ich halte dich fest und kämpfe, bis du dir sicher bist.«

Er wusste nicht, wie sie das sah, aber er war es leid, sich um einen alten Mann mit Gottkomplex zu sorgen. Bernice hielt seinen Blick gefangen. Sie schien darin nach der Aufrichtigkeit seiner Worte zu suchen, dann griff sie mit zitternden Händen in ihren Nacken und band ihr Oberteil auf. Joe presste seinen Mund auf den ihren und sank mit ihr ins Wasser. Auch wenn nur der Mond am Himmel stand und vorhin niemand sonst am Strand war, wollte er sichergehen, dass nur er sah, was jetzt zu ihm gehörte.

Bernice schlang ihre Beine um seine Hüfte, während er in ihrem Kuss ertrank. Sie schwammen weiter hinaus, um ihre Privatsphäre zu schützen, bis ihre Körper nicht mehr zu sehen waren. Lustvoll zog Bernice an seinen Haaren. Ihre Zungen tanzten, ihre Zähne stießen aneinander, während sie in der Brandung wippten und das Wasser ihre Körper in einem verführerischen Rhythmus schaukelte.

Joe löste seinen Mund von ihrem und neigte ihren Oberkörper nach hinten, um besseren Zugang zu ihren vollen Brüsten zu erhalten. Hingebungsvoll saugte er an ihrem Nippel, und Bernice wölbte sich in seine Berührung. Als sie mit den Nägeln über seinen Rücken kratzte, knurrte er zustimmend.

»Ich brauche dich in mir«, rief Bernice und drückte sich gegen seinen Mund.

Im seichteren Wasser fand er einen besseren Halt und eroberte erneut ihre Lippen, bevor er ihr Bikinihöschen zur Seite schob und seine Spitze an ihrem Eingang positionierte. »Sieh mich an«, befahl er leise. Er musste ihr in die Augen sehen, während er in ihrer Hitze versank und sie beanspruchte.

Ihre Lider flatterten auf, und ihre Blicke verbanden sich. Erwartungsvoll leckte sich Bernice über die Lippen. Joe legte seine Hände um ihre Schultern, drang mit einem Stoß in sie ein und beobachtete sie dabei genau. Allein bei dem Anblick hätte er kommen können. Ihre Augen wurden schmal, und ihr Mund war vor Überraschung geöffnet, während sich ihr Inneres um ihn anspannte. Er zog sich langsam zurück, nur um erneut in sie zu stoßen. Schließlich verharrte er tief in ihr. Ihr Kopf fiel nach hinten, und sie begann, sich gegen ihn zu stemmen. Als er sich wieder bewegte, kamen die erotischsten Laute über ihre geschwollenen Lippen.

Zufriedenheit, wie er sie noch nie zuvor verspürt hatte, brannte heiß durch seine Adern. Wie richtig ihre Vereinigung war, wusste er spätestens, als sie ihre Muskeln um ihn anspannte und ihn tiefer in ihre Hitze zog.

Sie wimmerte nach Erlösung, also griff Joe zwischen ihre Körper und verwöhnte ihre Klit mit seinem Daumen. Innerhalb von Sekunden explodierte Bernice. Joe nahm ihren Mund in Besitz und schluckte ihre Schreie. Kurz darauf folgte er ihr tief stöhnend, als ihn der überwältigendste Orgasmus seines Lebens überrollte.

Keuchend und mit rasendem Herzen legte sich Joe flach auf den Rücken, damit sie treiben konnten, bis die Flut sie wieder ans Ufer spülte. Bernice lag erschöpft auf ihm, ihr Gesicht an seinem Hals vergraben. Joe fand die Bänder ihres Bikinis, zog sie hoch und verknotete sie in ihrem Nacken, um ihre üppigen Brüste wieder zu bedecken.

So blieben sie einige Minuten, bis sie schließlich den Strand erreichten. Worte schienen überflüssig. Er konnte sehen, dass sie es auch spürte: die Verbindung zwischen ihnen. Eine Verbindung, für die er alles geben würde. Ihr Vater und seine zweifelhaften Interessen sollten verdammt sein. Bernice gehörte zu ihm, und jeder, der etwas anderes behauptete, würde seinen Zorn zu spüren bekommen.

Bernice

»Was ist deine Lieblingsfarbe?«, flüsterte ich, als die Sonne über den Horizont lugte. Wir lagen im Bett, in einem Zimmer im obersten Stockwerk des frisch renovierten Hotels. Die Jalousien hatten wir offen gelassen, damit wir den Mond über dem Meer sehen konnten. Nach unserem Vergnügen am Strand war ich völlig erschöpft. Trotzdem hatten wir noch kein Auge zugemacht. Wir wollten jede Sekunde zusammen genießen. Schlafen konnten wir, wenn wir tot waren.

Joe verschlang seine Finger mit meinen, und führte sie zu seinem Mund. Es waren noch keine dreißig Minuten vergangen, seit wir das letzte Mal unglaublich fantastischen Sex in der Dusche hatten, aber die bloße Berührung seiner Lippen entfachte eine Flamme tief in meinem Inneren.

»Ich stehe nicht so auf Farben. Wenn etwas schwarz ist, ziehe ich es an. Grau geht auch.«

Ich drehte mich herum, bis ich auf seiner Brust lag, verschränkte meine Finger und stützte das Kinn auf meine Hände. »Pink«, sagte ich und lächelte. »Oder wie Shelby in *Magnolien aus Stahl* sagte: *Pink ist meine Lieblingsfarbe.*« Bei diesem Zitat übertrieb ich meinen Südstaatenakzent ein bisschen, um den Film nachzuahmen. Der Ausdruck in Joes Augen wurde noch sanfter, als ich sprach. Mir fiel auf, je mehr ich von mir erzählte, desto gelöster und ruhiger wurde er.

»Pink, hm?«

»Auf jeden Fall.«

Sein Blick fiel auf meine Lippen, und plötzlich landete ich auf dem Rücken. »Ist mir noch gar nicht aufgefallen«, murmelte er fast neckisch, während seine Hand an meinem Bein hinabglitt, bis er meinen Fuß drückte. »Blumen gefallen dir wohl auch?«

Ich rätselte über die Bedeutung seiner Worte, aber dann setzte er sich auf, hob meinen Fuß an und küsste die Spitze, bevor er ihn mit seinen starken Fingern knetete. Die weißen Blumen, die ich mir aus einer Laune heraus auf meine rosa Zehennägel hatte malen lassen, leuchteten mir entgegen.

»Das hast du bemerkt?« Das freute mich so sehr, dass ich kicherte. Ich *kicherte*. Mein Gott, ich hatte schon seit Jahren nicht mehr auf diese Weise gelacht. Und das war nur eins von vielen Dingen, deren letztes Mal schon Jahre zurücklag. Ein Tag mit Joe hatte gereicht, um mich wieder jung und lebendig zu fühlen. Als könnte ich es mit der ganzen Welt aufnehmen. Wenn ich von nun an nie wieder in einen Spiegel sah, könnte ich ewig in der Vorstellung leben, dass ich wieder zwanzig war und mit Eunice in meinem Jeep durchs Land fuhr. Wir hatten ein Jahr lang wie Nomaden gelebt und waren von einem Musikfestival zum nächsten gereist. Auf ein Madonna-Konzert folgte eins von Lynyrd Skynyrd, dann Bob Seger, bis wir nach Boston kamen. Wir hatten sie alle gesehen. Die Liste war lang und erinnerungswürdig. Es war die beste Zeit meines Lebens. Doch als ich Joe dabei zusah, wie er meinen Fuß massierte, beschlich mich das Gefühl, dass die beste Zeit meines Lebens vielleicht gerade erst anfing.

»Ich bemerke alles an dir«, antwortete Joe und die Schmetterlinge, die in meinem Bauch flatterten, schlugen noch heftiger mit den Flügeln.

»Erzähl mir von deinen Söhnen.«

Joe hielt seinen Blick auf meinen Fuß gerichtet, während er antwortete. Dabei knetete er die Ballen so angenehm, dass ich laut stöhnen wollte. »Sie sind Zwillinge, aber so unterschiedlich wie Tag und Nacht. Chris lebt in Nashville. Er entwirft Websites. Nick ist Leadsänger in einer Band.«

Ich erinnerte mich an die Schwielen an Joes Fingern und fragte mich, ob Nick sein musikalisches Talent von seinem Vater geerbt hatte. »Spielst du auch ein Instrument? Gitarre vielleicht?«

Joe nickte, seine Hände strichen meine Wade hinauf und drückten den Muskel dort. Sein Blick hielt meinen gefangen, und ein erotisches Knistern lag in der Luft. Dann klopfte es plötzlich an unserer Tür.

Ich schaute auf die Uhr am Nachttisch. Für das

Zimmermädchen war es noch zu früh. In meiner Kehle bildete sich ein Knoten. Vorhin hatte mein Handy vibriert, aber ich war zu beschäftigt gewesen, um mich darum zu kümmern. Nun rollte ich mich unter Joe hervor, griff nach meiner Jeans und zog mein Handy aus der Tasche. Seit wir losgefahren waren, hatte ich es nicht mehr gecheckt. Ich hatte seither drei Nachrichten von Eunice bekommen und fünf Anrufe von meinem Vater verpasst, die ungefähr zu der Zeit begannen, als wir *Ray's Tavern* verlassen hatten. Er ließ Eunice und mich definitiv beschatten.

Ich las zuerst die Nachrichten meiner Schwester. Die erste hatte sie mir schon gestern Abend gegen zehn geschickt.

Eunice: *Dad sucht nach dir.*

Wenn er sich bei Eunice gemeldet hatte, um mich zu finden, muss sein Mann uns verloren haben, als wir die Insel Richtung North Carolina verließen. Sie musste beunruhigt gewesen sein, denn ihre nächste Nachricht kam um halb ein Uhr früh.

Eunice: *Er hat sich nicht mehr gemeldet. Ich befürchte, er hat etwas vor.*

Der Meinung war ich auch. Unser Vater verstand sich normalerweise auf Telefonterror. Er hörte erst auf anzurufen, wenn man ranging. Dass sein letzter Versuch schon einige Stunden zurücklag, bedeutete nichts Gutes für Joe und mich.

Eunice hatte mir heute Morgen um viertel nach sechs noch mal geschrieben. Das war noch nicht lange her.

Eunice: *Ruf mich an, wenn du das liest. Mom hat mir eine Nachricht geschickt und gesagt, dass Dad sie vor zwei Stunden wütend aus dem Haus gezerrt und in ihren Privatjet gesetzt hat.*

Wieder ertönte ein Klopfen an der Tür, diesmal war es energischer. Mein Blick schoss zu Joe. »Mach nicht auf. Es könnte mein Vater sein.«

Joe zog sich seine Jeans an. Er schloss ein paar der Knöpfe, dabei behielt er die Tür im Auge. »Ich mag keine Spielchen. Wenn er sich wirklich auf diese Weise treffen will, dann soll es so sein. Ich werde mich nicht wie ein Teenager verstecken, weil deine Eltern plötzlich auftauchen.« Er drehte sich zu mir um und musterte mich von oben bis unten. Bis jetzt hatte ich noch keine Anstalten gemacht, mich anzuziehen. »Sweetheart, zieh dich bitte an. Aber nur damit du es weißt: Ich bin noch lange nicht fertig mit dir. Dass uns dein Vater unterbricht, werde ich ihm sehr lange übel nehmen.«

Bei seinen Worten stand ich auf und schlüpfte in sein T-Shirt. Es reichte mir bis zu den Knien. Dann tastete ich nach meinem Bikinihöschen, weil ich sonst keine Unterwäsche dabeihatte. Obwohl es noch kühl vom Meerwasser war, stieg ich hinein. Schließlich versuchte ich noch, meine Haare in Ordnung zu bringen. Als sich Joe vergewissert hatte, dass ich ausreichend bedeckt war, machte er sich auf den Weg zur Tür, an der jemand Sturm klopfte. Als er nach der Klinke griff, schlang ich die Arme um meine Taille. Dad konnte Joe körperlich nichts anhaben, dafür war er schon zu alt. Aber einige der Schläger, die für seine Sicherheit zuständig waren, konnten richtig gemein werden.

»Du hast zwei Sekunden Zeit, um das zu erklären«, knurrte Joe, als sich Devin mit einem Lächeln durch die Tür ins Zimmer schob.

»Was machst du denn hier? Ist Calla okay?«

»Calla geht es gut. Preston ist auf dem Kriegspfad. Gib mir dein Handy. Ich habe ein anderes, das du benutzen kannst.«

Ich warf einen Blick auf mein Telefon. »Warum brauche ich ein anderes?«

Joe kam zum Bett, um mein Handy an sich zu nehmen. »Willst du damit sagen, dass er sie orten lässt?«, fragte er leise.

»Wenn ich es kann, was ich seit dem Fiasko auf der Ranch auch tue, dann kann er es auch. Ich brauchte mich nur in meinen Computer einloggen, um zu sehen, wo du hingefahren bist. Was ich tat, weil Preston um zwei Uhr morgens Calla anrief und nach Bernice fragte.«

Ich schloss die Augen und biss die Zähne zusammen. Mein Vater würde auch nicht davor zurückschrecken, sich ins Weiße Haus zu hacken, wenn es seinem Zweck diente. »Dad beschäftigt einen Informatiker, den er vom Pentagon abgeworben hat.«

»Der Kerl muss verdammt gut sein, denn er konnte die Sicherheitsvorkehrungen umgehen, die ich vorsorglich auf all euren Handys installiert hatte. Sie haben deinen Standort ausfindig gemacht, bevor ich es verhindern konnte. Ich bin sofort losgefahren, aber so wie ich Preston kenne, bin ich ihnen nur wenige Minuten voraus. Er wird annehmen, dass er sich etwas Zeit lassen kann, weil es noch früh am Morgen ist. Es wird ihn auch etwas Zeit gekostet haben, seinen Piloten zur Landebahn und das Flugzeug startklar zu machen. Hoffentlich war ich schnell genug hier, um sie in eine wilde Verfolgungsjagd zu führen. Ich nehme dein Handy mit, und sie können *mich* bis nach Savannah verfolgen.«

»Warum verstecken wir uns vor ihm?«, fragte Joe genervt und schaute zwischen Devin und mir hin und her.

Ich sah Devin an, und wir zuckten beide mit den Schultern. »Weil er Preston Armstrong ist«, antwortete ich schließlich.

»Baby, das ist mir scheißegal. Er ist dein Vater, nicht irgendein wahnsinniger Killer. Wenn er für mich alle seine Register ziehen will, dann soll er es tun. Ich habe nichts zu verbergen, und nichts, was er sagt, wird mich vertreiben.«

»Vor zwei Monaten hat er Calla entführt und wollte sie zwingen, sich von mir zu trennen.«

Bei dieser Neuigkeit keuchte ich auf. Obwohl ich wusste, dass Calla in Dads Haus war, erzählte sie mir nie, dass er sie entführt hatte.

Joe sah Devin mit zusammengekniffenen Augen an. »Du verarschst mich doch.«

Devin schüttelte den Kopf. »Ich kam gerade rechtzeitig, um zu hören, wie er meiner Frau ins Gesicht schlug. Der einzige Grund, warum er noch atmet, ist die Tatsache, dass Bo Strawn bei mir war und mich zurückgehalten hat. Dabei hat er es fast geschafft, sie davon zu überzeugen, mich zu verlassen. Er ist rücksichtslos. Ich habe dich vor ihm gewarnt, bevor du hierher kamst. Weißt du noch?«

Dad hat sie geschlagen? Die Wut rauschte heiß und schnell durch meine Adern. *Wie kann er es wagen, Hand an mein Mädchen zu legen!*

Joes Gesicht verfinsterte sich, und ich hielt den Atem an, weil ich mich fragte, ob er bereits entschieden hatte, dass ich den ganzen Ärger nicht wert war. »Du hättest Strawn zu Hause lassen sollen«, grummelte Joe leise, legte seinen Arm um meine Schultern und zog mich an seinen Körper. Er betrachtete mich eingehend, bevor er weitersprach. »Wenn er dich jemals anrührt, lande ich im Gefängnis und er in einem Sarg.« Sein Tonfall ließ keinen Zweifel daran, dass er es absolut ernst meinte.

Seine Worte legten sich wie eine wärmende Decke um mich. Ich war es nicht gewohnt, dass jemand anderes als Eunice oder Calla mich beschützen würde. Seine Drohung, machte mich ein wenig nervös, trotzdem oder gerade deswegen schmiegte ich mich an seine Seite. Aber kaum hatte er seinen Satz beendet, flog die Tür zu unserem Zimmer auf und Jessie, der Fahrer und persönliche Leibwächter meines Vaters, trat mit Hilfe einer Schlüsselkarte ein. Er war ein riesiger Mann, der kein Problem damit hatte, die Anweisungen meines Vaters genau zu befolgen.

Joe schob mich hinter sich und spannte seine Muskeln an. Er war offenbar bereit für einen Kampf. Aber es war Devin, der vor Joe trat und ein gefährliches Lachen hören ließ. »Ich habe mich schon darauf gefreut, dich wieder zu treffen«, knurrte Devin wie ein Pitbull. Es war offensichtlich, dass er Jessie kannte und noch eine Rechnung mit ihm zu begleichen hatte.

Jessie zuckte bei seinem Tonfall nicht einmal zusammen. Er lächelte nur und steckte die Schlüsselkarte in seine Gesäßtasche. »Lass uns tanzen, Arschloch.«

6

Dein Vater ist ein Arschloch

Bernice

Jessie stürzte sich auf Devin, war jedoch wegen seiner enormen Größe zu langsam. Geschickt wich Devin aus und schlug ihm mit der Faust gegen die Schläfe. Jessie geriet ins Taumeln, ging aber nicht zu Boden. In diesem Moment reagierte Joe. Als sich Jessie wieder zu Devin umdrehte und ausholte, um ihm eine seiner riesigen Fäuste in den Bauch zu rammen, nahm Joe ihn von hinten in den Schwitzkasten. Die gut sichtbaren Adern in seinen Armen spannten sich an, als er seinen Griff verstärkte und sich rückwärts bewegte, um den Leibwächter aus dem Gleichgewicht zu bringen. Jessie versuchte, Joes Arm von seinem Hals zu ziehen, aber Joe ließ nicht locker und wirkte, als hätte er das schon hundertmal gemacht. Wahrscheinlich hatte er das auch. Er leitete einen Stripclub und musste sich vermutlich immer wieder mal mit außer Kontrolle geratenen Gästen herumschlagen.

Devin wirkte etwas schadenfroh, als er zusah, wie Jessie in Joes Griff gefangen war, und dann brachte er den riesigen Kerl mit einem dumpfen Schlag endgültig zu Boden. Joe überprüfte seinen Puls, um sicherzugehen, dass er nur bewusstlos war, ehe er zu Devin aufschaute.

»Und wieder ist er mit einem blauen Auge davongekommen«, stellte Devin fest. Wenn ich nicht gerade völlig überfordert wäre, hätte ich gelacht. Jessie war ein gemeines Arschloch und verdiente sicherlich alles, was Devin ihm gern angetan hätte.

»Ich nehme an, du hast noch eine Rechnung mit ihm offen?«, fragte Joe.

»Er ist derjenige, der Calla in die Limousine gezwungen hat. Und dann stellte er sich mir auch noch in den Weg, als Preston sie schlug. Irgendwann werde ich ihn dafür büßen lassen.«

Lautes, langsames Klatschen hallte vom Flur herein. Ich drehte mich zu dem Geräusch um, aber ich wusste schon, wer durch die Tür kommen würde, bevor er zu sehen war. Mein Vater, Preston Armstrong persönlich, stand auf der Schwelle. Er war immer noch eine imposante Erscheinung. Fast sein ganzes Leben lang hatte er trainiert. Wahrscheinlich, um ewig zu leben. Bis jetzt hatte es funktioniert. Als er jünger war, sah er umwerfend aus. Die Zeit hatte dem nicht allzu viel Abbruch getan. Mit seinen neunundsiebzig Jahren wirkte er eher wie Mitte sechzig, mit silberweißem Haar und einem markanten Kiefer, als könnte man Stahl daran biegen. Und sein Verstand zeigte überhaupt keine Anzeichen des Alterns. Er war immer noch viel zu scharfsinnig.

Und er war ein aufgeblasener Arsch, der tatsächlich glaubte, dass sein Wort Gesetz sei. In den meisten Fällen war es das leider auch.

Die Regeln hatten nur das gemeine Volk und seine Töchter zu befolgen, denn Preston Armstrong stand über diesen Dingen. Er saß oben in seinem Elfenbeinturm und wachte über den goldenen Käfig, in dem wir aufgewachsen waren. Er hielt uns in einer Welt voller Bälle und Rüschenkleider gefangen, bis ihm jemand genau das für unsere Zukunft bot, was er wollte. Er verkörperte so viel, was in dieser Welt nicht stimmte, und dafür hassten wir ihn. Trotzdem war er mein Vater, und selbst heute sehnte ich mich manchmal nach seiner Anerkennung. Diese Tatsache stimmte mich immer wieder wütend, denn ich war eine Armstrong, und eine Armstrong machte keine Fehler. Sich nach der Anerkennung eines Mannes zu sehnen, der sie nicht verdiente, war jedoch ein schwerwiegender Fehler.

Dad lehnte sich gegen den Türrahmen und begutachtete die Szene, die wir ihm boten. Sein Blick blieb dabei einen Moment lang auf Jessies reglosem Körper auf dem Boden hängen. »Das ist das zweite Mal, dass er sich von dir k.o.-schlagen lässt, Hawthorne.«

»Du brauchst jemanden, der agiler ist. Ein Riese wie er bewegt sich zu langsam«, erwiderte Devin, als würden sie über das Wetter plaudern.

Für einen Moment schien Dad darüber nachzudenken, dann nickte er, stieß sich vom Türpfosten ab und hielt Joe die Hand hin. »Preston Armstrong. Ich muss zurück nach Savannah, also lass uns gleich zur Sache kommen. Was kostet es mich, dich aus dem Leben meiner Tochter zu entfernen?«

Jeder Muskel in meinem Körper spannte sich an. Was er da sagte, war beleidigend. Zu meinem Erstaunen warf Joe den Kopf zurück und begann zu lachen.

»Sweetheart, dein Vater ist ein Arschloch«, stellte er fest, und ich stimmte mit einem Seufzen zu.

Mein Vater ignorierte Joes Worte und meine Reaktion, zog sein Scheckbuch heraus und begann zu schreiben. Als er fertig war, riss er das Blatt heraus und reichte es Joe, der ihn dabei mit einem finsteren Blick beobachtete. An seinen geschürzten Lippen konnte man erkennen, wie sauer er war, weil mein Vater ihn für bestechlich hielt.

Seltsam fasziniert linste ich auf die Summe, die auf dem Scheck stand, und mir stockte der Atem, als ich die vielen Nullen sah. So viel war ich meinem Vater wert? Oder besser gesagt, so viel war es ihm wert war, den Familiennamen zu schützen.

Devin stieß einen leisen, anerkennenden Pfiff aus. Als er mich ansah, schüttelte er nur den Kopf. Ich konnte mir sehr genau vorstellen, was er in diesem Moment dachte: Mein Vater ging davon aus, er könnte alles und jeden kaufen.

Joe wirkte über die lächerlich hohe Summe noch wütender. Er starrte so eindringlich auf den Scheck, dass ich mir kurz Sorgen machte, aber er machte keine Anstalten, ihn entgegenzunehmen. Schließlich legte er seinen Arm um meine Schultern und drückte mich fest an seinen Körper. »Falls du es noch nicht weißt, du bist ein beschissener Vater, Preston.«

Dem konnte ich nur zustimmen, trotzdem war ich schockiert über die hohe Summe, die mein Vater Joe bot. In der Welt des Geldes zählte jeder Cent. Man warf nicht einfach so mit mehreren tausend Dollar um sich. Viele suchten sogar einen Weg, ihr Vermögen mit ins Grab zu nehmen. Doch noch wichtiger als ein prall gefülltes Bankkonto war meinem Vater, dass unsere Familie über viele Generationen hinaus die reichste – und seiner Meinung nach die wichtigste – Familie in Savannah blieb. Von Geburt an wurde uns eingetrichtert, den Namen Armstrong nie in Verruf zu bringen. Ihn über alles andere zu stellen. Obwohl es mich beschämte, überraschte es mich nicht wirklich, dass mein Vater versuchte, Joe zu kaufen.

»Ich bin Realist«, erwiderte Dad achselzuckend und warf den Scheck auf das Hotelbett. »Meinetwegen verbring das Wochenende mit ihr und dann kehre als reicher Mann nach Tennessee in deinen Fickladen zurück. Es ist ein einfacher Handel, Rouger. Ich bin sicher, dass ein Mann mit Geschäftssinn das zu schätzen weiß.«

Mein Vater hätte mich genauso gut ohrfeigen können. Hatte er gerade tatsächlich versucht, Joe zu bestechen, mich zu vögeln und dann zu verschwinden? Ich fühlte mich schmutzig, wie eine Hure, über deren Preis verhandelt wurde. Durch den Schock sackte mein Blutdruck nach unten, und vor Scham drehte sich alles in meinem Kopf. Schon als ich aufwuchs, hatte er mir nie das Gefühl gegeben, etwas Besonderes zu sein. Etwas von Wert. Trotzdem hoffte ich tief in meinem Inneren, dass er mich auf seine eigene Art liebte. Doch sein Verhalten heute zeigte mir, dass ich völlig falsch lag. Und der Schmerz war unbeschreiblich.

Joe blieb einen Moment still, dann ließ er mich los und ging ein paar Schritte, bis er direkt vor meinem Vater stand. Langsam neigte er seinen Kopf zur Seite und musterte ihn intensiv. Obwohl ich versuchte, meine Fassung zu wahren, begann meine Unterlippe zu zittern und ganz automatisch hielt ich die Luft an. Der Mangel an allem, was ein Vater für seine Tochter empfinden sollte, schnitt tiefe Wunden in mein Herz.

Joe nahm sich viel Zeit, und mein Vater fing an, unter seinen Blicken mit dem Kiefer zu mahlen. Ein winziger Fehler seinerseits. Zeige niemals Schwäche. Bleib immer standhaft. Gib keinen Zentimeter nach. Das waren die Grundsätze, nach denen er lebte, und doch war er in diesem Moment verunsichert.

Seinem hämischen Grinsen nach zu urteilen, bemerkte Joe die Anspannung meines Dads, als er den Scheck aufhob. Kurz warf er noch einen Blick darauf, griff dann nach oben und steckte ihn in die Brusttasche meines Vaters. »Der *Fickladen*, wie du meinen Club nanntest, hat mich etwas gelehrt, was du offensichtlich nie gelernt hast«, erklärte Joe mit verächtlichem Tonfall.

Der Blick meines Vaters wanderte kurz zu mir. »Und was soll das sein? Dass doppelt so große Titten doppelten Gewinn bringen?«

Joes Miene wurde steinhart. »Nein. Dass wahres Glück nichts mit Reichtum zu tun hat. Du kannst noch so sehr in Geld schwimmen, du wirst trotzdem unglücklich sein. Und andere kommen gerade so über die Runden, besitzen aber das größte Glück der Welt, weil sie jemanden in ihren Leben haben, den sie wirklich lieben. Außerdem sind Kinder ein Segen Gottes, und so sollten sie auch behandelt werden, egal in welchem Alter. Wenn ich dich noch mal so über deine Tochter reden höre, werde ich nicht so ruhig bleiben.«

Mein Vater schien von Joes Vortrag gelangweilt zu sein. Mit einem amüsierten Gesichtsausdruck verschränkte er die Arme. Mir wurde bewusst, dass Joes Söhne mit ihm als Dad vermutlich eine sehr schöne Kindheit erlebt hatten.

Die Reaktion meines Vaters brachte ihm ein Kopfschütteln von Joe ein. »Wenn du auch nur einen Hauch einer Ahnung hättest, wovon ich spreche«, fuhr er fort und nickte auf die Brusttasche, in die er den Scheck gesteckt hatte, »wüsstest du, dass du mich für kein Geld der Welt loswirst.« Er warf Devin einen Blick zu, während ich mich mit der Hand auf einem Stuhl abstützte. »Und bei ihm schaffst du das auch nicht. Flieg zurück nach Savannah, mit dem Wissen, dass deine Tochter, die dir die ganze *Welt* bedeuten sollte, von einem Mann gut versorgt wird, der Himmel und Hölle in Bewegung setzen würde, um sie glücklich zu machen.«

Den Himmel und die Hölle?

Diese Worte gaben mir den Rest. Nach Joes Erklärung und der

Demütigung durch meinen Vater war ich am Ende meiner Kräfte. Ich schluchzte und hielt mir die Hand vor den Mund. Genau wie mein Vater würde ich sie meine Schwäche sehen lassen. Eine Armstrong durfte keine Gefühle zeigen. Wir sollten sie verstecken, bis wir nach Hause kamen. Kein Gebrüll in der Öffentlichkeit und schon gar keine Zurschaustellung von Zuneigung. Das ziemte sich nicht für eine Dame. Das war uns so lange eingetrichtert worden, dass ich mich selbst jetzt noch daran hielt. Wir sollten immer gesehen, aber nie gehört werden. Oh, wie ich diese Regeln hasste. Der Schrei, der sich in meinem Hals bildete, *musste* raus, sonst würde ich daran ersticken. Was sich ziemte, war mir gerade scheißegal.

Mein erstickter Aufschrei brachte Joe dazu, sich umzudrehen. Sofort kam er auf mich zu. Ich hob abwehrend die Hände, immer noch um Fassung bemüht, während ich vor ihm zurückwich. Wenn er mich jetzt berührte, könnte ich zerbrechen. Schließlich erreichte er mich, schob meine Hände weg und umfasste zärtlich mein Gesicht, ehe er seine Stirn gegen meine lehnte.

»Atme, Baby«, flüsterte er mir zu, und ich holte tief Luft und verschluckte mich an einem weiteren Schluchzen.

Während ich versuchte, mich zu beruhigen und den letzten Rest meiner Würde zu bewahren, schaltete sich plötzlich Devin ein. »Ihr müsst beide gehen. Sofort!«, drängte er und unterbrach damit meinen Heulkrampf. Ich trat etwas von Joe zurück und wischte mir über die Augen. Auf keinen Fall wollte ich, dass mein Vater sah, wie ich zusammenbrach, schon gar nicht, wenn er der Grund dafür war. Bloß funktionierte es diesmal nicht. Kaum hatte ich meine Emotionen so weit im Griff, dass ich mich nicht zur Idiotin machte, merkte ich, dass ich es schon wieder tat: die dummen Regeln meiner Eltern befolgen. Ich versuchte, meinen Vater glücklich zu machen, in der Hoffnung, dass er mich dafür lieben würde. Oder wenigstens *mögen*. Aber das würde er nie tun, das war heute Abend klar geworden. Also straffte ich meine Schultern, sah ihm direkt in die Augen und ließ ihn meinen Schmerz sehen. Er sollte sehen, was er mir im Laufe meines Lebens alles angetan hatte.

Er hielt meinen Blick fest, während die Tränen, die ich ihm zuvor nie gezeigt hatte, in Bächen über mein Gesicht liefen. Er sah fasziniert zu, wie sie von meinen Wangen auf den Boden tropften. Für einen kurzen Moment glaubte ich, einen Anflug von Reue in seinen Zügen zu entdecken, als würde es ihm wehtun, mich verletzt zu sehen. Aber das hielt nicht lange an. Schon bald konnte ich an seinen Augen erkennen, dass er sich einen neuen Plan ausdachte. Ich musste schwer schlucken, um ihn nicht anzuschreien.

Als Joe von hinten seine Arme um meine Schultern legte und mich an seine starke Brust zog, lehnte ich mich an ihn und hielt mich an seinen Bizepsen fest. Mein Vater schaute zwischen Joe und mir hin und her, dann nickte er, als hätte er einen Entschluss gefasst. Er drehte sich um und verließ den Raum, ohne ein Wort des Abschieds. Als er weg war, sackte ich gegen Joe. Mir war sehr deutlich bewusst, dass es noch nicht vorbei war. Ganz im Gegenteil. Ich kannte meinen Vater. Er würde nicht aufgeben. So sehr es mich auch quälte, ich musste Joe schützen. Es gab nur einen Weg, das zu tun. Zu denken, dass ich jemals Liebe finden und glücklich werden könnte, war naiv gewesen. Solange mein Vater am Leben war, würde ich allein bleiben.

Devin riss Jessie vom Boden hoch, der gerade langsam zu sich kam. Wieder auf den Beinen, warf er Joe und mir einen bösen Blick zu und stieß Devin mit der Schulter an, bevor er meinem Vater aus dem Zimmer folgte.

Devin betrachtete mich besorgt. Ich schenkte ihm ein kleines Lächeln. Er hatte mit meiner Nichte schon alle Hände voll zu tun, da musste er sich nicht auch noch mit meinen Schwierigkeiten rumschlagen. Eunice und ich waren auf uns allein gestellt, seit ich achtzehn Jahre alt war. *Was dich nicht umbringt, macht dich stärker.* Ich war immer noch hier, also muss an dem Sprichwort etwas dran sein.

Devin kam zu mir und umarmte mich. Er küsste mich auf den Scheitel und beugte sich näher zu mir, um mir etwas ins Ohr zu flüstern. »Ich hab dich lieb, Bernice. Calla wäre nicht die Frau, die sie ist, wenn du nicht wärst. Denk daran, wenn er dich wieder so mies behandelt. Du bist ein guter Mensch und tausendmal so viel wert wie ein Preston Armstrong.«

Ich dankte Gott jeden Tag dafür, dass Devin durchgehalten hatte, bis mein Vater es nicht mehr als nötig ansah, ihn zu verjagen. Aber wahrscheinlich nur, weil Devin meine Calla, die Erbin des Armstrong-Vermögens, bereits zweimal vor dem sicheren Tod gerettet hatte.

Seine herzlichen Worte ließen mich erneut losheulen. Devin schob mich zärtlich in Joes wartende Arme, bevor er den Raum verließ und hinter sich die Tür schloss.

Während ich mich an Joe klammerte, ließ ich den ganzen Kummer raus. Gerade konnte ich nicht anders. Aber mein Entschluss stand fest: Ich musste ihn loswerden. Mir blieb nichts anders übrig. So sehr ich auch eine Beziehung mit ihm führen wollte, musste ich ihn schützen – vor meinem Vater und dem, was er gerade plante.

Joe

Joe ließ Bernice in ihrem Elend nicht los. Es kostete ihn jedes Quäntchen Überwindung, seinen Impulsen nicht nachzugeben. Preston Armstrong hätte es verdient, zu Boden zu gehen, alter Mann hin oder her. Doch das war weder das, was Bernice brauchte, noch hätte es die Situation verbessert. Lediglich sein verdammter Blutdruck hätte es ihm gedankt.

Er schloss sie fester in seine Arme und flüsterte beruhigende Worte in ihr Ohr. Trotzdem merkte er, wie sie sich in seiner Berührung versteifte und versuchte, sich körperlich und emotional von ihm zu entfernen. Er war aber nicht bereit, sie loszulassen. Nicht jetzt. Niemals.

»Ich muss gehen«, schluchzte sie, wobei die Worte an seiner Brust gedämpft wurden. »Das war ein Fehler.«

Joe straffte seinen Griff. »Das Leben ist voller Fehler, aber das hier ist keiner. Nicht, wenn es das ist, was du willst.«

Sie schien sich wieder näher an ihn zu schmiegen und rieb ihre Stirn an seiner Brust. »Ich konnte noch nie haben, was ich wirklich wollte. Unser Vater hat uns nur so lange in Ruhe gelassen, weil Eunice und ich keinen Familienskandal verursachten. Jetzt fühlt er sich persönlich beleidigt, weil ich es gewagt habe, mich mit einem Stripclubbesitzer einzulassen. Joe, er wird niemals nachgeben. Niemals aufhören. Wenn er dich nicht loswerden kann, indem er dich direkt angreift, dann wird er deine Schwachstelle finden und dich damit vertreiben.« Schließlich sah sie zu ihm auf, und es tat ihm weh, die Resignation in ihren Augen zu sehen. »Ich kann das nicht zulassen. Auf keinen Fall werde ich zulassen, dass du meinetwegen alles verlierst. Das bin ich nicht wert.«

Wut floss durch seine Adern, schnell und heiß. Er presste die Kiefer zusammen, um seinen Zorn zu zügeln. Dann schob er Bernice mit dem Rücken gegen die Wand, damit er sie festhalten konnte, bis er sie überzeugt hatte, dass ihr Vater nichts als Schwachsinn redete. Preston Armstrong würde diesen Kampf nicht gewinnen. Nicht, solange Joe am Leben war. »Wir werden auf den Scheiß, den du gerade von dir gegeben hast, noch mal zurückkommen, aber für den Moment sage ich dir, dass er nur ein verdammter Mann ist. Er kontrolliert weder mich noch dich, es sei denn, wir lassen es zu.«

Bernice starrte Joe an, als wären ihm zwei Köpfe gewachsen.

»Er hat noch nie verloren, Joe. *Nie*.«

»Mir ist scheißegal, was er in der Vergangenheit getan oder nicht getan hat. Das hier geht ihn nichts an. Es betrifft nur uns, dich und mich, wir allen bestimmen, was wir wollen. Er ist nur ein Mensch wie jeder andere auch.«

Sie blinzelte ihn an, dann drückte sie gegen seine Brust, um ihn wegzustoßen. Er rührte sich nicht, wollte sich nicht bewegen, bis sie zur Vernunft kam. »Verstehst du es nicht? Seinetwegen gibt es *kein* dich und mich«, antwortete sie mit hoher Stimme.

Er beugte sich zu ihr hinunter und drückte seinen Körper gegen ihren, eine Hand an ihrer Taille, die andere an ihrem

Hinterkopf, um die Kontrolle zu behalten. »Blödsinn«, erklärte er wütend. »Wir haben uns zwar vor weniger als vierundzwanzig Stunden gefunden, aber du belügst dich selbst, wenn du glaubst, dass es kein *uns* gibt. Es gibt *uns* schon seit zwölf verdammten Monaten.«

Als sie ihn anstarrte, wurde der Ausdruck in ihren Augen sanfter. Schließlich nickte sie. »Ja, es gibt ein *uns*. Aber, Joe, ich bin den ganzen Ärger nicht wert.«

Verdammte Scheiße!

Verärgert darüber, dass sie diese Worte noch einmal in den Mund genommen hatte, zog Joe sie von der Wand weg und auf die Zehenspitzen, bis ihr Gesicht direkt vor seinem war. »Das ist das zweite Mal, dass du mir so einen Scheiß erzählst, und das letzte Mal, dass ich es zulasse. Ich kann mir gut vorstellen, woher das kommt, und du solltest es besser wissen. Er ist ein beschissener Vater. Der Einzige, der nie gut genug war, ist er. Er hatte sein ganzes Leben lang eine wunderschöne Tochter wie dich und konnte dich nicht für eine Sekunde wertschätzen. Aus Habgier. Er hat es nicht verdient, die gleiche Luft wie du zu atmen.«

Sie neigte ihren Kopf weiter zurück und ihre Lider senkten sich wie in Zeitlupe. Der Schmerz, den sie tief in ihrem Inneren vergraben haben musste, spiegelte sich in ihrem Gesicht wider und zeichnete ein herzzerreißendes Bild dessen, was er für ein Leben voller Vernachlässigung hielt. Joe war erstaunt, dass Bernice und Eunice nach dem, was sie bei diesem Arschloch durchgemacht hatten, immer noch so stark waren. Er hatte Tänzerinnen in seinem Club, die mit weit weniger Problemen zu kämpfen hatten.

»Joe ...«, begann sie, doch er würde sie diesen Satz nicht zu Ende bringen lassen. Ray hatte recht behalten: Preston Armstrong war wie ein Sturm auf hoher See, der sie vom Kurs abbringen wollte. Aber Joe würde ihr Leuchtturm sein, der ihr den Weg zum sicheren Hafen wies. »Ich gehe nicht weg und ich lasse *dich* auch nicht gehen. Er kann machen, was er will, aber das wird mich nicht vertreiben.«

Sie suchte sein Gesicht ab, die Unsicherheit war ihr noch anzusehen. »Warum? Warum tust du dir das an?«

Joe wickelte eine Strähne ihres seidenweichen Haars um seine Finger und zog sie noch näher zu sich heran, bis ihre Lippen vor seinen schwebten. »Deswegen«, murmelte er heiser und eroberte ihren Mund. »Für dich würde ich sterben«, flüsterte er, bevor er ihren Kopf neigte, um sie noch tiefer zu küssen. »Und sogar töten«, knurrte er, drückte sie mit dem Rücken gegen die Wand und umspielte ihre Zunge mit seiner auf eine besitzergreifende Weise.

Viel zu schnell unterbrach sie den Kuss. »Joe ...«, hauchte sie, während sie sich noch näher an ihn drängte. Da wusste er, dass er ihre Mauern durchbrochen hatte, die ihn auf Abstand halten sollten.

Zärtlich legte er eine Hand an ihren Kiefer. Sie atmete schwer, ihre Augen waren geschlossen. Die Verbindung zwischen ihnen glich einem stromführenden Draht. »Ich werde dich nicht gehen lassen«, wiederholte er leise und strich mit dem Daumen über ihre Unterlippe. Ganz automatisch reagierte sie auf die Berührung und biss in seine Fingerspitze. Noch nie hatte eine Frau so heftig und ständig auf ihn reagiert; ein weiterer Beweis, dass sie füreinander bestimmt waren. »Falls du wegläufst, werde ich dich zurückholen und dir helfen, deine Gedanken wieder zu klären. Wenn es sein muss, dann helfe ich mit ein paar Klapsen auf deinen Hintern nach.«

Bernice blinzelte, starrte ihn eine Sekunde lang an, ehe ihr Körper mit seinem verschmolz. Ihr gehauchtes *Oh Mann* klang wie Musik in seinen Ohren.

Verdammt. Die anständige Bernice Armstrong mochte es hart.

»Das meine ich ernst«, warnte er sie, bevor er beschloss, dass genug der Worte gewechselt waren. Die Begegnung mit ihrem Vater hatte sie beide aufgewühlt. Er wollte ihren Körper erforschen, damit sie sich beide wieder gut fühlten, also strich er mit seinen Händen ihre Arme hinunter, bis er den Saum seines T-Shirts zu fassen bekam, das sie trug. Mit einem Ruck zog er es ihr über den Kopf.

»Joe«, keuchte sie überrascht und erregt, was ihn beinahe verrückt machte. Er hatte ihr erklärt, warum er sich nicht von ihrem

Vater beeinflussen lassen würde, und jetzt würde es ihr zeigen. Für die Frau, die er liebt, würde ein Mann bis ans Ende der Welt gehen. Nichts war mächtiger als die Liebe. Preston Armstrong konnte noch so viel Geld haben, Joe war reich an Integrität, Willensstärke und unnachgiebiger Leidenschaft für die Schönheit in seinen Armen. Sie war seine Zukunft, und nur das zählte. Preston Armstrong hatte in diesem Spiel echt miese Karten.

Ohne zu zögern, riss er ihr die Badehose hinunter und schob ihre Beine auseinander. Bernice protestierte nicht gegen sein hitziges Vorgehen. Als er an ihren Haaren zog, um ihren Kopf weiter zurückzuneigen, konnte er die reinste Begierde in ihren Augen sehen. Ihre Lider waren schwer, und ihre vollen Lippen vor Verlangen geöffnet. Ihr Atem kam in kurzen Stößen; sein Höhlenmensch-Verhalten erregte sie, und das ließ ihn noch härter werden.

Sein Blick blieb an ihrem Mund hängen, der von seinem Bart und den Küssen geschwollen und gerötet war. Er wollte diese Lippen auf seinem Schwanz sehen, während er tief in ihr versank, aber das musste noch warten. Zuerst sollte sie sich vor lauter Lust winden.

Als er sie erneut küsste, ließ Joe seine Hand über ihren Bauch und durch die kleine Lockenpracht zwischen ihren Beinen gleiten, bis die Hitze ihres Körpers seine Finger verschlang. Er stöhnte zustimmend, als er sie feucht fand. Sie wimmerte, als er sie mit sanften Stößen verwöhnte und seinen Daumen um ihre empfindsamste Stelle kreisen ließ. Sie zuckte zusammen, krallte ihre Finger in sein Haar und klammerte sich haltsuchend an ihn. Als er mehr Druck ausübte und seine Finger schneller in ihr bewegte, wurde ihr Wimmern lauter.

»Das ist der Grund, warum ich dich nicht gehen lasse«, erklärte Joe und stöhnte, als sie seinen Schwanz durch die Jeans ergriff und mit der Handfläche darüberfuhr. »Du bist wie für mich gemacht.«

Er sank auf die Knie, packte ihr Bein und legte es sich über die Schulter, dann vergrub er sein Gesicht zwischen ihren Schenkeln und unterdrückte ein Knurren, das ihm beim Duft ihrer Erregung die Kehle hochkroch. Schließlich stieß er seine Zunge in ihre Hitze und begann sie zu verschlingen.

Ihre Hand in seinem Haar, drückte sie ihn gegen ihre Mitte, während er ihren Geschmack und die Laute genoss, die sie in von sich gab, bis ihr Vergnügen in einem Höhepunkt gipfelte. Danach benutzte er seinen Bart, um sie zu quälen. Er wollte, dass sie verrückt vor Verlangen wurde.

»Das ist zu viel«, rief sie kehlig, als er seine Finger und seine Zunge einsetzte. Er knurrte, angespornt von dem Klang ihrer tiefen Befriedigung.

Als sie begann, erschöpft an der Wand hinunterzurutschen, hörte er auf, hob sie hoch und brachte sie zum Bett. Während er die Knöpfe seiner Jeans öffnete, beobachtete sie ihn, ihre Pupillen geweitet. Sie war genauso gierig wie er. Also legte er sich zwischen ihre Schenkel, bis die Spitze seines Schwanzes gegen ihre Nässe stieß. Ihre Hüften hoben sich bei der Berührung, sie brauchte die Verbindung ebenso sehr wie er. Langsam drang er in sie ein, Zentimeter für Zentimeter, bis er sie vollständig ausfüllte. Jetzt waren sie eins. In einem quälenden Rhythmus zog er sich zurück und stieß wieder in sie, angetrieben von ihren Bewegungen, wie sie sich ihm entgegenwölbte, wie sie ihre Nägel in seinen Rücken grub, um ihn zu drängen, noch tiefer und schneller in ihr zu versinken.

»Joe!«

Atemlos.

Sexy.

Verdammt fantastisch.

»Wir geben das hier nicht auf. Wir bleiben zusammen, denn wir gehören zueinander«, befahl Joe und erhöhte das Tempo. »Es gibt kein Zurück mehr. Wir entscheiden über unsere Zukunft, nicht dein Vater.«

Als sich ihr Mund öffnete, aber kein Laut kam, vergrub er sich tief in ihr. Sie krallte sich fester an ihn, stöhnte und schaute ihn durch ihre halb geschlossenen Lider an.

»Hör nicht auf.«

»Sag es«, forderte er.

Er spürte, wie nah sie der Erlösung war, und es überraschte ihn nicht, als sie seinen Hintern packte und gegen ihn schaukelte, um ihren Höhepunkt zu finden. Doch Joe brachte ihre Bewegungen mit einem Griff um ihre Hüften zum Stocken.

»Joe«, jammerte sie.

»Wenn du meinen Schwanz willst, dann sag es.«

Ihr Blick schoss zu seinem Gesicht. Anstatt mit ihm zu streiten, wie er es erwartet hatte, zog sie seinen Mund auf ihren. »Wir bleiben zusammen, egal was mein Vater versucht«, hauchte sie gegen seine Lippen.

Gott sei Dank!

Mit diesem Schwur eroberte er ihren Mund und nahm sie hart, bis sie beide explodierten.

7

Gut zu wissen, dass ich damit nicht alleine bin

Bernice

Es kam mir vor, als läge dieser Morgen bereits ewig zurück. Obwohl ich mich schon jahrelang mit meinem Vater und dem Schmerz, den er mir zugefügt hatte, auseinandersetzte, hatte mich sein jüngstes Verhalten nicht nur überrascht, sondern auch beschämt. Es war schon eine Weile her, dass er mich so erniedrigt hatte. Doch jetzt war Joe an meiner Seite, und ich musste mich meinem Vater nicht mehr alleine stellen. Joes eiserner Wille machte mich stärker.

Nach der Auseinandersetzung und dem berauschenden Sex hatten wir Folly Beach verlassen. Joe war wild entschlossen, mehr Abstand zwischen uns und meinen Vater zu bringen, und die Outer Banks in North Carolina schienen ihm dafür geeignet.

Als er mir sagte, wohin wir fuhren, wählte ich sofort die Nummer einer guten Freundin. Sie und ihre Familie besaßen dort ein gemütliches Ferienhaus. Genauer gesagt in Cape Hatteras, einem ruhigen Abschnitt der langen Insel vor der Küste von North Carolina. Dort gab es, wie in den meisten Teilen der Outer Banks, keine großen Konzerne oder Hochhäuser. Für die kulinarische Verpflegung sorgten die urigen Bars und Restaurants in den vielen Dörfern entlang der Küste. Hier ging es so ruhig und unaufgeregt zu, dass man sich tagelang mit einem guten Buch in der Sonne erholen konnte.

Der schmale Küstenstreifen zog sich kilometerlang hin, an manchen Stellen gab es nur Sand und Meer. Für jene Besucher, die etwas mehr Aktivität brauchten, boten die Dörfer zahlreiche

Einkaufsmöglichkeiten und Freizeitangebote.

Eine meiner Lieblingsbeschäftigungen auf den Outer Banks war das Reiten entlang der Küste bei Sonnenuntergang. Ich wusste nicht, ob Joe etwas von Pferden verstand, aber wenn nicht, würde ich ihn mit meiner Begeisterung anstecken.

Ich zeigte auf ein dreistöckiges Strandhaus, das auf Stelzen gebaut war, an denen die Wellen zerschellten. Mit Schindeln gedeckt, hatte es auf jeder Etage eine Terrasse und war wirklich beeindruckend. *Beachcombers*, so nannte meine Freundin Mayra ihr Ferienhaus, das auf einem Abschnitt der Insel gelegen war, wo es nur wenige Häuser gab. Der nächstgelegene Nachbar ließ sich gerade noch in der Ferne festmachen, sodass man hier völlig ungestört war. Mayra verbrachte die Sommer gern hier, weshalb ihre Vorratskammer stets gut gefüllt war. Sie und ihr Mann waren gerade in Italien auf Tournee, daher wusste ich, dass das Haus leer stand. Als ich sie nicht erreichte, hatte ich bei ihrer Haushälterin angerufen. Livy kümmerte sich seit über zwanzig Jahren um Mayra und ihre Familie. Nachdem ich ihr erklärt hatte, dass ich vor meinem Vater flüchtete – den sie nur zu gut kannte und verachtete –, verriet sie mir das Versteck des Ersatzschlüssels und den Sicherheitscode mit den Anweisungen, wie wir alles im Haus benutzen konnten, was wir brauchten.

Als ich vom Motorrad abstieg, tat ich mir schwer, aufrecht zu stehen. Mit Joe mochte ich mich zwar wie zwanzig fühlen, aber das änderte nichts an meinem Alter. Mehr als sieben Stunden waren wir unterwegs gewesen. Wir hatten nur angehalten, um auf die Toilette zu gehen und natürlich um zu essen, und dafür schrie mich mein Körper jetzt an.

Mein Blick wanderte zu den vielen Treppen, die hoch zum Hauptgeschoss des Hauses führten, und ich stöhnte innerlich auf. Um meine Muskeln zu lockern, bog ich meinen Rücken durch und kicherte, als meine Knöchel-, Knie- und Hüftgelenke laut knackten.

Starke Hände legten sich auf meine Schultern und begannen, sie zu kneten.

»Verspannt?«, drang Joes warme Stimme an mein Ohr.

»Weißt du noch, als ich sagte, dass ich mich wieder wie zwanzig fühle? Das war leider nur von kurzer Dauer.«

Joe lachte leise und massierte weiter meine Schultern. Seine Hände waren wie Schraubzwingen, die genau dort Druck ausübten, wo ich ihn brauchte.

»Wenn du so weitermachst, falle ich vor dir auf die Knie und bete den Boden unter deinen Füßen an«, neckte ich ihn.

Bei meiner Aussage zuckten seine Hände, und ich hörte, wie er ein leises *Jesus* vor sich hin murmelte.

Zuerst verstand ich seine Reaktion nicht, doch plötzlich wurde mir bewusst, was ich gesagt hatte. *Falle ich vor ihm auf die Knie.* Mir schoss die Röte in die Wangen.

Ich hatte in meinem Leben nur eine Handvoll Liebhaber gehabt. Den letzten vor zehn Jahren. Ich war wählerisch und nicht an Männern interessiert, die über mich an meinen Vater ranwollten. Oder die mein Vater für mich wollte. In Savannah trafen beide Ausschlusskriterien auf viele Kerle zu. Irgendwann traute ich keinem von ihnen mehr über den Weg. Aber das waren nicht die einzigen Gründe; ein Blowjob war für mich ein sehr intimer Akt. Keiner meiner bisherigen Liebhaber hatte mein Blut so in Wallung gebracht, dass ich mich wohl dabei fühlte, diese besondere Erfahrung mit ihm zu teilen. Eine Erfahrung, die – so hatte es meine Mutter immer betont – sich erst mit einem Ring am Finger schickte. Vermutlich war das nur Schwachsinn aus dem vorletzten Jahrhundert, dennoch hatte ich diese Regel nie abschütteln können. Bei anderen fiel es Eunice und mir leichter, sie zu brechen. Oft legten wir das auch den Wallflowers ans Herz oder gaben ihnen Ratschläge, wie sie mit ihren Männern umgehen sollen. Aber manche Regeln hatten sich so tief in meiner Psyche verankert, dass es viel Kraft oder einen besonderen Menschen brauchen würde, um sie hinter mir zu lassen.

Ich dachte an Joe, der immer noch hinter mir stand und massierte. Er hatte meinen Körper schon mehrmals vor lauter Lust zum Beben gebracht. Die Hitze seiner Berührungen, egal wie sanft, schoss direkt in meine Mitte, und mein Herzschlag verzehnfachte sich bei jedem noch so flüchtigen Blick. Der Gedanke,

Joe mit meinem Mund in den Wahnsinn zu treiben, so wie er es mit mir tat, löste ein Kribbeln zwischen meinen Beinen aus. Ich lehnte mich nach hinten gegen seine Brust. »Ich wollte dir nur sagen, dass du magische Hände hast«, flüsterte ich erregt.

Seine starken Hände glitten meine Arme hinunter, bis sie meine Taille erreichten. Er packte mich daran und zog meine Hüften gegen seine Härte. Er war genauso erregt wie ich.

»Lass uns reingehen. Du brauchst ein heißes Bad.«

Ich nickte langsam. Etwas Entspannung in der Wanne klang göttlich.

Gerade als ich mich einen Schritt von Joe entfernen wollte, verlor ich den Boden unter den Füßen. Buchstäblich. Joe hob mich in seine Arme und ging auf die Treppe zu. Offenbar lag ich ungünstig, denn mit einem Ruck beförderte er mich ein paar Zentimeter in die Luft, ehe ich wieder in seinen Armen landete. Auf mein überraschtes Keuchen folgte ein Kichern, wie das eines vergnügten Schulmädchens, und er grinste zufrieden. Als wir zum Tor kamen, das in den kleinen Vorgarten führte, beugte ich mich vor und öffnete es für uns. Joe stieß es mit dem Fuß wieder zu und trug mich dann die Treppe hinauf, als würde ich nichts wiegen. Dieser Kraftakt war beeindruckend, selbst für einen jüngeren Mann. Am liebsten hätte ich mir jetzt Luft zugefächelt, wie es eine Südstaatenschönheit angesichts dieser Männlichkeit tun würde. Als er mich absetzte, damit ich den Schlüssel für die Haustür holen konnte, beschloss ich, meinem Instinkt zu folgen. »Du bist aber stark«, raunte ich Joe zu, während ich aufreizend mit den Augen klimperte.

Sein Mund verzog sich zu einem breiten Grinsen, und er schüttelte den Kopf, so als würde er mich niedlich finden. Genau das, was ich damit beabsichtigt hatte.

Mayras Strandhaus war nicht übertrieben groß, klein aber auch nicht. Die Schlafzimmer befanden sich im obersten Stock, während im mittleren die Küche und das Wohnzimmer untergebracht waren. Auf der untersten Ebene befand sich ein weiterer großer Raum, eine Art zweites Wohnzimmer, mit allem möglichen Schnickschnack. Dazu gehörten Brettspiele und ein fünfundsiebzig Zoll großer Flachbildfernseher. Joes Blick blieb daran hängen, als wir das Haus besichtigten. »Wer zum Teufel braucht so einen großen Fernseher?«, fragte er ungläubig.

Seine Aussage überraschte mich. Die meisten Männer hätten wohl eher gefragt, ob man damit die Sportsender reinbekam. Eine Liveübertragung auf so einem riesigen Bildschirm musste für sie verdammt gutem Sex gleichkommen.

»Magst du keinen Sport?«, fragte ich ihn.

Joe starrte noch einen Moment auf den Fernseher, bevor er mir antwortete. »Ich habe lieber Musik laufen, während ich etwas erledige, statt mich in meiner freien Zeit auf die Couch zu setzen.«

»Aber du kommst aus dem Süden. *Und* du bist ein Mann«, stellte ich ziemlich lahm fest.

Sein Blick traf meinen, und seine Mundwinkel zuckten. »Und?«

»Solltest du dir nicht jedes Football-Spiel mindestens zweimal ansehen?«

Ein Lächeln breitete sich auf seinem Gesicht aus. »Ich mag Football. Gelegentlich schaue ich mir auch ein Spiel an. Trotzdem bin ich lieber in Bewegung, als auf der Couch zu sitzen.« Er warf einen Blick auf die Wand, an der der riesige Fernseher befestigt war. Seine Diagonale musste an die zwei Meter messen. »Ich würde sagen, mit so einem riesigen Ding kompensiert man etwas.«

Ich dachte an meine Freundin und ihren Mann. Theo war höchstens ein Meter fünfundsiebzig groß. Mayra war, genau wie ich, ein Meter sechzig. Wieder betrachtete ich den Fernseher. So klischeehaft es auch war, vielleicht hatte Joe recht.

Joe trat zu den Flügeltüren, die auf den weitläufigen Strand hinausführten. Er schaute mich an und deutete mit dem Kopf in Richtung der Brandung rechts vor dem Haus. »Hier wird direkt vom Strand aus geangelt.« Ich warf einen Blick über seine Schulter und entdeckte einen alten Mann, der seine Angel wie eine Fackel in den Sand gesteckt hatte.

»Willst du angeln gehen?«

»Ja, wenn du die Fische dann kochst.«

Ich dachte darüber nach und rümpfte die Nase. »Ich koche sie, wenn du sie häutest, filetierst und die Eingeweide dort entsorgst, wo ich sie nicht sehen kann.«

Er grinste, als fände er mich wieder niedlich, legte eine Hand an meinen Hals, die andere an meine Taille, und zog mich ruckartig an seinen Körper. »Einverstanden, wenn du mir am Strand Gesellschaft leistest ... in deinem Bikini ...«

Meine Mundwinkel zuckten. »Abgemacht.«

Joes Blick fiel kurz auf meine Lippen, bevor er mir wieder in die Augen sah. »Aber zuerst nimmst du ein Bad.«

Ich schluckte schwer, nickte und sammelte all meinen Mut. Für ihn wollte ich versuchen, verführerisch zu sein. Zwar war ich mir sicher, dass ich mich nicht allzu sehr anstrengen musste, um Joe davon zu überzeugen, mit mir in die Wanne zu steigen, aber wild und unbekümmert mit einem Mann umzugehen, war neu für mich. Mit einem, wie ich hoffte, sexy Lächeln trat ich zurück und zog mein T-Shirt über den Kopf. »Seifst du mir den Rücken ein?«, fragte ich mit leiser Stimme.

Ich wartete seine Antwort nicht ab, sondern drehte ihm den Rücken zu, warf mir mein T-Shirt über die Schulter und steuerte hüftschwingend auf die Treppe zu. Erst dort schaute ich zurück.

Joe stand immer noch vor dem Fenster, aber sein Blick war auf meinen Hintern gerichtet und wanderte langsam an mir hoch. Als er mein Gesicht erreichte, zwinkerte ich Joe zu, bevor ich die Treppe hochlief. Ich musste lachen, als hinter mir ein Knurren und Schritte erklangen. Oben angekommen, wandte ich mich erneut um. Der Anblick, der sich mir bot, glich dem eines Raubtieres, das sich an seine Beute heranpirschte. Die harten Linien von Joes Körper versetzten mein Blut in Wallung, und mein Herz begann in freudiger Erwartung wild zu schlagen. Mit jeder Stufe in meine Richtung löste er ein Kribbeln auf meiner Haut aus, als würde ich in Flammen stehen, und mein Atem kam in immer kürzer werdenden Stößen. So fühlte sich echte Lust an. Vor Joe hatte ich das noch nie erlebt. Es war berauschend und machte mich süchtig nach ihm.

Wer auch immer behauptet hatte, Leidenschaft sei nur etwas für die Jugend, lag falsch. Völlig falsch. Die Mutigen und Klugen unter uns lassen die Liebe zu und halten sie fest, und dafür erleben sie eine Leidenschaft, wie sie viele nur in Büchern finden. Ich hatte sie mit Joe gefunden und ich würde bis zu meinem letzten Atemzug daran festhalten. Nichts und niemand könnte etwas daran ändern, nicht meine Eltern, meine Erziehung oder was sich sonst noch zwischen uns stellen wollte. Endlich konnte ich mutig sein und mit wilder Hingabe auf den Mann zustürmen, der mich auf Händen trug. Sollte sich mein Vater doch zum Teufel scheren.

Meine Verführungspläne endeten, als ich Joes Gesichtsausdruck bemerkte. Alles an ihm war intensiv. Seine Hände ballten sich zu Fäusten, sein Kiefer war angespannt. Aus halb geschlossen Augen sah er mich an. Er wirkte wie ein Panther, dunkel und gefährlich, und er wusste genau, was er wollte. Mich. Ich war nicht mehr die Jägerin, sondern die Gejagte. Sein starker Körper, voll von Testosteron, hätte einschüchternd wirken müssen, aber ich wusste, dass er all diese Kraft einsetzen würde, um mir das größtmögliche Vergnügen zu bereiten.

Anstatt zu fliehen, wartete ich darauf, dass er mich am oberen Ende der Treppe einholte. In dem Moment, in dem er mich an der Taille packte und meinen Körper an seinen drückte, bewegten ich mich rückwärts. Dabei zog ich ihm das Oberteil aus. Als wir die zweite Treppe erreichten, die zu den Schlafzimmern und dem großen Badezimmer führte, sprang ich auf seine Hüfte und vergrub mein Gesicht an seinem Hals. Ich schmeckte das Salz und den Schweiß auf seiner Haut und sog seinen moschusartigen Duft in meine Lunge.

Neben der großen Whirlpool-Wanne blieb er stehen. Ich lockerte meine Beine und ließ mich an seinem Körper hinuntergleiten, bis ich vor ihm kniete. Ich schaute zu ihm auf, seine Augen glühten vor Verlangen. Das war die Motivation, die ich brauchte. Mit zitternden Händen öffnete ich den Knopf seiner Jeans und befreite seine harte Länge. Sie lag schwer in meiner Hand, und ich leckte mir bei dem Anblick über die Lippen. Als ich mich nach vorne beugte und die Spitze mit meiner Zunge berührte, stöhnte Joe auf. Das war das Erotischste, was ich je getan hatte, und der Gedanke, ihn so zum Höhepunkt zu bringen, schickte Lustblitze durch mein Inneres.

Ich schloss meine Lippen um ihn, und seine Hüften zuckten mir entgegen. Sein Geschmack brachte mich zum Stöhnen. Ich hatte genug erotische Literatur gelesen, um nicht völlig ahnungslos zu sein, also nahm ich ihn tiefer in meinen Mund auf. Dabei genoss ich seine Reaktionen, was mich nur noch mehr anspornte. Ich fand einen Rhythmus, der seinen Atem schwer werden ließ. Er muss verdammt nah dran gewesen sein, denn mit einem Ruck zog er mich vom Boden hoch. Plötzlich saß ich auf dem Waschtisch, meine Jeans lag auf dem Boden, und Joe vergrub sich tief in mir.

Ich hielt mich an seinem Hintern fest, während er wieder und wieder in mich stieß. Sein leises Stöhnen hallte in meinen Ohren wider und brachte mich an die Grenzen meiner Lust. Schließlich bog ich den Rücken durch und ließ mich fallen, von all den süßen Empfindungen mitgerissen, die nur er in mir auslöste. So hatte ich mich noch nie mit jemandem gefühlt. Es war, als würde uns eine unsichtbare Kraft verbinden, sodass wir spüren konnten, was der andere empfand. Als Joe mir in den Abgrund folgte, fühlte es sich an, als würde sich der Himmel öffnen. Erneut fand ich meine Erlösung, diesmal traf sie mich bis ins Mark.

Es war überwältigend.

Himmlisch.

Wunderschön.

»Joe«, keuchte ich schwach, während sich meine Welt aufzulösen schien.

»Noch mal«, forderte er.

Erschöpft sank ich gegen den Spiegel. Ich öffnete die Augen und beobachtete, wie Joe seine Hüften kreisen ließ. Er war gerade erst gekommen, aber noch nicht fertig mit mir. Ich wollte ihm sagen, dass ich Zeit brauche, um mich zu erholen, aber dann griff er zwischen uns und reizte meine Klit mit seinem Daumen. Die Berührung schickte neue Lust durch mein Inneres. Ich drängte mich ihm entgegen, während er meinen Mund in einem harten Kuss eroberte, so wie er auch den Rest meines Körper in Besitz genommen hatte. Ich wusste, wenn er jetzt aufhörte, würde ich an unerfüllter Sehnsucht nach Erlösung sterben. Also packte ich erneut seinen festen Hintern und trieb ihn tiefer in mich. Es dauerte nur wenige Stöße, bis mich ein weiterer Orgasmus überwältigte. Das Vergnügen war so intensiv, kurz glaubte ich, dass das mein letzter Atemzug sein könnte. Um ehrlich zu sein, wäre mir das im Moment auch egal, denn ich kann mir keine süßere Art zu sterben vorstellen.

Als ich langsam wieder zu mir kam, stieß Joe immer noch in mich. Wieder sank ich gegen den Spiegel und öffnete die Augen. Joe sah mich mit einem selbstgefälligen Blick an.

»Wenn ich mich noch bewegen könnte, würde ich dir eine verpassen«, sagte ich schläfrig.

Sein Lächeln bewies, wie stolz er auf sich war, bevor er aus meinem Körper glitt und sich der Badewanne zuwandte. Ich überlegte, ob ich nicht zu müde war, um aufzustehen. Ich war mir ziemlich sicher, dass ich gerade überall einschlafen könnte, selbst auf dem Waschtisch. Aber Joe, der immer die Kontrolle über Situationen übernahm, hob mich einfach hoch und setzte mich in das warme Wasser.

»Wenn du mich allein lässt, ertrinke ich vielleicht.«

Leise lachend stieg er zu mir herein und machte es sich hinter mir bequem. Das Gefühl, wie er sich gegen meinen Rücken schmiegte, war einen Seufzer wert. Ich lehnte mich an ihn und lauschte dem Rauschen des Wasserhahns.

»Joe?«

»Hm«, machte er, während er nach dem Duschgel griff und eine ordentliche Menge in seine Hand drückte. Ich beobachtete fasziniert, wie er seine starken Hände aneinander rieb und das Duschgel aufschäumte. Ich konnte nicht glauben, dass ich diesen Moment fast verpasst hätte. Dass ich freiwillig darauf verzichten wollte, nur wegen meinem Vater. Joe war der interessanteste Mensch, den ich je kennengelernt hatte. Und vom ersten Moment an, hatte er mich mit einer Fürsorge behandelt, wie es bis dahin noch kein Mann getan hatte.

Meine Unterlippe begann zu zittern, als ich daran dachte, ohne ihn zu sein. Schnell drehte ich meinen Kopf weg, damit er es nicht sehen konnte.

»Ich habe im letzten Jahr auch von dir geträumt«, flüsterte ich ein paar Minuten später.

Joe war gerade dabei, mich einzuseifen, und hielt mitten in der Bewegung inne. Dann packte er mein Kinn und drehte meinen Kopf, damit er mir ins Gesicht sehen konnte. Ich biss mir auf die Unterlippe, um das Zittern zu verbergen, aber in meinen Augen hatten sich Tränen gebildet. Ein verräterischer Tropfen löste sich aus einem meiner Augenwinkel, und Joe betrachtete ihn intensiv, bevor er mir wieder in die Augen sah. »Gut zu wissen, dass ich damit nicht allein bin«, flüsterte er, beugte sich vor und berührte meine Lippen so sanft, dass ich beinahe geschluchzt hätte. Seine Nähe vermittelte mir ein Gefühl der Geborgenheit und gab mir die Sicherheit, mich fallen zu lassen, denn er war da, um mich zu fangen.

»Also, du möchtest angeln gehen?«, fragte ich und verschränkte meine Finger mit seinen. »Wenn ich zustimme, dich zu begleiten und meine weiblichen Kurven vor Gott und der Welt zur Schau zu stellen, dann musst du dafür bei Sonnenuntergang mit mir ausreiten.«

Bei dem Vorschlag zog er seine Brauen zusammen und seine Augen bekamen einen merkwürdigen Ausdruck. »Ich überdenke die Idee mit dem Bikini noch einmal«, brummte er, als sich sein Blick klärte.

»Heißt das, du willst nicht mit mir reiten?«

Verwirrt neigte er den Kopf neigte zur Seite. »Ich bin am Land aufgewachsen. Zumindest so lange, bis unser Dorf an die Stadt angeschlossen wurde, die wiederum auf die Größe einer kleinen Metropole anwuchs.«

Ich versuchte, seiner Logik zu folgen. »Heißt das, du *wirst* mit mir reiten?«

»Wenn du reiten willst, dann reiten wir.«

»Wir haben also eine Abmachung?«

Er schaute wieder finster drein. »Nein. Vergiss das mit dem Bikini. Ich mag es nicht, wenn andere Männer sehen, was mir gehört.«

Ich blinzelte, dann biss ich mir auf die Unterlippe, um nicht laut loszulachen. Schließlich lehnte ich mich wieder gegen seine Brust und entspannte mich, während seine Hände erneut begannen, mich einzuseifen. Wenn Calla mir erzählt hätte, dass sich Devin über ihre freizügige Kleidung aufregt, hätte ich ihr geraten, ein Machtwort zu sprechen. Jetzt, wo ich auf der anderen Seite stand, fand ich, dass es mir nicht mehr so viel ausmachte. Jemanden zu haben, der mich so beschützt, störte mich überhaupt nicht, sondern ließ mich zufrieden seufzen.

Joe

»Du bist auf den Outer Banks?«

Joe schloss die Tür zum Schlafzimmer, um Bernice nicht zu wecken. Nachdem sie sich in der Wanne entspannt hatten, ging er in die Waschküche, um seine Kleidung in die Maschine zu laden. Als er wieder nach oben kam, war Bernice auf dem Bett eingeschlafen. Ihre Freundin besaß jede Menge Kleidung, die Bernice tragen konnte, aber ihr Mann war offenbar wesentlich kleiner als Joe. Nichts würde passen. Nicht einmal seine T-Shirts. Mit Ausnahme einer einzigen Badehose, die verdammt Fische aufgedruckt hatte. Joe angelte zwar gern, aber das hieß nicht, dass er eine Badehose mit leuchtend rosa-, orange- und lilafarbenen Fischen darauf tragen würde. Sobald seine Kleidung trocken war, würde er das verfluchte Ding wieder ausziehen.

»Hey November«, sprach Joe in sein Telefon und ging die Treppe hinunter, um sich ein Bier aus dem Kühlschrank zu holen. »Und ja, ich bin auf den Outer Banks, genauer gesagt auf Cape Hatteras.«

Seine Nichte wusste, dass er auf dem Weg nach Tybee gewesen war. Er hatte ihr von Devins Besuch erzählt und davon, dass Bernice single war. »Ich wusste es. Keine Frau sieht einen Mann so an, wenn sie in einer festen Beziehung ist«, bemerkte sie stolz, und Joe konnte sich vorstellen, wie sich in diesem Moment ein selbstzufriedenes Lächeln auf ihr Gesicht legte.

»Warum hast du Tybee verlassen?«, fragte sie.

»Es ist eine lange Geschichte.«

»Fang ganz vorne an. Die Mädchen sind mit Asher unterwegs. Nun, erzähl schon.«

Joe öffnete eine Bierflasche und genehmigte sich einen langen Schluck. Die Küche war wie seine Badehose mit Fischen dekoriert und zum Wohnzimmer hin offen – und dort gab es noch mehr Fische: Fisch-Kissen, eine Überwurfdecke mit Fischmuster und sogar der Couchtisch war in einem sanften Blau gestrichen und mit Fischen bedruckt. »Lieber würde ich mit den Fischen schlafen, als mit ihnen zu wohnen«, murmelte Joe.

»Joe!«

Er ließ sich in einem gepolsterten Stuhl mit Hummerbezug nieder und konzentrierte sich wieder auf das Gespräch mit seiner Nichte. »Ihr Vater ist ein Arschloch. Er hält sich für Gott, ist verdammt herrschsüchtig und kann mich – welch Überraschung – nicht leiden. Also haben wir die Insel für eine Weile verlassen.«

»Er will nicht, dass du dich mit seiner Tochter triffst?«

»Nein.«

»Besteht die Chance, dass er seine Meinung ändert?«

»Das bezweifle ich, denn er hat mir einen Scheck über fünf Millionen Dollar ausgestellt, damit ich sie verlasse.«

»Über wie viel?«

Er grinste. »Fünf Millionen.«

»Ist er ... ist er reich?«

»Wie Krösus.«

»Ihr seid also auf der Flucht vor ihrem Vater? Planst du, die Grenze nach Kanada zu überqueren, um dem langen Arm des Gesetzes zu entkommen?«

»Dem langen Arm des Gesetzes?«

»Ähm, ich habe mir mit Asher alte Western-Filme angesehen.«

»Klar«, gab er lachend zurück. Asher hatte seinen Brüdern erzählt – von denen es Joe gehört hatte –, dass November auf Clint Eastwood stand. Sie schaute keine Western *mit* Asher, sondern wenn er weg war.

»Du willst also eine Weile in North Carolina bleiben?«

Joe wusste nicht, was er darauf antworten sollte. Er war sich sicher, dass Preston Armstrong noch nicht aufgegeben hatte. Da Bestechung nicht funktionierte, würde er einen anderen Weg suchen, um einen Keil zwischen Joe und Bernice zu treiben.

»Zumindest für ein paar Tage. Irgendwann müssen wir ja zurückkommen.«

»Ich kann immer noch nicht glauben, dass er dir so viel Geld angeboten hat.«

»Für einen Mann mit allen Reichtümern des Südens sind das nur Peanuts«, übertrieb Joe.

»Gut, dass du dich von so etwas nicht beeindrucken lässt.« Diese Summe schien sie zu faszinieren. »Das ist wirklich eine Menge Geld. Wie kann man ...?«

»Wie gesagt, er ist ein Arschloch. Und fünf Millionen waren eine Beleidigung«, knurrte Joe und dachte an Bernice, die so viel mehr wert war. Ihr Vater hätte ihr genauso gut ins Gesicht spucken können. »Er hätte mehr bieten sollen. Sehr viel mehr.«

»Du, ähm, klingst wie ein Mann, der einen Engel mit Feuer in den Augen gefunden hat.«

Joe lächelte. Er hatte schon vergessen, dass er ihr das erzählt hatte. »Das habe ich.«

»Heißt das, dass du nun für eine Weile nicht nach Hause kommst?« Er konnte ein kleines Beben in ihrer Stimme hören.

Aus den Augenwinkeln nahm Joe eine Bewegung wahr, oder meinte es zumindest, denn als er den Kopf zur Treppe drehte, war da niemand. »Für den Moment nicht, nein«, antwortete er November, sein Tonfall war sanft. »Aber ich muss ein Auge auf Brandon haben, also werde ich euch besuchen.«

»Besuchen? Denkst du über einen dauerhaften Umzug nach?«

»Ja, aber das kann ich nicht allein entscheiden.«

»Ich freue mich für dich, Onkel Joe. Trotzdem werde ich dich vermissen.«

»Und ich werde dich genauso vermissen. Vergiss das nie. Hab dich lieb, November.«

Bernice

Fünf Millionen waren eine Beleidigung. Er hätte mehr bieten sollen. Sehr viel mehr. Mit geschlossenen Augen ließ ich mir Joes Worte immer wieder durch den Kopf gehen. Ich versuchte, mir vorzustellen, warum er so etwas gesagt hatte. Nachdem ich jahrelang von Männern umgeben war, die mich nur des Geldes wegen wollten, war ich in dieser Hinsicht sehr skeptisch.

Du hast den Anfang des Gesprächs nicht gehört. Du weißt nicht, warum er das gesagt hat.

Diese Tatsache ließ ich eine Minute lang auf mich wirken.

Der Mann, mit dem ich die letzten vierundzwanzig Stunden verbracht hatte, verhielt sich nicht wie jemand, der sich an mir bereichern wollte. Daran glaubte ich fest. Außerdem hatte ich auch keine Ahnung, mit wem er telefonierte, also sollte ich keine voreiligen Schlüsse ziehen.

»Er klang wütend und beleidigt«, flüsterte ich in den Raum. »Er *war* wütend und beleidigt, als Dad uns zur Rede gestellt hat.«

War er wütend wegen mir oder wegen der Summe auf dem Scheck?

»Hör auf damit, Bernice. Du bist keine Idiotin. Natürlich war Joe wütend. Er war beleidigt, weil Preston dachte, er könnte ihn bestechen. Kein Mann ist so ein guter Schauspieler.«

Ich ließ *das* eine Minute lang auf mich wirken und beruhigte mich.

Im Haus hörte ich wieder Geräusche, also nahm ich an, dass Joe das Telefongespräch beendet hatte.

»Du lässt zu, dass dir dein Verstand Streiche spielt«, flüsterte ich energisch. »Hier ist deine Chance, glücklich zu werden, und du lässt zu, dass dein mieser Vater dir Zweifel einredet, weil er ein Arschgesicht ist. Joe ist nicht wie er.«

Diese Erkenntnis hallte tief in meiner Seele nach. Joe war nicht wie die anderen Männer. Das wusste ich. Schon wieder war ich dabei, zuzulassen, dass alte Unsicherheiten mein Urteilsvermögen trübten.

Mit neuer Zuversicht ging ich ins Bad und betrachtete mich im Spiegel. Mein Haar war natürlich getrocknet und fiel jetzt in blonden Wellen auf meine Schultern. Ich sah aus, als hätte ich den Tag am Strand verbracht. Normalerweise trug ich mein Haar glatt, aber ich stellte fest, dass ich mich auch so sexy fand. Diese Bernice war neu, und sie gefiel mir. Eine neue Bernice für einen neuen Anfang. Ich fühlte mich wieder jung und ungestüm und rümpfte über meinen Vater und seine Meinung bloß die Nase. Im Laufe der Jahre hatte ich etwas von dieser Unerschrockenheit verloren. Irgendwann waren Eunice und ich wohl wieder in die Intrigen unserer Eltern hineingesogen worden, ohne es zu bemerken.

Ich beugte mich vor und schüttelte entschieden den Kopf, denn noch einmal würde ich ihnen nicht ins Netz gehen. Dann wuschelte und knetete ich meine Wellen, bis Julia Roberts vor Neid erblassen würde. Schließlich drehte ich mich um und verließ erhobenen Hauptes das Badezimmer, fest entschlossen, die Unsicherheiten, die mein Vater mir eingepflanzt hatte, aus meinem Kopf zu vertreiben.

8

Anständig und korrekt

Joe

Joe beobachtete, wie Bernice mit ihrer Königskrabbe kämpfte. Als sich die spitzen Stacheln des Panzers in ihre zarte Haut bohrten, zuckte er zusammen. Er nahm ihr die Krabbe ab und brach sie in zwei Hälften, damit sie das zarte Fleisch leichter herausziehen konnte. Nachdem er ihr die beiden großen Teile zurückgegeben hatte, kümmerte er sich um die Beine und brach sie ebenfalls auf. Als er fertig war, blickte er auf und ertappte Bernice dabei, wie sie ihn mit einem sanften und verträumten Blick ansah.

»Danke. Ich liebe das Fleisch, aber es ist immer so schwierig, sie zu knacken.«

Er zwinkerte ihr zu und stach mit der Gabel in sein Steak.

Sie waren nach Buxton gefahren, um im *Sandbar and Grille* zu essen. Einem Restaurant mit Blick auf den Pamlico Sound, den Meeresarm zwischen dem Festland und den Outer Banks. Das Restaurant war klein, aber gut besucht. In der Ecke gab es sogar eine Bühne. Die Holztische und -böden schimmerten im Licht der untergehenden Sonne, während die Gäste auf die Feierlichkeiten des Abends warteten. Bernice und er saßen an einem kleinen Tisch mit Blick auf den Sound, den die letzten Sonnenstrahlen in ein fast magisches Licht tauchten. Als Bernice Platz genommen hatte, setzte sich Joe ihr gegenüber, damit er ihr Gesicht sehen konnte. Sie war auf der Fahrt hierher so ruhig gewesen, dass er im Auge behalten wollte, denn etwas schien sie zu bedrücken.

Selbst jetzt wirkte Bernice unruhig. In dem Versuch, ihre

Stimmung abzuschätzen, bemerkte er, dass ihr Blick immer wieder über seine Schulter wanderte. Irgendwann drehte er seinen Kopf und sah einen Mann, der ein Stück hinter ihnen an der Bar saß und in ihre Richtung schaute. Bernice war eine wunderschöne Frau, natürlich zog sie Aufmerksamkeit auf sich. Besonders heute in diesem rückenfreien Neckholdertop, das ihr Dekolleté und ihre Taille zur Geltung brachte. Er wandte sich wieder zu Bernice um und bemerkte, wie sie lustlos in ihrem Essen herumstocherte. Der Mann war in dem Moment vergessen, als er sah, wie sie auf ihrem Stuhl herumrutschte, während sich eine Falte auf ihrer Stirn bildete.

»Was ist los, Sweetheart?«, fragte er und schnitt ein Stück von seinem Steak ab. »Es ist klar, dass dich etwas beschäftigt. Also immer raus damit.«

Ihre Augen weiteten sich kurz, ehe sie ihn kritisch betrachtete. »Wie kommst du auf die Idee, dass ich etwas auf dem Herzen habe?«

Joe kaute und beobachtete amüsiert, wie Bernice immer zappeliger wurde.

»Seit wir uns kennen, hast du noch keine fünf Minuten geschwiegen.« Sie öffnete den Mund, sicher bereit, eine bissige Erwiderung abzufeuern. Wahrscheinlich etwas wie, dass ein Gentleman eine Frau nicht zu Antworten dränge, aber er hob abwehrend die Hand. »Beruhige dich. Ich mag das an dir. Keine Spielchen. Ich bekomme, was ich sehe.«

Sie schniefte auf ihre niedliche Art, die ausdrückte, dass sie von seiner Antwort besänftigt, aber immer noch nicht ganz darüber hinweg war. »Frauen sollten ihre Geheimnisse haben«, murmelte sie und seufzte.

Er lachte. »Baby, du bist ein offenes Buch für mich, also vergiss diesen Blödsinn. Jetzt sag schon. Was spukt dir durch den Kopf?«

Sie legte ihre Gabel auf den Teller und kaute auf ihrer Unterlippe, als müsste sie sich erst zu einer Antwort durchringen. »Ich habe dich telefonieren gehört.«

»Du hast mich mit meiner Nichte reden hören?«

Ihr Blick schoss überrascht zu ihm. »Deine Nichte?«

Er nickte. »Ja. Ihr Name ist November. Sie arbeitet für mich im Club.«

Bernice sah zu Boden. Es schien, als würde intensiv über seine Worte nachdenken.

Er lehnte sich über den Tisch und senkte seine Stimme auf ein Flüstern. »Sprich mit mir, Baby. Was hast du auf dem Herzen?«

Bernice holte tief Luft, hielt den Atem kurz an und ließ ihn dann geräuschvoll wieder entweichen. »Ich habe mir vorgenommen, nicht zu fragen, weil ich es besser wissen müsste. Aber da es mich so beschäftigt und du es ansprichst, wäre ich wohl eine Idiotin, wenn nichts sagen würde.«

Er legte sein Besteck zur Seite und hielt den Kopf schief. »Schieß schon los.«

Sie nickte und blickte betreten auf ihren Teller. »In Ordnung. Ich habe gehört, was du über meinen Vater gesagt hast. Den Teil, dass er dir mehr Geld hätte bieten sollen.« An dieser Stelle hob sie den Kopf und blickte Joe direkt in die Augen. Herausforderung und Unsicherheit lagen in ihrem Blick. Sie war eine Kämpferin mit einem weichen Kern, die von ihren Eltern mehr verletzt worden war, als es einer einzigen Person zugemutet werden sollte. All das brachte sein Blut zum Kochen. Er wollte sie vor allen Gefahren beschützen.

»Und das beschäftigt dich, weil?«

»Weil der Mann, mit dem ich den letzten Tag verbracht habe, nicht mehr Geld gewollt hätte. Ich vertraue dir, und ich bin alt genug, um nicht gleich durchzudrehen, wenn ich etwas höre, das aus dem Zusammenhang gerissen wurde. Trotzdem würde ich gern verstehen, warum du das gesagt hast. Also, warum?«

»Weil«, begann er mit einem leisen Knurren in der Stimme, »du in meinen Augen unbezahlbar bist. Und das sollte er genauso sehen. Ich weiß, wenn ich etwas von unschätzbarem Wert vor mir habe, und du bist das kostbarste Geschöpf von allen. Wenn er glaubt, dass ich nicht gut genug für dich bin, hätte er sein ganzes Vermögen anbieten sollen, um dich zu beschützen. Ich hätte natürlich trotzdem abgelehnt. Aber für seine Kinder würde man sich eine Kugel einfangen, anstatt nur zu hoffen, dass der

Angreifer schlecht zielt.«

Tränen schimmerten in ihren Augen. Sie räusperte sich und nickte, während sie nach ihrem Weinglas griff. »Deine Söhne können sich glücklich schätzen, dich als Vater zu haben«, brachte sie leise hervor.

Joe streckte seine Hand nach ihrer aus, hob sie zu seinem Mund und küsste die empfindliche Stelle an ihrem Handgelenk. »Sie werden dich lieben, Bernice.«

Er sah, wie Hoffnung in ihrem Blick aufflackerte. »Glaubst du?«

»Ich weiß es.«

Bernice entspannte sich sichtlich. Die Krise war abgewendet; Joe widmete sich wieder seinem Steak, während Bernice immer noch über seine Worte lächelte. Das angenehme Gemurmel im Restaurant wurde jäh unterbrochen, als ein Hubschrauber mit laut wirbelnden Rotorblättern über das Lokal hinwegflog. Joe schaute gerade noch rechtzeitig aus dem Fenster, um zu sehen, wie er tief am Horizont vorbeizog.

»Joe?«

»Ja?«, entgegnete er geistesabwesend und schaute dem Hubschrauber nach, bis er außer Sichtweite war. Dann betrachtete er wieder Bernice, die auf ihrer Unterlippe herumkaute.

»Ich bin neugierig«, sagte sie schließlich, also legte er erneut sein Besteck zur Seite und richtete seine volle Aufmerksamkeit auf sie. Er konnte sehen, dass sie auf etwas hinarbeitete. »Wie lange hast du vor zu bleiben? Neulich hast du von einem Monat gesprochen, aber du hast ein eigenes Leben in Tennessee und willst sicher irgendwann dorthin zurückkehren. Oder liege ich da falsch?«

Direkt auf den Punkt. Kein Herumgerede, keine Vermutungen. Unumwunden fragte sie ihn, was sie wissen wollte. »Mein Neffe Brandon führt den Club, während ich weg bin. Er ist der Stiefsohn meines Bruders. Mike ist schon vor ein paar Jahren in den Ruhestand gegangen und hat mir die Verantwortung übertragen. Mittlerweile denke ich, dass Brandon das auch allein hinbekommt. Und falls etwas schiefgeht, habe ich ja November, die mir rechtzeitig Bescheid geben wird. Sie macht dort die Buchhaltung. Mein Plan ist es, mich ein paar Mal im Monat mit den beiden zu beraten, um sicherzugehen, dass alles reibungslos läuft, bis ich kein Bedürfnis mehr habe, die Dinge im Auge zu behalten.«

Bernice hatte ihn nicht einmal unterbrochen. Als sie nun den Kopf senkte und tief einatmete, wieder aufschaute und die Schultern straffte, wusste er, dass alles gut werden würde. »Okay. Die Sache ist die: Ich habe mein ganzes Leben in Savannah verbracht. Eunice, Calla und ich sind seit einundzwanzig Jahren eine Familie, seit ihre Eltern und ihr Bruder bei einem Unfall ums Leben kamen. Sie zurückzulassen, würde sich anfühlen, als würde ich mir einen Teil meines Herzens herausschneiden.« Sie sah ihn ernst an, dann wurde der Ausdruck in ihren Augen sanfter. »Aber für den richtigen Mann würde ich es tun. Für einen Mann, der mein Vertrauen und mein Herz verdient hat. Ich schätze, was ich wissen will, ist: Was sind deine Absichten? Wohin soll es gehen, wenn du wieder zu Hause bist?«

Joe lehnte sich in seinem Stuhl zurück und legte den Kopf schief. Bernice war für ihn bereit, nach Tennessee zu ziehen. Sie würde Eunice und Calla für ihn zurücklassen, wenn es zwischen ihnen klappte. Achtzehn Jahre lang hatte er sich für eine Frau verbogen, die nur nahm. Jemandem wie Bernice die Welt zu Füßen zu legen, würde ihm kein bisschen schwerfallen.

»Meine Absichten, Baby, sind einfach. Du bist die Frau, die ich in meinem Leben haben will, bis ich meinen letzten Atemzug mache. Wenn alles so läuft, wie ich es annehme, kannst du mich entweder heiraten oder wir leben in wilder Ehe zusammen, wenn dir das lieber ist. Aber wir werden das unter demselben Dach und am selben Ort tun. Ich komme nicht her, nur um dich an den Wochenenden zu vögeln. Ich will ein Leben mit dir, das kompliziert und einfach ist. Ich will mit dir streiten, mit dir lachen und dich jeden Tag vögeln.« Seine Stimme senkte sich zu einem tiefen Timbre. »*Mehrmals* täglich. Dafür muss man am selben Ort sein.«

Ihre Pupillen weiteten sich, als er das erwähnte, und entfachten ein Feuer in ihm. Sie sah sich im Restaurant um. »Joe«, sagte sie mahnend.

Er beugte sich über den Tisch, umfasste ihren Nacken und zog ihren Mund auf seinen. Sollte das ganze Restaurant ruhig sehen, wie sehr er sie begehrte. Er war endlich da, wo er hinwollte, und er würde nicht zulassen, dass irgendjemand, nicht einmal Bernice' altmodische Erziehung, ihn davon abhielt.

Gott hatte sich bei ihm eindeutig das Beste für den Schluss aufgehoben. Ein Drittel seines Lebens hatte er in einer unglücklichen Ehe verbracht. Zehn weitere Jahre versuchte er, die bitteren Erinnerungen mit zwanglosem Sex auszulöschen, nur um endlich bei einer Südstaatenschönheit zu landen, die einen *gesunden* Appetit auf das hatte, was das Leben lebenswert macht. Endlich standen die Sterne günstig für ihn. Er war ein harter Mann. Leder und Schweiß. Harleys und die offene Straße waren ihm wichtig. Trotzdem hatte er es geschafft, am wärmsten Ort zu landen, den er je besucht hatte: an der Küste Georgias, wo Eistee ein Grundnahrungsmittel war, die Einheimischen ihn mit einem sanften Südstaatenakzent begrüßten und die süßeste Frucht rosa Zehennägel hatte, die zu ihren rosa Turnschuhen passten. Hier musste wahrhaftig der Himmel auf Erden sein, und aus genau diesem Grund wollte er auch nicht mehr weg.

Als er ihren Mund freigab, schnappte sie nach Luft, wich aber nicht zurück. Trotz ihrer zwischenzeitlichen Ermahnungen stand sie sehr auf seine wilde Seite. »Die Vorstellung, das ganze Jahr über in der Nähe des Strandes zu leben, klingt viel besser als die feuchten Winter in Tennessee. Vor allem, weil du dort sein wirst. Ich verlasse Georgia also nur, wenn ich muss.«

Er wollte keine Zeit mehr verlieren, schließlich waren sie beide weit über zwanzig. »Wenn du es also langsamer angehen willst als bisher, dann solltest du noch einmal darüber nachdenken, denn ich habe unsere Zukunft schon klar vor Augen. Am Ende eines jeden Tages wirst du in meinem oder ich in deinem Bett liegen, es sei denn, ich bin nicht in der Stadt. Ich spiele keine Spielchen, und ich vögle nicht mehr herum. Für diesen Scheiß bin ich definitiv zu alt. Ich will dich so lange in meinem Leben haben, wie Gott es für uns vorgesehen hat. Beantwortet *das* deine Frage?«

Bernice saß da und starrte ihn fassungslos an. Er hob eine

Braue, um sie zu ermutigen, etwas dagegen vorzubringen oder einzuwilligen. Aus irgendeinem Grund sah sie gleichzeitig erschrocken und erregt aus, was Joe ein herzhaftes Lachen entlockte. »Spann mich nicht so auf die Folter, Baby«, raunte er mit tiefer Stimme, weil er wusste, wie sehr sie das anmachte.

Ihr Blick huschte wieder durch den Raum. »Joe«, zischte sie leise.

Auf ihre Ermahnung hin beugte er sich noch näher zu ihr, bis sich ihre Nasenspitzen beinahe berührten. »Antworte mir. Wirst du mich von nun an jede Nacht in dein Bett lassen?«

»Das versteht sich von selbst«, erwiderte sie, und ihr Atem streifte seine Lippen.

»Warum bist du dann so genervt?«

Bevor sie ihm antwortete, sah sie sich erneut um. »Ich bin nicht genervt, sondern erregt. Aber wir sind in der Öffentlichkeit, wo ich nichts dagegen tun kann.«

Er blinzelte über ihr Eingeständnis, dann fiel sein Blick auf ihren Mund.

»Die besten Dinge im Leben sind es wert, darauf zu warten.«

»Natürlich, auch wenn der Weg steinig ist. Aber das muss nicht das ganze Restaurant wissen«, stellte sie flüsternd fest.

Er lächelte. »Jeder Berg, jede Meile?«

Ihr Mundwinkel zuckte. »Hast du gerade eine Zeile aus dem Lied *On My Way To You* von Cody Johnson zitiert?«

Er grinste und zwinkerte. »Iss auf, bevor du noch so rot wie deine Krabbe wirst. Wenn du die anderen Gäste im Restaurant nicht erträgst, weil du weißt, was ich mit dir vorhabe, solltest du dich beeilen. Und keine Sorge, den Anstand werde ich dir schon rausvögeln.«

Sie hob eine Braue und nahm ihre Gabel in die Hand. »Meine Mutter ist anständig. Eunice auch. Und ich nur, bis ich in Stimmung bin«, antwortete sie und spießte ein Stück Krabbenfleisch auf. Joe hatte gerade angefangen, sein Steak zu schneiden, als er ihren Fuß an seinem Bein spürte. Er erstarrte, als ihre Berührung nach oben wanderte, immer höher, und er härter wurde, je näher sie seinem Schwanz kam. Er griff unter den Tisch nach ihrem

Knöchel und presste den Kiefer zusammen. Dann schob er ihren Fuß zurück auf den Boden, stand auf und griff nach ihrer Hand. Mit einem überraschten Quieken ließ sie sich von ihm aus ihrem Stuhl ziehen.

»Joe?« Sie klang besorgt.

Er ignorierte die Blicke, die sie auf sich zogen, als er mit ihr in den hinteren Teil des Restaurants ging, wo sich die Toiletten befanden. Eine Band hatte gerade die kleine Bühne eingenommen und begann zu spielen. In diesem Moment gesellte sich eine Frau zu ihnen, die in einen fließenden, durchsichtigen Stoff in allen Schattierungen des Sonnenuntergangs gekleidet war, und fing an, *Blue Bayou* zu singen.

Als Joe und Bernice die Damentoilette erreichten, versuchte Bernice, sich aus seinem Griff zu lösen. »Jemand wird uns erwischen«, argumentierte sie eindringlich. Er klopfte an die Tür und schaute über ihre Schulter in den Raum hinter ihnen. Da er keine Antwort bekam, öffnete er die Tür und zog Bernice hinein.

»Hier?« Ihre Augen wurden so groß wie Untertassen, als er die Tür abschloss und sie mit dem Rücken gegen die Wand daneben drückte, um ihren Körper mit seinem zu vereinen.

Anstatt Worte ließ er seine Taten sprechen und eroberte ihren Mund mit einem leidenschaftlichen Kuss. Ihr Neckholdertop ermöglichte ihm einen leichten Zugang zu ihren Brüsten. Er schob seine Hand unter den Stoff, bis er ihren Nippel fand. Sie drückte sich fest an ihn und stöhnte kehlig. Das Geräusch wurde ihm fast zum Verhängnis. Er wollte sie nicht in einem schmutzigen Bad nehmen, aber sie hatte ihm mit ihrem dreisten Verhalten den Fehdehandschuh hingeworfen. Er würde sie zurück zum Strandhaus bringen und dort so hart vögeln, dass sie genau wusste, was sie mit ihm anstellte. Und was er alles mit ihr anstellen konnte. Bis dahin würde er die Dinge anders regeln.

»Du bist nicht die Einzige, die sich wieder wie zwanzig fühlt«, raunte Joe gegen ihren Mund, als ihre Hand wieder seinen Schwanz fand. »Es kostet mich all meine Willenskraft, dich nicht über meine Schulter zu werfen und die nächste Höhle zu finden, damit ich mich tief in dir versenken kann. Wenn du möchtest, dass ein Raum voller Fremder genau weiß, wie du dich anhörst, wenn ich dich kommen lasse, dann berühre mich weiter.«

Anstatt ihn loszulassen, rieb sie sich an seinem Oberschenkel und entfachte ein Feuer tief in seinem Inneren, das kein rationaler Gedanke löschen konnte. Daher schob er ihr Oberteil hoch, bis er einen ihrer Nippel freigelegt hatte und saugte fest daran. Eigentlich hatte er vorgehabt, sie auf Touren zu bringen und dann wieder abzukühlen, um zu ihrem Tisch zurückkehren zu können. Doch Bernice machte etwas mit ihm, was noch keine Frau zuvor geschafft hatte. Sie brach seinen eisernen Willen, bis er ihr geben wollte, was sie beide brauchten. Er hatte gerade noch genug Kontrolle, um nicht tief in sie einzudringen, aber jeder, der draußen vor der Tür stand, würde hören, wie seine Frau seinen Namen stöhnte.

Mit seiner Zunge strich Joe über ihren Nippel, während er seine Hand in ihr Höschen wandern ließ. Als er seine Finger in ihre vor Verlangen feuchte Pussy tauchte, löste sich ein Knurren aus seiner Kehle. Mit schnellen Stößen brachte er sie an die Grenzen ihrer Lust, dann rollte er ihre Klit mit dem Daumen, während er gleichzeitig ihren Mund eroberte. Keuchend riss sie sich von seinen Lippen los, presste sich an seine Hand und wimmerte vor Erregung.

»Ich brauche dich in mir.«

Er war sich nicht sicher, ob er ihrem Flehen widerstehen konnte.

»Nimm dir, was du brauchst«, forderte er, erhöhte sein Tempo und drang mit einem dritten Finger in sie ein.

Er spürte, wie sie sich ihr Inneres anzuspannen begann, als es an der Tür klopfte. Er ignorierte es und konzentrierte sich ganz auf Bernice. Ihr Kopf schlug gegen die Wand, ihr Mund stand offen, als sie gierig nach Luft rang. Er war gefangen im erotischen Spiel und beobachtete sie aufmerksam, während er sie zum Höhepunkt trieb. Als sie vor Lust explodierte, stülpte er seinen Mund über ihren und schluckte ihre Schreie, wobei ein letztes zustimmendes Stöhnen in seiner Kehle erklang.

Wieder klopfte es. Joe zog die Hand aus ihren Shorts. Bevor er ihr jedoch das Shirt richtete, beugte er sich noch einmal vor, küsste ihren rosigen Nippel und schnippte dagegen. Bernice' Augen waren noch immer vor Verlangen getrübt, als er ihr einen Kuss auf die Lippen drückte.

»Wir haben gerade auf der Damentoilette rumgemacht«, flüsterte sie erstaunt.

»Wenn du einen Stier an den Eiern packst, wird er reagieren«, antwortete Joe.

Sie nickte stumm, immer noch benommen von ihrem Vergnügen, als es zum dritten Mal an der Tür klopfte. Ihr Blick klärte sich, als würde sie erst jetzt realisieren, wo sie waren. Eine sanfte Röte überzog ihr Gesicht, bevor sie zum Waschbecken und dem darüber hängenden Spiegel ging. Man sah ihr an, was sie gerade hier getan hatten. Ihr sexy Haar hatte an Volumen zugelegt und ihre Lippen waren geschwollen. Jeder, der draußen einen Blick auf sie warf, hätte keinen Zweifel daran, was sie getrieben hatten. Joe musste an den Mann an der Bar denken, der sich so sehr für ihren Tisch interessiert hatte, und grinste besitzergreifend und mit männlicher Genugtuung.

Nach dem vierten Klopfen drehte sich Bernice um und sah Joe an. Er zog eine Braue hoch und wartete. Ein langsames Grinsen umspielte ihren Mund, und sie wuschelte ihr Haar aus, bevor sie zur Tür ging und sie aufstieß. Augenblicklich erstarrte sie und blickte auf eine attraktive ältere Frau. Sie hatte eine verblüffende, wenn nicht sogar unheimliche Ähnlichkeit mit Bernice und Eunice und versperrte ihr den Ausgang.

»Wie ich sehe, hatte dein Vater recht«, sagte die Frau und musterte Bernice von oben bis unten, »Du hast wirklich einen tollen Hecht an Land gezogen.«

Das war also Bernice' Mutter. Als sie über die Schulter ihrer Tochter zu ihm schaute, hielt er ihrem kritischen Blick stand. Sie musterte ihn, nahm seine Größe in Augenschein. Seinen Bart. Sein schwarzes T-Shirt und seine verwaschenen Jeans, bis hin zu seinen abgewetzten Stiefeln, dann schaute sie wieder Bernice an und grinste. »Gut für dich, Liebling. Gut für dich.«

9

Boom!

Bernice

»Ich wusste, dass ich den Yankee schon mal gesehen hatte«, rief ich meiner Mutter zu. »Das warst also du in diesem verfluchten Hubschrauber. Hat uns Dad den ganzen Weg hierher beschatten lassen?« Der Mann an der Bar war mir bekannt vorgekommen, nur hatte mir nicht einfallen wollen, wo ich ihm zuvor begegnet war. Als er die Kellnerin fragte, was in einem *Mint Julep* sei, wusste ich, dass er ein Yankee war, denn ein Südstaatler würde diese Frage nie stellen. Von der Muttermilch wechselten wir direkt zu diesem beliebten Whiskeycocktail. Doch erst, als ich die Tür der Damentoilette öffnete, hatte ich zwei und zwei zusammengezählt.

Meine Mutter warf mir einen finsteren Blick zu, schaute dann über ihre Schulter in Richtung des Hauptraums und nickte. »Du weißt, dass dein Vater nichts dem Zufall überlässt. Er hat mir erzählt, dass dir jemand folgt, und vermutlich ist es der Yankee, von dem du sprichst.«

Ich strich mir mit den Händen über das Gesicht und durch die Haare. Schließlich hielt ich mich frustriert an den Spitzen fest. Mir war klar, dass mein Vater uns nicht in Ruhe lassen würde. Ich wusste es. Aber ich hatte es ignoriert, denn Joe war es wert, für ihn zu kämpfen.

»Ich nehme an, da du hier bist, denkt Dad, dass du mich zur Vernunft bringen könntest?«

Sie zuckte lässig mit den Achseln. »Wer weiß, was im Kopf dieses Mannes vorgeht. Ich wäre zu Hause geblieben, wenn ich nicht selbst neugierig auf den Kerl wäre, der deinem Vater Sodbrennen bereitet. Und ich kann jetzt verstehen, warum ihn das so aufregt.«

Ihr Blick wanderte zurück zu Joe, und sie lächelte. Ich drehte mich zu ihm um und spürte, wie mir die Knie weich wurden bei dem Grinsen, das er meiner Mutter zuwarf. Wie konnte ein Mann nur so eine gefährliche Ausstrahlung haben und gleichzeitig so umwerfend sein?

Joe zwinkerte mir zu. Sein Grinsen verwandelte sich in ein höfliches Lächeln. »Ich bin Joe Rouger.« Er streckte meiner Mutter die Hand entgegen. Ohne zu zögern, griff Mom danach und errötete, als sich Joe zu ihr beugte und ihr einen Handkuss gab wie in den guten, alten Zeiten.

»Er ist ein Bad Boy, nicht wahr?«, fragte meine Mutter und ihr Gesicht erhellte sich bei diesen Worten.

»Die beste Art«, erklärte ich nickend.

Wie um mir das Gesagte zu beweisen, legte Joe seinen Arm um meine Taille und zog mich an seinen Körper, bevor er mir einen Kuss auf die nackte Schulter drückte. In den Kreisen meiner Eltern wäre eine solche Zuneigungsbekundung verpönt, aber meine Mutter lächelte zufrieden.

»Oh, er verspricht viel Spaß«, hauchte sie geradezu, bevor sie Joe direkt ansprach. »Meine Bernice ist schon viel zu lange allein. Und dass dich mein Mann genauso wenig abschrecken kann wie Devin, ist unglaublich erheiternd für mich. Er hat vor lauter Ärger schon zwei seiner besten Flaschen ausgetrunken. Ich liebe es!«

Die Heirat meiner Eltern wurde von ihren Familien in einer Zeit arrangiert, als starke Bündnisse in der Geschäftswelt noch an erster Stelle standen. Man konnte beim besten Willen nicht von einer Liebesheirat sprechen. Ich erinnerte mich noch gut daran, wie sie ihn entweder bekämpft oder sich gegen ihn verschworen hatte oder ihm aus dem Weg gegangen war. Sie hatte ihre Pflicht getan, als sie ihm die so wichtigen Erben schenkte. Das war aber auch schon alles, was ihre Zuneigung hergab. Als ich noch ein Kind war, hatte sie diesen Funken Hoffnung in ihren Augen, der mittlerweile erloschen war. Nun verbrachte sie ihre Tage damit, als Dame der Gesellschaft an Teepartys und Charity Events teilzunehmen und meinen Vater größtenteils zu ignorieren. Sie schien sich mit der Tatsache abgefunden zu haben, dass er ihre Welt mit eiserner Faust regierte. Und weil sie so erzogen worden war, wie sie es auch bei uns versucht hatte, lehnte sie sich nicht dagegen auf.

»Also, was ist der Plan?«, fragte ich. »Hat Dad dich hierher geschickt, um mich bloßzustellen, weil ich meinem Herzen gefolgt bin?«

»In der Tat. Ich sollte dich zurechtweisen, weil du dich wie ein gewöhnliches Flittchen verhältst. Wer benutzt heutzutage noch dieses Wort?« Sie lachte. »Dieser Mann lebt so weit in der Vergangenheit, dass ich mich manchmal frage, ob er im Geiste Gespräche mit Lucius Armstrong führt.«

»Lucius?«, erkundigte sich Joe.

»Er ist mein Ur-ur-ur... Ach, keine Ahnung, wie lange er schon tot ist. Er war derjenige, der *Armstrong Shipping* gegründet hat, direkt nach dem Bürgerkrieg. Mein Vater hat sein ganzes Leben lang versucht, diesem Erbe gerecht zu werden.«

»Die Geister deiner Vergangenheit werden dich heimsuchen, wenn du den falschen Weg einschlägst.« Mutter seufzte. »Im Grunde ist Preston ein guter Mann, aber seine Besessenheit von dem Familienerbe hat ihn zu einer tickenden Zeitbombe gemacht.«

Ein guter Mann? Dass ich nicht lache.

Mom schien mir die Skepsis anzusehen. »Er war nicht immer wie jetzt, Liebling. Du kennst ihn nicht so gut wie ich. Ja, er tut oder sagt einiges, wenn er davon überzeugt ist, dass der Zweck die Mittel heiligt, aber danach schließt er sich in seinem Arbeitszimmer ein und betäubt sein Gewissen mit Alkohol. Das hat er auch getan, nachdem er damals versucht hatte, Calla zu manipulieren. Er wusste genau, dass er ihr wehtat, als er sie für den Tod deines Bruders verantwortlich machte, aber *Armstrong Shipping* stand auf dem Spiel. Er brauchte die Kontrolle über sie, damit die Firma weiterbestehen konnte. Ich bedaure immer noch, dass ich nichts unternommen habe, um ihn aufzuhalten. Dass ich Devin geholfen habe, ins Haus zu kommen und die Pläne deines Vaters mit Bobby Jones zu durchkreuzen, beruhigt mein schlechtes

Gewissen ein wenig. Aber ich schäme mich, dass ich nicht früher eingeschritten bin, und deshalb bin ich jetzt hier. Wenn man sich dem Ende einer langen Reise nähert, neigt man dazu, zurückzublicken und sich zu fragen, ob man einen anderen Weg hätte einschlagen sollen. Ich habe erst erkannt, dass ich deinen Vater härter hätte bekämpfen sollen, als Calla vor ein paar Monaten in die Villa kam.«

»Du warst an dem Tag da?«

»Das war ich, und meine Enkelin hat ein paar Dinge gesagt, die mich wachgerüttelt haben. Sie brachte mich dazu, mein Leben mit deinem Vater neu zu bewerten. Ich fühlte mich nie wirklich geliebt, nicht einmal von meinen Eltern. Aber anstatt es besser als sie zu machen, so wie ihr es getan habt, saß ich in Selbstmitleid versunken fest. Dabei hätte ich mich um das kümmern sollen, was ich von ganzem Herzen liebe. Es tut mir wirklich leid, Bernice. Du und deine Schwester ... Ich liebe euch, mehr als ihr euch vorstellen könnt. Und solange ich noch ein Wörtchen zu sagen habe, werde ich nicht zulassen, dass die Besessenheit eures Vaters auch noch den Rest eures Lebens ruiniert.«

Ihr Geständnis verblüffte mich. Ich hatte noch nie erlebt, dass sie oder mein Vater ihr Handeln in irgendeiner Weise bereuten. Daher war auch der Anflug von Reue, den ich bei unserem letzten Aufeinandertreffen bei ihm bemerkt hatte, so überraschend gewesen. Fast so schockierend wie die Tatsache, dass *sie* Devin damals geholfen haben soll.

»Das warst wirklich *du*, die Devin ins Strandhaus gelassen hat?«

Als Devin meine Nichte vor ihrem eigenen Großvater retten musste, hatte er erzählt, dass er die Villa gestürmt hatte. Dass meine Mutter dabei eine wichtige Rolle spielte, war mir bislang nicht bekannt.

Mom nickte. »Nachdem ich von Calla Lily ordentlich zurechtgewiesen worden war, fuhr ich mit der Limousine los und leckte mir die Wunden. Da entdeckte ich Devin und den netten Detective, der zu Sienna gehört. Devin sah so bedrohlich und entschlossen aus, unser Mädchen zu befreien. Mir wurde in diesem Moment klar, dass er immer auf sie aufpassen würde. Also habe ich ihnen den Code für das Tor gegeben.«

Mit diesem Verrat an meinem Vater schien sie sich aus dem dichten Nebel zu kämpfen, der viel zu lange ihren Verstand getrübt hatte. Nun stellte sie sich gegen ihren Mann, anstatt ihre Tage in blinder Akzeptanz zu fristen. Am liebsten hätte ich auf der Stelle einen kleinen Freudentanz gewagt. Stattdessen umarmte ich sie so fest, wie ich es noch nie getan hatte. Calla war meine Welt. Zu wissen, dass meine Mutter die ruchlosen Pläne meines Vaters, sie mit Bobby Jones zu verheiraten, durchkreuzt hatte, bedeutete mir alles. Der Groll, den ich ihr gegenüber hegte, weil sie Eunice und mir jahrelang gleichgültig gegenübergestanden hatte, begann sich aufzulösen und gab den Weg für die Liebe frei. Liebe und die Hoffnung, dass wir die Zeit, die uns beiden in diesem Leben noch blieb, nutzen und gemeinsam genießen konnten.

»Danke, Mom.«

Sie war zuerst etwas steif, dann lehnte sie sich an mich und umarmte mich zurück. »Es war mir ein Vergnügen, Liebling. Und es wurde verdammt noch mal auch Zeit, findest du nicht?«

Ich musste kichern, da sie sonst nie fluchte, weil sie meinte, dass sich das für eine Dame nicht gehört.

»Margaret!« Die tiefe Baritonstimme meines Vaters tönte durch den Flur.

Mom und ich drehten uns zu ihm um, aber wir machten keine Anstalten, zu ihm zu gehen. Heute konnte er brüllen, so viel er wollte. Ich hatte keine Lust mehr, mich davon beeindrucken zu lassen, und sie offenbar auch nicht.

Er stürmte auf uns zu, seine Absicht war klar, aber Joe baute sich mit verschränkten Armen vor meiner Mutter und mir auf. »Wie ich sehe, hast du kein Wort von dem, was ich gesagt habe, verstanden«, schleuderte Joe ihm entgegen.

Dad bedachte ihn mit einem kurzen Blick, bevor er meine Mutter anstarrte. »Siehst du? Ein Tag allein mit diesem Mann und schon ist sie ein gewöhnliches Flittchen.«

Joe bewegte sich, bevor ich ihn aufhalten konnte. In der einen Sekunde stand mein Vater noch mitten im Flur und in der nächsten war er an die Wand gepresst. Joes Hand ruhte auf Dads Brust und sein Ärger schien den gesamten Raum um uns mit knisternder Spannung aufzuladen.

»Joe, nicht!«, flehte ich, weil ich wusste, dass es die Sache nur schlimmer machen würde.

Mein Vater schien von der Situation erschüttert. Zwar hatte Joe ihm nicht wehgetan, sondern war einfach auf ihn zugegangen. Aber Dad musste zurückweichen, und nun hielt ihn Joe allein mit der Kraft seines Willens fest. »Keine Sorge, Baby. Ich habe nicht vor, einen alten Mann wie ihn zu verletzen, nur weil er ein Arschloch ist«, versicherte Joe mir. »Hol mein Portemonnaie aus der Gesäßtasche und bezahl unsere Rechnung. Es ist Zeit zu gehen.«

»Was für ein Mann«, hauchte Mom und griff sich an die Brust. »Wie es scheint, hast du deinen Meister gefunden, Preston.« Ihre Stimme war voller Bewunderung für Joe und ihre Augen glänzten auf eine Weise, bei der ich mir ein Lachen verkneifen musste. Joe schien Frauen jeden Alters zu beeinflussen.

»Komm schon, Mom.« Mit meiner Mutter im Schlepptau schritt ich den Flur entlang, aber ein Pfiff lenkte meine Aufmerksamkeit wieder auf Joe. Ich drehte mich gerade noch rechtzeitig, um seine Brieftasche zu fangen, die er mir zuwarf.

»Ich kann selbst bezahlen«, erklärte ich.

»Nicht, wenn ich bei dir bin.«

»Was für ein Mann«, wiederholte Mom, und meine Mundwinkel zuckten.

»Hat dir schon mal jemand gesagt, dass du herrisch bist?«, fragte ich ihn.

Joe ignorierte meine Worte und drehte sich wieder zu meinem Vater um. Doch ich erhaschte noch einen Blick auf das Lächeln in seinen Augen.

»Wie lange wirst du dich noch bei Bernice und mir einmischen? Ich will mich darauf einstellen«, sagte Joe und trat einen Schritt von Preston Armstrong zurück, um dem Mann etwas Luft zu verschaffen.

Armstrongs Blick verwandelte sich innerhalb eines Wimpernschlags von alarmiert zu berechnend. »Wenn du mich anrührst, lasse ich dich verhaften«, bluffte er.

Joe verschränkte die Arme und lächelte den verbitterten, alten Mann an. »Nein, das wirst du nicht tun. Erstens würdest du nicht wollen, dass die ganze Welt erfährt, dass sich deine Tochter mit jemandem wie mir eingelassen hat. Und zweitens ist es riskant, davon auszugehen, dass ein ganzes Restaurant zu deinen Gunsten aussagt. Nicht jeder ist bestechlich.«

Der kalte Ausdruck in Prestons Augen schlug so schnell zu Scharfsinn um, dass er viel Übung darin haben musste, bei Verhandlungen das Tempo zu wechseln. »Zehn Millionen.«

Joe stieß einen genervten Laut aus. »Du besitzt mindestens das Hundertfache«, stellte er frustriert fest. »Aber ich werde diese Sache für uns beschleunigen: Kein Geld der Welt wird mich umstimmen. Ich bleibe bei Bernice. Zum einen brauche ich nicht einen Cent von dir, denn meinen Abschluss in Betriebswirtschaft habe ich gut eingesetzt. Mein *Fickladen*, wie du es so geschmackvoll ausgedrückt hast, bringt mir genug ein. Ich hätte schon vor zehn Jahren in Rente gehen können, aber ich habe gern gearbeitet. So konnte ich meinen Verstand weiter schärfen, außerdem bin ich ein einfacher Mann mit einfachen Bedürfnissen. Bei mir wirst du dein Geld nicht los. Ich habe bereits das Kostbarste auf dieser Welt, und wenn Bernice meinen Namen annehmen will, werde ich mich vermutlich wie Gott fühlen.«

»Sentimentaler Blödsinn«, zischte Armstrong. »Meine Familie ist nicht dorthin gekommen, wo sie heute steht, weil wir unser Herz über unseren Verstand gestellt haben. Sei schlauer und nimm an, was ich dir anbiete. Du hättest ein Vermögen, von dem die meisten nur träumen können, um es deinen Söhnen zu hinterlassen.«

Joe zuckte angesichts der Beleidigung zusammen. Im Laufe der Geschichte hatten Männer immer wieder ihren Reichtum über ihre Herzen gestellt. Sie starben mit Macht, aber ohne jemanden, der um sie trauerte. Auf der Reise des Lebens ging es um Erfahrungen und die Menschen, mit denen man sich umgab. Die Liebe war das größte Geschenk Gottes an die Menschheit. Der Mann, der ihr den Rücken zukehrte, war ein armer Trottel. Joe hatte nicht die Absicht, so zu enden.

»Es gibt mehr im Leben als Reichtum«, antwortete er. »Geld ist kein Ersatz für echte Liebe und Zuneigung, aber das wirst du nie verstehen.«

Preston fuhr sich mit den Händen durch die silberweißen Haare. Für Joe war klar, dass er sich den guten Rat nicht zu Herzen nehmen würde. Dafür war Preston zu sehr mit seinen Angriffsmanövern beschäftigt. In diesem Moment kam ihm das, was Margaret gesagt hatte, in den Sinn. Preston trank wegen seines schlechten Gewissen. War es möglich, dass sich hinter seinem Kontrollwahn ein anderes Gefühl verbarg?

»Deine Söhne«, sagte Preston mit drohendem Unterton in der Stimme. Joe erstarrte, kniff die Augen zusammen und ballte ganz automatisch seine Hände zu Fäusten. Preston lenkte seinen Blick darauf und lächelte grausam. Wahrscheinlich, weil er wusste, dass er nun Joes gesamte Aufmerksamkeit hatte. »Es mag dir egal sein, was ich mit dir machen kann, aber ich würde mein ganzes Vermögen darauf wetten, dass du alles tun würdest, um deine Söhne zu beschützen, stimmt's?«

Joe trat wieder einen Schritt näher an Bernice' Vater heran und holte tief Luft, um sich zu beruhigen und den alten Mann nicht zu verletzen. »Ich wette, du bezeichnest dich selbst als Ehrenmann, weil alles, was du in deinem Leben getan hast, dem Schutz deines Vermächtnisses galt«, sagte er, und Preston blähte voller Stolz seine Brust auf, als wäre sie eine Rüstung, die einen Angriff abwehren könnte. Den Kopf hoch erhoben, nickte er. Joe ließ die Worte einen Moment in der Luft hängen, dann beugte er sich ein paar Zentimeter hinunter, um Preston direkt ins Gesicht sehen zu können. »Dann solltest du wissen, dass *ich* der Typ Mann bin, der *töten* würde, um die Meinen zu beschützen. Sei gewarnt: *Ich* werde mich gegen alles und jeden stellen, der meine Jungs angreift, so wie du es vermutlich für Bernice tun würdest. Auch wenn deine Aktionen fragwürdig sind, glaube ich, dass du dich mehr um sie sorgst, als du zugeben willst. Ein Mann steigt nicht aus reiner Habgier oder falschem Ehrgefühl in ein Flugzeug, lässt seine Tochter beschatten und springt dann in einen Hubschrauber, nur weil er sich seinen Vorfahren verpflichtet fühlt. Da bin ich mir sicher. Bernice ist durch mich *nicht* in Gefahr. Du musst um ihretwillen aufhören und akzeptieren, dass ich für eine sehr lange Zeit nicht von ihrer Seite weichen werde.«

Prestons Gesicht färbte sich scharlachrot und sein Kiefer verkrampfte sich. Bevor er etwas sagen konnte, fuhr Joe fort. »Wenn ich mich jedoch in dir täusche, wenn es dir wirklich nur um das Ansehen und Vermächtnis deiner Familie geht, dann solltest du wissen, dass ich mich nicht zurückhalten werde, falls du es wagst, meine Söhne anzugreifen.«

Er wartete nicht auf eine Antwort von Armstrong. Stattdessen drehte Joe dem herrschsüchtigen Greis den Rücken zu und ging weg. Nach dem, was Bernice' Mutter erzählt hatte, bezweifelte er nun, dass Preston Armstrong gefährlich war. Vielmehr war er daran gewöhnt, dass sein Geld alle Probleme löste. So ein Mann machte sich für gewöhnlich nicht die Hände schmutzig. Aber Joe würde es tun. Wenn seine Söhne oder Bernice in Gefahr waren, würde er zum Äußersten greifen, damit sie in Sicherheit waren. Solange er lebte, würde er für sie sterben.

Es gibt einschneidende Momente im Leben, die man nicht vergessen kann. Selbst wenn man es versucht. Die Geburt eines Kindes zum Beispiel, aber das habe ich selbst nie erlebt. Dafür hatte ich eine andere Erinnerung, die sich in meinem Gedächtnis verankert hatte: Der Moment, als ich die Tür öffnete und einem Polizisten gegenüberstand, der mir mitteilte, dass mein geliebter großer Bruder, seine Frau und sein Sohn bei einem schrecklichen Autounfall ums Leben gekommen waren. Sogar die Hintergrundgeräusche hatte ich noch im Ohr, und sie würden wohl nie ganz verschwinden, egal, womit ich sie zu vergessen suchte. Callas hilflose Schreie angesichts des Verlusts ihrer Familie brannten sich in meine Seele und zerrissen mich innerlich, ohne dass es eine Chance auf Heilung gab. Solche Erinnerungen nahm man mit in den Tod. Sie machen einen zu dem, was man ist.

Als ich um drei Uhr morgens im Schatten des Mondes stand und durch die Terrassentür blickte, entdeckte ich Joe, und mir stockte der Atem.

Nach der Sache mit meinem Vater war er ruhig geworden. Zu ruhig. Das machte mich nervös. Erst als er mit mir ins Bett ging und mich mit so unglaublicher Leidenschaft nahm, wusste ich, dass er für immer zu mir gehören würde.

Solange das Schicksal keine anderen Pläne hatte.

Oder mein Vater.

Nach einer viel zu kurzen Zeit in seinen Armen – obwohl die Uhr behauptete, es wären Stunden gewesen –, war ich vom gleichmäßigen Schlag seines Herzens und dem sanften Streicheln seiner Finger in meinem Haar in den Schlaf gelullt worden. Als ich vor ein paar Minuten aufwachte, war ich allein im Bett, also machte ich mich auf die Suche nach Joe. Jetzt, wo ich ihn am Strand gefunden hatte, schlug mir das Herz bis zum Hals.

In silbernes Mondlicht getaucht, sah Joe, mit nichts als einer Badehose bekleidet, einfach umwerfend aus. Die harten Linien seines Körpers schienen wie aus Marmor gemeißelt zu sein. Sein Kopf war gesenkt, die Arme hingen locker an seinen Seiten. Noch bevor ich die Tür öffnen konnte, um zu ihm zu gehen, fing er an, sich anmutig zu bewegen. Es sah aus wie eine modifizierte Tai-Chi-Übung für Kraft und Beweglichkeit. Fasziniert beobachtete ich, wie er in die Hocke ging und dann in die Höhe schoss, als würde er gegen einen imaginären Gegner kämpfen. Schließlich fand er wieder zu einer fast sinnlichen Langsamkeit zurück, die bestimmt viel Konzentration und einen guten Gleichgewichtssinn erforderte. Wieder sprang er hoch und drehte sich seitwärts im Kreis. Seine Hände verwandelten sich dabei in kraftvolle Fäuste und ließen mich atemlos zurück. Ich sah jemanden, der gefährlich und sanft zugleich sein konnte.

Mein Puls raste, während ich diesem unglaublichen Mann dabei zusah, wie er die inneren Dämonen zähmte, die mein Vater entfesselt hatte. Ich wusste, dass er um seine Selbstkontrolle rang. Es schmerzte mich zu sehen, wie sehr ihn die Sache mit meinem Vater beschäftigte. Früher hätte ich mich deshalb von ihm getrennt, aber ich wollte ihn nicht gehen lassen. Ich konnte es nicht. Nicht jetzt. Überhaupt nie.

Bei seiner nächsten Übung schnellte sein Bein hervor, bevor er in die Luft sprang und sich drehte. Es fühlte sich an, als würde etwas in mir explodieren. Flüssige Hitze rann durch meine Adern, bis mein ganzer Körper in Flammen stand. Ich legte meine Hand auf die kühle Scheibe der Tür und meine Gedanken schweiften zu dem Moment, als Joe mir *Boom* ins Ohr geflüstert hatte.

Er hatte mir beschrieben, was er damit meinte. Dass er sich fühlte, als wäre er von seinen Sünden reingewaschen worden. Und dass ich sein Engel war, der ihn gerettet hatte. Aber für mich war der *Boom* vielmehr ein Gefühl wie Nachhausekommen. Als wäre mir das letzte Teil, das mir zu meinem Glück noch gefehlt hatte, in die Hände gefallen. Ich würde es festhalten und nie mehr loslassen. *Boom!* Ein Augenblick hatte gereicht, um meine ganze Welt auf den Kopf zu stellen. Es war egal, wie meine Vergangenheit ausgesehen hatte, denn meine Zukunft war vor mir und trainierte Tai-Chi.

10

Gib nicht auf

Joe

Joe stellte den Teller mit Pfannkuchen auf ein Tablett. Dann nahm er den Orangensaft, den er vorhin im Kühlschrank gefunden hatte, und schenkte Bernice ein Glas ein. Nach seiner Trainingseinheit im Mondschein hatte er nicht mehr schlafen können. Schon zuvor war er lange wachgelegen und hatte sich seinen Kopf über Preston Armstrong zerbrochen. Als er bemerkte, dass dabei sein Blutdruck immer weiter stieg, beschloss er an den Strand zu gehen, um die Anspannung loszuwerden. Obwohl er Bernice' Blicke auf ihm spürte, blieb er bei seinem Tai-Chi, gemischt mit Taekwondo. Er musste seine Mitte wiederfinden. Ihr Vater hatte einen Nerv getroffen. Seine Söhne zu bedrohen, war ein sicherer Weg, Joe aus der Reserve zu locken, und der alte Mann schien das zu wissen. Joe besaß in seinem Leben nur wenige Schwächen. Seine Söhne waren eine davon, aber er weigerte sich, klein beizugeben. Außerdem glaubte er nicht, dass es ihr Vater tatsächlich auf Chris und Nick abgesehen hatte.

Als Joes Blick aus dem Fenster fiel, entdeckte er einen Rosenbusch, der in voller Blüte stand. Er nahm sich ein Messer, schnitt drei duftende Blüten ab und gab sie in ein Glas. Dann träufelte er noch etwas Sirup auf den Stapel warmer Pfannkuchen, hob das vollbepackte Tablett hoch und ging nach oben. Bernice war keine Frau, die auf jemanden angewiesen war. Ihr ganzes Leben hatte sie auf eigenen Beinen gestanden. Trotzdem konnte Joe sie etwas verwöhnen. Sie gehörte jetzt zu ihm. Er hatte vor, sie so sehr zu umsorgen, wie sie es ihm erlaubte.

In der Tür blieb er stehen und genoss den Anblick von ihr im Bett. Nackt und ein Bein angewinkelt, lag sie auf dem Bauch und schlief. Ihre Hände hatte sie unter ihre Wange geschoben, und ihr Haar fiel wie ein Wasserfall aus blonder Seide auf sein Kissen. Sie lag noch genauso da, wie er sie zurückgelassen hatte. Als er das Training beendet hatte, kam er ins Haus zurück, wo sie ihn schon erwartete. Sie hatte alles genommen, was er ihr geben konnte, und noch mehr. Die Art wie sie auf ihn reagierte, wie gierig sie war, sagte ihm, dass sie ihn genauso brauchte wie er sie.

Bernice war nicht die Einzige, die sich wieder wie zwanzig fühlte. Nachdem er jahrelang für seine Familie gesorgt und sich um den Club gekümmert hatte, kam es Joe jetzt so vor, als hätte er ein neues Leben geschenkt bekommen. Eines, das er nach seinen eigenen Bedürfnissen gestalten konnte. Er war jung genug, dass ihm die Zeit bis zu seinem Lebensabend unendlich viele Möglichkeiten bot. Und er wollte jede dieser Möglichkeiten mit dem Engel auf dem Bett teilen. Sie war seine Belohnung für all die harten, lieblosen Jahre. Es war an der Zeit, das Leben in vollen Zügen zu genießen. Seelentiefe Liebe stand an erster Stelle auf der Liste der schuldigen Vergnügungen.

Mit diesen Gedanken ging Joe zum Bett und stellte das Tablett auf den Nachttisch, dann legte er sich zu Bernice und schmiegte sich an ihren Rücken. Vorsichtig zog er das Laken weg, bis er ihren ganzen Körper bewundern konnte. Ob sie trainierte, um ihren Körper in Form zu halten? Nachdem er ihre Mutter kennengelernt hatte, würde es ihn nicht wundern, wenn ihre Figur genetisch bedingt war. Ihr Bauch war flach, ihr Hintern rund und voll und ihre Brüste waren einfach ein Traum. Aber es war nicht ihr Körper, der sein Verlangen steigerte; es war einfach alles an ihr. Ihre Freundlichkeit, ihre frechen Momente. Sie hatte einen scharfen Verstand und gierte nicht nach materiellen Dingen. Es schien sogar so, als würde sie alles, was glänzt, verachten. Und sie hatte ihre Nichte zu sich genommen und so liebevoll aufgezogen, als wäre sie ihr eigenes Kind. Familie war ihr genauso wichtig wie ihm.

Ihre Haut war beinahe makellos und roch verdammt gut nach

der Feuchtigkeitscreme, die Bernice nach dem Duschen benutzte. Behutsam fuhr er mit einem Finger über ihren samtweichen Rücken. Ihr Körper zuckte, was ihn zum Lächeln brachte. Er beugte sich hinunter, berührte mit seiner Zungenspitze ihre nackte Pobacke, bevor er zärtlich hineinbiss. Ihr Atem ging stoßweise und weckte das Raubtier, das in ihm schlummerte. Er konnte hören, wie sie seinen Namen hauchte, während sie sich zusammenrollte. Im nächsten Moment drängte sich Joe zwischen ihre Beine und begann, ihre Mitte genüsslich mit seinem Mund zu verwöhnen. Innerhalb von Sekunden stöhnte sie auf und bog den Rücken durch.

Nachdem er sie ausgiebig verschlungen hatte, richtete er sich auf und vergrub sich tief in ihr. Sie zog sich um ihn herum zusammen, und er knurrte lustvoll. Er wollte verhindern, dass er kam, bevor er sie zum Höhepunkt gebracht hatte. Ihre Beine schlossen sich um seine Hüfte, und er hob eines an, um vollständig in ihr zu versinken.

»Mein«, stieß er zwischen zusammengebissenen Zähnen hervor. »Sag es.«

»Ja. Dein.« Sie hatte nicht eine Sekunde gezögert. Anscheinend wollte sie diese Worte auch von ihm hören, denn sie zog seinen Mund auf ihren, biss ihm in die Lippe und flüsterte besitzergreifend *Mein.*

»Für immer«, antwortete er, bevor er sie leidenschaftlich küsste.

»Lass meinen Vater nicht gewinnen«, flehte sie, und Tränen füllten ihre Augen, als sie ihn aufmerksam beobachtete.

Er stützte sich neben ihrem Kopf ab und hielt inne, als eine Träne über ihre Wange lief. »Er müsste mich schon umbringen, um mich von dir fernzuhalten«, sagte er sanft und wischte die Träne weg. »Und ich glaube nicht, dass er dazu fähig ist.«

Als ihre Unterlippe zitterte, küsste er sie erneut und begann, ihren Körper von Neuem zu verwöhnen. Diesmal gingen sie es langsamer an, genossen jede Sekunde und jede Berührung, während sich das Feuer zu einem Crescendo steigerte. Dann, als hätten sie Jahre statt ein paar Tage miteinander verbracht, fanden sie gemeinsam ihre Erlösung und besiegelten ihr Schicksal.

Bernice

»Möchtest du mit unserem Ausritt vielleicht bis morgen warten?«, fragte Joe, während er meinen Fuß massierte.

Wir lagen entspannt am Strand und sonnten uns im letzten Tageslicht. Ein paar Familien tummelten sich in der Brandung, und ich tippte gerade eine Nachricht an Calla, um ihr von der Begegnung mit meinem Vater zu berichten.

»Ja, lieber morgen. Ich bin hier im Moment ganz zufrieden«, entschied ich spontan.

Joe lächelte und trank von seinem Bier. Mit dem Blick verfolgte ich seine Bewegung ganz automatisch, beeindruckt davon, wie sich die Muskeln in seinem Hals anspannten. Dabei fiel mir ein Gespräch der Wallflowers ein, das ich mitgehört hatte. Calla hatte erzählt, dass jedes Mal ein Schauer durch ihren Körper jagte, wenn sie Devin beim Trinken zusah. Jetzt verstand ich, was sie meinte.

Mein Telefon piepte, und ich las Callas Antwort auf meine Nachricht.

Calla: *Dieser Mistkerl. Klingt, als wäre er verzweifelt.*

Dem konnte ich nicht widersprechen. Genau wie Devin erwies sich auch Joe als ein hartnäckiger Gegner. Bei diesem Gedanken musste ich lächeln und entspannte mich gleich noch mehr im sonnengewärmten Sand. Das Leben hatte sich endlich entschieden, mir einen Mann zu schicken, bei dem ich mich sicher fühlte. Einen, der freundlich und klug war. Und für den die Familie an erster Stelle kam. Joe war für mich in jeder Hinsicht perfekt, und sein gutes Aussehen versüßte die Angelegenheit noch.

Eine Möwe kreischte über uns und wirbelte mit ihren riesigen Flügeln die feuchte Luft auf. Ich hielt Ausschau nach ihr, um sicherzugehen, dass sie mir kein unerwünschtes Geschenk auf den Kopf fallen ließ. Da begann Joes Telefon zu klingeln. Er warf einen Blick auf das Display und seine Augen leuchteten auf.

»Es ist mein Sohn Nick«, informierte er mich und nahm den Anruf grinsend entgegen.

Gut gelaunt drehte ich mich auf den Bauch, um mich gleichmäßig zu bräunen. Joe legte seine Hand auf meinen Po und drückte einmal zu, was mir ein wohliges Kribbeln bescherte.

»Nick. Schön, von dir zu hören, mein Sohn«, sprach er ins Handy. Obwohl ich Nick nicht reden hören konnte, merkte ich, wie Joes Hand auf meinem Hintern zuckte. Dann stand er abrupt auf. »Welches Krankenhaus?«, bellte er ins Telefon.

Ich drehte mich wieder herum und hielt mir die Hand über die Augen, damit ich Joe beobachten konnte. Er hatte den Kopf gesenkt, eine Hand im Nacken, während er Nick lauschte.

»Ich bin gerade in den Outer Banks. Der nächstgelegene Flughafen ist über eine Stunde entfernt. Ich komme so schnell wie möglich«, erklärte Joe. »Sag ihm, dass ich unterwegs bin. Und dass ich ihn liebe.« Der erstickte Klang seiner Worte ließ mich aufstehen und nach ihm greifen, als er das Gespräch beendet hatte.

»Joe?« Ich hielt den Atem an, und das Unbehagen kroch meine Wirbelsäule hinauf wie eine Schlange.

Endlich sah er mir in die Augen, sie waren voller Wut. »Ich muss gehen. Chris wurde irgendwann heute Nachmittag angeschossen. Ich werde dich nicht zurück nach Savannah bringen können.«

Ich keuchte entsetzt auf. »Angeschossen?«

Joe nickte. »Ich weiß nichts Genaues. Er wird gerade operiert. Das Krankenhaus hat Nick kontaktiert, und er hat mich verständigt.«

»Geh, ich komme schon klar. Du musst zu deinen Jungs.«

Er nickte und entfernte sich, wobei der Abstand, den er zwischen uns brachte, mich innerlich schmerzte. Noch während er in Richtung Strandhaus lief, hatte er das Telefon wieder an sein Ohr gepresst. Ich blieb wie versteinert im Sand stehen. Joe hatte mir heute Morgen erzählt, warum er so sauer auf meinen Vater war, dass er mitten in der Nacht am Strand trainieren musste.

Preston Armstrong hatte seine Söhne bedroht.

Die Angst legte ihre eisigen Klauen um mich und schnürte mir die Kehle zu, bis ich nur noch mühsam atmen konnte. Wenn mein Vater das getan hatte, war ich mir sicher, dass Joe auf Rache aus sein würde. Mit einem einzigen Zug hatte mein Vater Joe besiegt, aber er hatte damit auch sein eigenes Todesurteil unterschrieben. Wenn Chris starb, würde Joe meinen Dad umbringen und für immer ins Gefängnis wandern.

Ich rannte los, um Joe ins Haus zu folgen. Die Angst trieb mein Tempo an. Wenn mein Vater das Unaussprechliche getan hatte, dann war es meine Schuld. Ich hätte mich an die Regeln halten sollen und dazu gehörte, dass ich Joe zu seinem eigenen Besten aus meinem Leben verbannte. Mir war klar, dass mein Vater rücksichtslos war, aber ich hätte nicht gedacht, dass er in dieser Sache so weit gehen würde. Die meisten Menschen gaben klein bei, wenn sie auf meinen Vater und seine unbegrenzten Ressourcen trafen, aber Joe hatte nicht einmal mit der Wimper gezuckt. Offenbar hatte das Preston Armstrong in den Wahnsinn getrieben.

Auf müden Beinen erreichte ich das Strandhaus und eilte die Treppe nach oben, um zu helfen, wo ich nur konnte. Joe stand im Eingangsbereich, zog gerade sein T-Shirt über den Kopf und stieg zugleich in seine Stiefel. Dann knöpfte er sich seine Jeans zu. Als er fertig war, drehte er sich zu mir um. Der leere Ausdruck in seinen Augen zerriss mir das Herz.

In diesem Moment war ich einfach nur sprachlos. Mir wurde klar, was das für uns alle bedeutet. Für seine Söhne. Alle Rouger-Männer waren wegen meines Vaters in Gefahr. Ich öffnete den Mund, fand aber keine Worte. Nichts, was ich sagen zu sagen hätte, würde seinen Schmerz lindern können oder wiedergutmachen, was mein Vater vielleicht getan hatte. Mit viel Mühe brachte ich Joes Namen heraus, aber es hörte sich an, als hätte ich eine Kröte verschluckt.

Er schloss seine Augen und Schmerz überzog sein Gesicht. Während mir die Tränen in die Augen stiegen, bis ich sie nicht mehr zurückhalten konnte, streckte ich meine Hand aus und strich ihm über die Wange. Bei meiner Berührung griff er nach mir und zog mich in seine Arme. Ich klammerte mich an ihn. Wir bleiben eine Weile so stehen, in fassungsloses Schweigen gehüllt. Uns war beiden bewusst, was das bedeutete. Wegen meines Vaters mussten wir uns trennen. Ob Chris überlebte oder nicht – und ich flehte zu Gott, dass er es tat –, es war ein zu großes Risiko, wenn mein Vater darin verwickelt war. Joe musste seine Söhne schützen.

»Sei vorsichtig«, flüsterte ich an seiner Brust. »Ich bete dafür, dass es Chris gut geht.«

Joe antwortete nicht, sondern drückte mich ein paar Augenblicke noch fester an seinen Körper. Schließlich beugte er sich herunter und küsste mich auf die Stirn, wobei seine Lippen viel länger als erwartet dort verweilten. Diese Geste berührte mich sehr.

Ohne ein Wort zu sagen, löste sich Joe langsam aus unserer Umarmung. Dann drehte er sich um und öffnete die Haustür. Keine Ahnung, warum ich ausgerechnet diesen Moment wählte, aber jede Zelle in meinem Körper schrie mich an, dass ich es jetzt tun muss. »Ich liebe dich, Joe«, flüsterte ich so leise wie möglich, als er begann die Tür hinter sich zu schließen. Ich musste diese Worte wenigstens einmal in seiner Gegenwart aussprechen.

Seine Hand zuckte. Er hatte mich gehört. Ich hielt den Atem an, als ich ihn zögern sah. Dann stieß er die Tür wieder auf, kam direkt auf mich zu und umschloss mein Gesicht mit beiden Händen. Er küsste mich mit solcher Hingabe, dass mir die Knie weich wurden. Ich steckte alles, was ich hatte, in diesen Kuss. Meine Liebe. Meinen Kummer. Die Einsamkeit, die sich mit dem Wissen, dass es mit uns vorbei war, bereits tief in mir gebildet hatte – und meine Schuldgefühle, die so roh und hässlich waren, dass ich beinahe daran erstickte.

So plötzlich wie er mich geküsst hatte, so schnell ließ er mich wieder los. Doch dieses Mal ging er durch die Tür, und ich hörte das Poltern seiner Schritte auf der Treppe. Er musste auf schnellstem Wege zu seinem Sohn. Chris war wichtiger als alles andere zwischen uns. Ich hätte an seiner Stelle dasselbe getan, wenn es um Calla Lily gegangen wäre. Wenn du ein Elternteil wirst, verpflichtest du dich dein ganzes Leben lang. Du schwörst, dass deine Kinder immer an erster Stelle stehen, egal was es kostet. Für uns bedeutete das nun mal, dass es vorbei war. Ob mein Vater ins Gefängnis kam, was bei seinen Beziehungen keine sehr realistische Vorstellung war, machte am Ende keinen Unterschied. Wie alle guten Eltern musste Joe dafür sorgen, dass seine Söhne nie wieder zu Schaden kamen.

Seine Harley heulte auf und ließ mich zusammenzucken. Er drehte den Motor ein paar Mal hoch, um ihn anzuheizen, und riss mich damit aus meiner Starre. Ich eilte zur Tür und sah zu, wie er auf der großen Maschine saß und sie langsam mit den Beinen nach hinten schob, um sie auf die Straße in Richtung Highway zu bringen. Er ließ den Motor noch zweimal aufheulen, dann drehte er sich um und schaute zurück zum Haus. Ich trat durch die Tür auf den Treppenabsatz und sah ihn direkt an. So verharrten wir ein paar Sekunden lang, dann raste er davon.

Meine Beine gaben nach. Ich sank auf den Treppenabsatz, schlang meine Arme um meine Knie und lehnte meinen Kopf dagegen. So blieb ich, bis ein Motorrad am Haus vorbeidonnerte und mich an Joe erinnerte. Ich stand auf. Langsam hatte ich wieder ein Ziel vor Augen, anstatt mich selbst zu bemitleiden. Auch wenn ich Joe vermisste und meinen Vater hasste, gab es noch einen Funken Hoffnung in mir. Es bestand die Chance, dass Chris von jemandem angeschossen worden war, der nichts mit meinem Vater zu tun hatte. Solange ich nicht von Joe selbst hörte, dass er Preston als Schuldigen vermutete, gab ich die Hoffnung nicht auf. Die Hoffnung, dass Chris wieder ganz gesund wurde, und die, dass Joe und ich doch das bekamen, was wir uns beide so sehr wünschten: eine gemeinsame Zukunft.

Mit diesen Gedanken eilte ich ins Haus, um mein Telefon zu suchen. Ich wollte Joe eine Nachricht schicken. Er musste wissen, dass ich an uns glaubte. Als er den Anruf seines Sohns bekommen hatte, waren wir zu schockiert, um rational zu bleiben. Wenn die Beweise auf meinen Vater hinwiesen, würde ich alles in meiner Macht Stehende tun, um ihn dafür bezahlen zu lassen.

Nachdem ich mein Handy im Haus nicht finden konnte, fiel mir ein, dass ich es zuletzt am Strand benutzt hatte. So schnell ich nur konnte, lief ich die Treppe hinunter zum Wasser. Ich blinzelte gegen das Licht der untergehenden Sonne, konnte meine Sachen aber nicht entdecken. Und da wurde es mir klar: Während ich wie paralysiert vorm Haus gesessen war, hatte die Flut mein Telefon, mein Handtuch und meine Zeitschrift mitgerissen. Sicherheitshalber suchte ich den Strand noch mal gründlich ab, aber nach einigen Minuten im trüben Licht gab ich auf und ging zurück nach drinnen. Meine Freunde hatten in ihrem Strandhaus keinen Festnetzanschluss. Ausschließlich Entspannung und Komfort waren hier vorhanden. Wahrscheinlich installierte heute niemand mehr einen Festnetzanschluss, wo doch jeder ein Handy besaß.

Durch das Fenster warf ich einen Blick auf meinen nächsten Nachbarn, der weit entfernt stand, aber in der Dunkelheit konnte ich sehen, dass bei ihm Licht brannte. Ich überlegte gerade, wie lange ich zu Fuß dorthin brauchen würde, als mir klar wurde, dass ich ohne mein Telefon weder Joes Handynummer noch die von irgendjemand anderem kannte. Fortschrittliche Technologie war großartig, bis man sich so sehr auf sie verließ, dass man ohne sie komplett verloren war.

11

Erhörte Gebete

Bernice

Um mich abzulenken, begann ich, das Haus zu schrubben. Joe würde mehr als eine Stunde brauchen, um zum Flughafen in Norfolk, Virginia, zu kommen. Hoffentlich war noch ein Platz in der nächsten Maschine nach Nashville für ihn frei. Bis er etwas erfuhr, würde es also dauern. Mir blieb nichts anderes übrig, als mich zu gedulden. Morgen Früh würde ich dann mit dem Quad, das ich in der Garage entdeckt hatte, nach Buxton fahren, um zu telefonieren. Die Nummer vom *Frock You* kannte ich zum Glück auswendig; ich musste nur warten, bis unser Angestellter den Laden aufsperrte.

Eine donnernde Explosion ließ das Haus erbeben. Ich drehte mich zum Fenster, um hinauszuschauen. Beim Trubel der letzten Tage hatte ich völlig vergessen, dass heute der Vierte Juli war.

Ich legte meinen Putzlappen ab und ging die Treppe hinunter, um durch die Balkontür ins Freie zu gelangen. Die Nachbarn am Strand zündeten gerade ein Feuerwerk. In der Ferne konnte ich das größere Spektakel sehen, das am Avon Pier stattfand. Es war meilenweit entfernt, sodass nur bunte Farbklekse am Himmel erkennbar waren. Laute Donnerschläge erfüllten die Nachtluft und verliehen dem dunklen Strand eine fast bedrohliche Atmosphäre. Ich schlang meine Arme um meine Taille und versuchte, meine Nerven zu beruhigen, wie es auch Joe am Abend zuvor am mondbeschienenen Strand getan hatte.

Bei dem Gedanken an Joe tat mir das Herz weh. Den ganzen Abend lang hatte ich schon versucht, die Tränen zurückzuhalten.

Nun, in der Dunkelheit der Nacht und im Getöse der Feuerwerke, konnte ich endlich loslassen. Völlig verzweifelt sank ich im Sand auf die Knie. Es war mir egal, ob mich jemand dabei sah. Die letzten Tage hatten mir eine Achterbahnfahrt der Gefühle beschert und die Sorge um Joes Sohn brachte mich an den Rand meiner Belastbarkeit.

Während die Wellen gegen das Ufer schlugen, ließ ich meinen Tränen freien Lauf und heisere Laute drangen aus meiner Kehle.

»Bitte«, betete ich laut. »Bitte kümmere dich um Chris. Heile ihn. Mach ihn gesund. Nimm ihn seinem Vater nicht weg.« Obwohl ich nicht regelmäßig in die Kirche ging, vertraute ich darauf, dass Gott meine Gebete erhörte, ohne zu urteilen. Er liebt bedingungslos, so wie es alle guten Eltern tun.

Vom Schluchzen hatte ich Schluckauf bekommen – das passiert mir öfters. »Bitte, bitte, bitte«, wiederholte ich, während ich mir mit dem Handrücken über die Augen wischte. Der Schmerz in meiner Brust war im Laufe des Tages immer stärker geworden, bis mir das Atmen schwerfiel. Hier am Strand meinen Kummer rauszulassen, half mir. Mittlerweile war auch die letzte Rakete verglüht. Ich nahm einen tiefen, reinigenden Atemzug und beruhigte mich langsam. »Danke«, flüsterte ich in den Himmel und legte mich auf den Rücken, um zu den Sternen aufzuschauen.

Für einen Moment wollte ich einfach vergessen, was in meinem Leben falsch gelaufen war. Also lauschte ich dem Meeresrauschen, während ich versuchte, Sternbilder zu entdecken. Da ich kein einziges mir bekanntes finden konnte, gab ich nach ein oder zwei Minuten auf. Stattdessen begnügte ich mich damit, den Mond anzustarren. Sein helles Licht blendete mich in der umgebenden Düsternis, heller als ich es je auf Tybee in Erinnerung hatte. Als wäre es tatsächlich möglich, streckte ich meine Hand aus, um die schimmernden Strahlen zu berühren.

»Er hat dich also verlassen, nachdem er mit dir fertig war? Ich wusste, es war richtig, dich vor Abschaum wie ihm zu schützen.«

Beim Klang der Stimme meines Vaters, zuckte ich zusammen.

War das *Gottes Antwort auf mein Gebet?*

»Was tust du hier, Dad?«

Mein Herz schlug wie wild in meiner Brust. Da ich nicht wusste, wie ich mich verhalten sollte, angesichts des Mordes, der im Raum stand, gab ich mich lässig. Am liebsten hätte ich mich jedoch aufgerichtet und meinen Vater gegen die Brust geschlagen – oder ihm in die Kronjuwelen getreten – und dabei wie eine Hexe geschrien. Wenn er wirklich schuldig war, sollte ich besser keine Andeutungen machen, dass ich Bescheid wusste.

»Deine Mutter und ich waren um dein Wohlergehen besorgt und haben ein Haus in der Nähe gemietet. Einer meiner Männer meldete, dass Rouger ohne dich losgefahren war, also ließ ich ihn beschatten. Ich wollte sehen, ob er abhaut oder nur etwas zu essen holt. Und ich war *nicht überrascht*, als ich hörte, dass er bis nach Virginia gefahren war und ein Flugticket gekauft hatte«, sagte er mit arrogantem Tonfall.

Wenigstens weiß ich jetzt, dass Joe es sicher zum Flughafen geschafft hat.

»Deine Mutter schien verzweifelt über diese Nachricht und bestand darauf, dass wir nach dir sehen ... Also, ist er für immer weg?«

Langsam erhob ich mich und klopfte mir bedächtig den Sand von der Kleidung, um mir etwas Zeit zu verschaffen. Wie sollte ich meinem Vater antworten? Wenn er unschuldig war, dann würde Joe zu mir zurückkommen, da war ich mir sicher.

Ich beschloss, mir so wenig wie möglich anmerken zu lassen. »Joe musste wegen eines Notfalls nach Hause. Er wird in ein paar Tagen zurück sein. Ich habe gerade das Feuerwerk genossen.«

Ich achtete auf seine Reaktion, wurde aber nicht schlau daraus. Er schüttelte den Kopf, ob aus Ungeduld oder Missfallen konnte ich nicht sagen. »Dir muss klar sein, dass ich schon viel länger von diesem Mann weiß, als du denkst. Ich lasse Devin beschatten, um auf dem Laufenden zu bleiben. Da Calla den Mann zu lieben scheint, habe ich ihn akzeptiert, aber ich werde weder ihr Glück noch *Armstrong Shipping* riskieren, für den Fall, dass er nur mit ihr spielt.«

Dieses Geständnis kam nicht überraschend. Dad hätte sich mit seiner Firma nicht so lange an der Spitze gehalten, wenn er selbstgefällig und faul wäre. Immer hatte er den Finger am Puls der

Menschen um ihn herum.

»Als Devin vor einem Monat nach Tennessee fuhr, wurde mir berichtet, dass er einen Mann aufspüren wollte, der dein Interesse geweckt hatte. Also behielt ich sie beide im Auge. Er ist nicht der Mann, für den du ihn hältst, liebste Tochter.«

»Er ist genau der, für den ich ihn halte, *liebster* Vater«, erwiderte ich schnippisch.

Er rollte mit den Augen, was sehr untypisch für ihn war und mir sagte, dass er für meinen Geschmack zu viel Zeit mit Calla verbrachte. Auch wenn er ihr Großvater war, traute ich ihm einfach nicht über den Weg.

»Dein Joe ist von nackten Frauen umgeben. Glaubst du wirklich, dass er sich nicht hin und wieder eine Privatvorführung gönnt? Außerdem ist da noch seine Ex-Frau. Obwohl er seit Jahren von ihr geschieden ist, wärmt er immer noch wöchentlich ihr Bett. Es würde mich nicht wundern, wenn er sie besucht, während er zu Hause ist. Es sei denn, ihm ist mehr nach einer der Damen, die er sowieso schon fürs Ausziehen bezahlt.«

»Du lügst«, stieß ich hervor. Joe hatte mir von seiner Ex-Frau erzählt. Seit Jahren hatte er nicht mehr mit ihr gesprochen. Und er kümmerte sich besser um seine Angestellten als es in den meisten Unternehmen der Fall ist. Joe war ein Ehrenmann durch und durch; davon war ich fest überzeugt.

Mein Vater zuckte mit den Schultern. »Wenn du mir nicht glaubst, kann ich dir gerne Bilder zeigen. Außerdem gibt es eine Frau, die bereit ist zu reden, wenn die Fotos nicht überzeugend genug sind. In der Zwischenzeit gräbt mein Mann in Tennessee nach den Leichen, die Joe versteckt hat.«

Mein Puls schoss in die Höhe, trotzdem versuchte ich, meine Reaktion auf diese Nachricht zu verbergen. Mein Vater hatte gerade zugegeben, dass er die Mittel und die Gelegenheit hatte, Chris zu attackieren. Der kleine Funken Hoffnung, dass alles nur ein schrecklicher Zufall war, erlosch und ließ mein geschundenes Herz zerbrochen zurück. Mein Vater war tatsächlich so skrupellos, das Leben eines Unschuldigen aufs Spiel zu setzen, um das Ansehen unserer Familie zu sichern. Wann war der Mann, um dessen Anerkennung ich jahrelang gekämpft hatte, zum Mörder geworden?

Am liebsten würde ich ihn schlagen und instinktiv ballte ich meine Hände zu Fäusten, aber ich holte nicht aus. Das wäre keine dauerhafte Lösung. Er musste aufgehalten werden. Er durfte nicht damit davonkommen, dass er das Leben von Menschen zerstört hatte. Ich würde diejenige sein, die ihn zur Rechenschaft zog. Das schuldete ich Joe. Wenn ich mich nicht auf ihn eingelassen hätte, wären die Dinge nie so weit gekommen. Aber wie würde es mir gelingen, meinem Vater das Handwerk zu legen?

Wenn ich sein Spiel mitspielte und darauf bestand, seine sogenannten Beweise zu sehen, konnte ich vielleicht selbst nach Beweisen suchen.

Mit Joe und mir war es vielleicht vorbei, aber wenn ich seinen Sohn rächte, musste er sein Leben nicht meinetwegen wegwerfen.

Mein Entschluss stand fest, also seufzte ich dramatisch, um Desinteresse vorzugaukeln, obwohl ich alles andere als das war. Ich musste schlau handeln. Schlauer als mein Vater. »Ich glaube, du liegst falsch, was Joe angeht, aber ich verstehe deine Bedenken. Der Schutz unserer Familie und unseres Namens ist dir wichtig – und natürlich auch mir. Zeig mir die Beweise, die du hast. Hilf mir den richtigen Weg zu finden, Dad.«

Wahrscheinlich hatte ich zum Schluss hin ein bisschen dick aufgetragen, aber schauspielerisches Talent war noch nie meine Stärke. Das merkte ich auch sofort, als mein Vater mir spöttisch antwortete.

»Sei nicht so herablassend, Bernice. Das passt nicht zu einer Dame mit deiner Erziehung.«

Ich zuckte mit den Schultern und ging zum Strandhaus, um meine Sachen zu holen. »Komm schon, Dad. Die Zeit drängt.«

Wenigstens hatte ich so eine Mitfahrgelegenheit nach Hause, und das war dann wohl ein erhörtes Gebet. In der Hoffnung, dass am Ende alles in Ordnung kam, betete ich weiter. Während ich durch den Sand stapfte, flehte ich Gott an, dass er Chris heilen und mir die Beweise geben würde, die ich brauchte, um Joe und seine Familie in Sicherheit zu bringen.

Joe

Joe trat entschlossen durch die Krankenhaustüren und steuerte direkt auf den Informationsschalter zu. Es hatte sechs Stunden gedauert, bis er in Nashville ankam. In den ersten paar Stunden hatte er nichts Neues von seinen Söhnen gehört. Während des Boardings rief Nick ihn an und teilte ihm mit, dass Chris aus dem OP heraus sei und es ihm gut gehe. Joe wäre vor lauter Erleichterung beinahe auf die Knie gefallen. Irgendwie schaffte er es, sich zusammenzureißen und an Bord zu gehen. Während des Fluges fühlte er sich wie ein gefangener Löwe, dessen Wut immer wieder aufflammte. Er versuchte, seinen Drang zu kontrollieren, Preston Armstrong sofort zu finden und ihn büßen zu lassen. Nur zwei Dinge hielten ihn davon ab: die Erinnerung an Bernice' Miene, als er sie zurückgelassen hatte, und das Bedürfnis, seinen Sohn zu sehen. Aber das war nur eine kurze Verschnaufpause. Preston würde seine Rache schon noch zu spüren bekommen.

Nach der Landung in Nashville schrieb er Bernice, dass Chris überleben würde. Dann mietete er ein Auto und fuhr zum *Nashville General.* Sein Abschied von Bernice im Strandhaus, kurz nach dem Anruf von Nick, war die schmerzhafteste Erfahrung seines Lebens gewesen. Sie wussten *beide,* was passieren würde, wenn Chris starb. Es hatte ihn seinen ganzen Willen gekostet, sich aus ihren Armen zu lösen und zu verlassen, nachdem sie die süßesten Worte geflüstert hatte, die er je gehört hatte. In diesem Moment dachte sie sicher, es sei vorbei, weil sie ihrem Vater alles zutraute. Doch sobald sich der Staub gelegt hatte, würde Joe um das kämpfen, was sie verband. Hätte der alte Armstrong Chris vor einer Woche angegriffen, läge der Schiffereimagnat jetzt unter der Erde, aber für Bernice würde sich Joe damit zufriedengeben, ihn ins Gefängnis wandern zu sehen. Sobald ihr Vater bekommen hatte, was er verdiente, würde Joe einen Weg finden, damit er mit Bernice zusammen sein konnte. Sie kampflos aufzugeben, war keine Option. Heute Morgen hatte er ihr versprochen, dass er immer zu ihr gehören würde, und er hatte vor, sein Wort zu halten. Als Joe ins Krankenhaus kam, saß nur ein Wachmann hinter dem Informationsschalter. Er suchte ihm die Zimmernummer von Chris heraus und wies ihm den Weg zu den Aufzügen. Fünf Minuten später, im schwachen Licht des Krankenhausflurs, stieß Joe mit Herzklopfen die Tür zum Krankenzimmer auf und trat ein, nur um seinen Sohn bei einem Flirt mit der Nachtschwester zu erwischen.

Chris' Arm und seine Schulter waren mit einer Bandage an seinem Körper fixiert. Sein dunkelblondes Haar war ungewohnt kurz geschnitten. Irgendwann in den letzten fünf Jahren hatte er seine unbeschwerte Art abgelegt und war erwachsen geworden. Chris arbeitete als Computertechniker, sah mittlerweile aber mehr wie ein Auftragsmörder aus. Mit über ein Meter achtzig war Chris lange Zeit schlaksig gewesen, erst mit Anfang zwanzig begann er zu trainieren und wurde mit jedem Jahr muskulöser. Er war schon immer ein pfiffiger Kerl und hegte seit früher Kindheit eine Faszination für Computer. Deshalb überraschte es Joe nicht, als Chris direkt nach dem College angeheuert wurde. Außerdem machte er seinen Abschluss mit einem hervorragenden Notendurchschnitt. Chris war Joes ganzer Stolz, und Preston Armstrong hatte versucht, sein Licht für immer zu löschen.

Als sein Sohn ihn an der Tür entdeckte, konnte Chris sicherlich die Wut in seinen Augen erkennen. Er musterte Joe einen Moment lang. »Schön, dich zu sehen, Dad«, grummelte er leise. Offenbar war er nicht erfreut, von seinem Vater bei einem Flirt unterbrochen zu werden.

Wann war er so erwachsen geworden?, wunderte sich Joe.

Mit einem Lächeln verließ die Krankenschwester das Zimmer. Nicht ohne Chris die Anweisung gegeben zu haben, sich zu benehmen und etwas zu schlafen. Als sich die Tür hinter ihr schloss, trat Joe näher ans Bett und streckte Chris seine Hand entgegen. Sein Sohn griff danach und schüttelte sie. Einen Moment lang sahen sie sich einfach nur an.

»Ich kümmere mich darum, das verspreche ich dir.

Konzentriere dich einfach darauf, gesund zu werden«, erklärte Joe mit rauer Stimme.

Sein Sohn zog verwirrt die Augenbrauen zusammen. »Worum kümmerst du dich?«

»Das spielt keine Rolle«, antwortete Joe und zog sich einen Stuhl heran. »Erzähl mir, was passiert ist, von Anfang an.«

Chris rutschte im Bett hin und her, um es etwas bequemer zu haben, und blieb lange still. Schließlich wanderte sein Blick zu einer weißen Reisetasche, die auf einem Stuhl stand. »Könntest du mir etwas von meinen Sachen geben?«

Joe zögerte. Irgendetwas an der Haltung seines Sohnes gefiel ihm nicht. Es erinnerte ihn an die Zeit, als Chris noch jünger war. Wann immer ihm seine Söhne etwas sagen wollten, von dem sie wussten, dass es Joe nicht gefallen würde, verhielten sie sich auffällig eigenartig. Ohne den Blick von seinem Sohn abzuwenden, streckte er die Hand aus und zog die Tasche vom Stuhl.

»Such meine Brieftasche, sie ist schwarz«, wies ihn Chris an.

Joe kramte in seinen Sachen, bis er ein Portemonnaie ertastete. Er zog es heraus und sah, dass es vielmehr ein schwarzes Lederetui war. Darauf war *United States Government* geprägt. Joe schaute seinen Sohn finster an, bevor er das Lederetui aufklappte und eine Messingplakette und einen Ausweis fand. Auf beiden stand fett *FBI*. Joe holte tief Luft.

»Los, raus damit, Dad«, sagte Chris und schloss seufzend seine Augen.

»Ist das der Grund?«, fragte Joe und schob den Ausweis zurück in die Tasche. »Warum du angeschossen wurdest?«

Chris nickte. »Ich arbeite in der Terrorismusbekämpfung. Wir haben einen HVT gejagt ...«

»Sprich so, dass ich dich verstehe«, unterbrach Joe ihn mit einem Knurren in der Stimme.

»Ein HVT ist ein *high-value target*, also ein wirklich wichtiges Ziel. In diesem Fall ein Bombenleger«, erklärte Chris und verzog den Mund zu einem Grinsen. »Er bekam Wind von uns und ich einen Schuss in die Schulter. Bevor ich zu Boden ging, traf ich ihn in den Bauch. Er liegt ein Stockwerk tiefer und wird bewacht.«

»Wie lange schon?« Joe biss die Zähne zusammen. »Direkt nach dem College wurdest du von *Cozart Technologies* angeworben. Wie zum Teufel bist du beim *FBI* gelandet?«

»Fünf Jahre.«

Joe dehnte seinen Nacken, um die Spannungskopfschmerzen loszuwerden, und versuchte sich daran zu erinnern, was Chris vor fünf Jahren gemacht hatte. »Als du für kurze Zeit nach Washington versetzt wurdest? Warst du da in Quantico?«

Chris nickte.

»Warum hast du das vor mir verheimlicht?«, fragte Joe verärgert und auch verletzt.

»Was macht das für einen Unterschied?«

»Das ist wichtig«, entgegnete Joe in einem missbilligenden Tonfall. »Ein Mann ist nur so gut wie sein Wort, und du hast mich fünf Jahre lang *belogen*.«

Chris rieb sich mit der freien Hand das Gesicht, bevor er weitersprach. Müdigkeit schien sich über seinen ganzen Körper zu legen. »Ich habe wie der Rest der verdammten Welt zugesehen, als uns diese Flugzeuge jedes Gefühl der Sicherheit nahmen. Und ich schwor mir, wenn ich jemals die Chance bekäme, so etwas zu verhindern, würde ich es tun. Ich habe bei *Cozart* an Regierungsaufträgen gearbeitet. Dem *FBI* gefiel meine Herangehensweise und sie machten mir ein Angebot, das ich nicht ablehnen konnte. Meine Entscheidung stand fest, und um eine Diskussion mit dir zu vermeiden, habe ich geschwiegen. Weil ich weiß, dass ich das tun *muss*.«

Joe stand auf, ging zum Fenster und sah hinaus. Er hätte mit Chris diskutiert – da hatte sein Sohn recht –, und zwar genau aus dem Grund, warum Chris jetzt in einem Bett lag. Er war sauer, weil sein Sohn nicht zuerst mit ihm darüber gesprochen hatte. Aber er empfand auch tiefen Stolz. Er hatte seine Kinder dazu erzogen, verantwortungsvoll zu handeln. Sie sollten sich um ihre Familie kümmern, Unrecht korrigieren, wenn sie es konnten, und diejenigen verteidigen, die schwächer waren als sie selbst. Indem Chris dem Land diente, in dem sie lebten, erfüllte er nur Joes Erwartungen. In anderen Worten: Er hatte diese Sache selbst heraufbeschworen.

»Mein Gott, Dad, lass es raus, bevor du explodierst.«

Joe lachte leise, dann schaute er über seine Schulter. »Ich bin stolz auf dich, mein Sohn. Das meine ich ernst. Aber ich werde dir in den Arsch treten, wenn du mich *noch einmal* anlügst.«

Die Lippen seines Sohnes zuckten. »Versuch es doch, alter Mann.«

Joe sank in den Stuhl, und Erleichterung machte sich in ihm breit. Er war zu alt für diese Scheiße und er hatte Glück, dass sein Herz bei dieser Nachricht nicht versagt hatte.

»Ich habe gehört, dass es eine neue Frau in deinem Leben gibt. November hat angerufen und sich verplappert.«

Joe sah Bernice' schmerzverzerrtes Gesicht vor sich und zückte unverzüglich sein Handy. Die Umstände hatten sich geändert. Bernice musste wissen, dass ihr Vater nicht das Undenkbare getan hatte. Und dass Joe so schnell wie möglich zu ihr zurückkommen würde, jetzt, wo er wusste, dass es Chris gut ging.

Bevor er ihre Nummer wählte, warf er einen Blick auf die Uhr. Es war bereits zwei Uhr morgens, aber diese Nachricht konnte nicht warten. Er hatte ihr ansehen können, wie sehr sie unter der Last litt. Sie fühlte sich schuldig, obwohl es keinen Grund dazu gab, und darum musste er sie noch in dieser Sekunde beruhigen.

Er ärgerte sich, als sofort die Mailbox ansprang.

»Ich nehme an, du rufst diese Frau an?«

Joe nickte und wartete auf den Piepton, um ihr eine Nachricht zu hinterlassen. »Hey Sweetheart. Chris geht es gut, Gott sei Dank.« Die Worte blieben ihm fast im Hals stecken. »Er wurde im Dienst für unsere Regierung angeschossen. Ruf mich an, sobald du das hörst. Ich komme bald zu dir zurück.«

»Sweetheart?« Chris grinste wissend. »Und wie heißt sie wirklich?«

»Bernice«, antwortete Joe. Allein die Erwähnung ihres Namens ließ ihn die Sorgen des Tages vergessen. »Sie ist ein Engel mit Feuer in ihren schönen Augen.«

Chris gab einen erstaunten Laut von sich. »Ein Engel? Das ist untypisch für dich.«

Joe grinste. »Sie hat einen so herrlichen Südstaatendialekt, dass sie Scarlett O'Hara in nichts nachsteht.«

»Jesus. Eine Südstaatenschönheit, hm? Das wird Mom wütend machen.«

Joe zuckte bei dieser Bemerkung zusammen. Mit geneigtem Kopf betrachtete er seinen Sohn.

»Mom war vorhin hier. Sie hat nach dir gefragt. Ob du auf dem Weg in die Stadt bist, denn sie hofft, Zeit mit dir zu verbringen. Irgendwie hatte ich das Gefühl, dass sie eine zweite Chance wollte.«

Joe verengte seine Augen. »Ich habe seit fünf Jahren nicht mehr mit dieser Frau gesprochen. Warum zum Teufel sollte sie glauben, dass ich Zeit mit ihr verbringen, geschweige denn, dass ich sie zurückhaben will?«

Chris seufzte. »Keine Ahnung. Jedenfalls hat sie sich seltsam verhalten. Sie war fast schon übertrieben liebevoll und hat sich dafür entschuldigt, eine Scheißmutter zu sein. Ich schätze, sie ist einsam.«

»Bei allem Respekt, Chris, aber zwischen deiner Mutter und mir wird nie wieder etwas laufen.«

»Gott sei Dank.« Er gähnte. »Sie hat dich unglücklich gemacht. Ich liebe sie, trotz allem, aber tu mir einen Gefallen und halte dich von ihr fern. Keiner von euch beiden wäre in dieser Beziehung glücklich.«

Joe bemerkte die dunklen Ringe unter Chris' Augen. Sein Sohn hatte einen verdammt harten Tag und brauchte Ruhe, um sich zu erholen. »Ich werde dich schlafen lassen«, sagte Joe und stand auf. »Ich komme morgen wieder.«

Chris streckte seine Hand aus, und Joe ergriff sie. Er musterte seinen Sohn ein letztes Mal, um sich zu vergewissern, dass es ihm tatsächlich gut ging. Dann legte er ihm die Hand auf die unversehrte Schulter und drückte einmal sacht zu. »Ich hab dich lieb, mein Sohn, und ich könnte nicht stolzer auf den Mann sein, der du geworden bist.«

Chris schluckte schwer und nickte. »Das kann ich nur zurückgeben, alter Mann.«

12

Als die Hölle zufror

Bernice

Der Tisch im Esszimmer war so reich gedeckt, dass eine ganze Armee davon satt werden würde. Nachdem ich mich die ganze Nacht unruhig im Bett gewälzt hatte, konnte ich erst in den frühen Morgenstunden einschlafen. Als ich aufwachte, war es schon Mittag. Aus diesem Grund bereitete der angeheuerte Koch meiner Eltern einen Brunch vor. Wie Mom und Dad es geschafft hatten, mitten auf den Outer Banks einen Koch zu finden, war wohl nur auf eine Weise zu erklären: Mit Geld kann man alles kaufen. Na ja, fast alles, nur keine Liebe.

Am Vorabend hatte ich meinen Vater zu dem Strandhaus begleitet, das er und Mom hier gemietet hatten. Es lag nur wenige Kilometer von dem meiner Freundin entfernt. Mir wäre es lieber gewesen, wenn wir nach Savannah zurückgekehrt wären. Da ich gestern aber zu müde und emotional aufgewühlt war, um mich aufzuregen, nahm ich es einfach hin. Der Verlust meines Handys wog schwer, weil ich deshalb keine Ahnung hatte, wie es Chris ging. Die Schreckensbilder von Joe, der über seinem toten Sohn stand, trieben mich fast in den Wahnsinn. Auch jetzt, nach ein paar Stunden Schlaf, fühlte ich mich erschöpft.

Ich war mir sicher, dass Devin Joes Nummer hatte, aber ich brauchte zuerst Devins. Daher hatte ich mit dem Telefon meiner Mutter Calla angerufen. Als sie nicht abnahm, hinterließ ich eine Nachricht.

Nachdem ich etwas Rührei und Obst auf meinen Teller gelöffelt hatte, ließ ich mich gegenüber meiner Mutter am Tisch nieder.

Mein Vater joggte gerade am Strand. In seinem Bestreben, ewig zu leben, trainierte er täglich, egal wo er war oder wie heiß die Sonne vom Himmel schien. Ich hatte diese Hingabe jahrelang bewundert, jetzt bereitete sie mir Übelkeit. Im Geschäftsleben war er genauso verbissen, jedoch hätte ich nie gedacht, dass er das pure Böse ist. Sein Bedürfnis, alles zu kontrollieren, hatte ihn eindeutig an einen Punkt gebracht, vom dem es kein Zurück mehr gab. Wenn er nicht mal mehr vor Mord zurückschreckte, dann war wohl jede Hoffnung auf eine Aussöhnung mit ihm verloren. Und ihn zur Rede zu stellen, würde auch nichts bringen. Daher blieb ich stumm. Ich würde gern mit jemanden darüber sprechen, aber meiner Mutter konnte ich mich nicht anvertrauen. Sie würde sich selbst in Gefahr begeben, wenn sie ihn darauf ansprach. Und auch sonst niemand sollte erfahren, was ich vorhatte; ich wollte nicht noch mehr Blut an meinen Händen.

»Kommt Joe zurück?«, fragte meine Mutter beiläufig.

»Ja«, antwortete ich, was genau genommen keine Lüge war. Joe würde zurückkehren, um sich an meinem Vater zu rächen. Wenn es nach mir ginge, hätte ich bis dahin etwas gefunden, das meinen Vater mit der Schießerei in Verbindung brachte. Früher bewahrte er Videokassetten mit Material von den Personen, mit denen er Geschäfte machte oder die er unter Druck setzen wollte, in seinem Büro auf. Es würde mich nicht wundern, wenn er das noch immer tat. Mich schauderte bei dem Gedanken, etwas zu finden, das ihn als Mörder enttarnte. War ich wirklich die Tochter eines Monsters? Hatte er das schon einmal getan? Mein Gott, war er eine Art Mafiaboss der Schifffahrt?

»Dein Vater scheint das auch zu denken. Ich habe ihn gestern mit einem seiner Leute telefonieren gehört. Er sagte demjenigen, er wisse schon, was er zu tun habe. Und dass er dieses Rouger-Kapitel ein für alle Mal abschließen möge.«

Ich zuckte bei diesen Worten zusammen. *Abschließen wie abschießen?*

»Mit wem genau hat er gesprochen?«, platzte ich heraus, denn meine Verzweiflung war in den letzten Minuten weiter gestiegen.

Meine Mutter sah von ihrem Teller auf und betrachtete mich

in aller Ruhe. »Ich nehme an, es war einer seiner Sicherheitsleute. Ist das wichtig, Liebling?«

Ich riss mich zusammen, versuchte, gleichgültig zu wirken, und zuckte mit den Schultern. »Ich war nur neugierig.«

Mom legte ihre Gabel auf ihren Teller und beugte sich vor. »Mir gefällt, was ich gesehen habe, Bernice. Joe wirkte aufrichtig, aber dein Vater scheint sich sehr sicher zu sein, dass dich dieser Mann angelogen hat. Hältst du es für möglich, dass er recht haben könnte?«

Obwohl ich am liebsten gesagt hätte, dass Dad so falsch lag, wie es nur möglich war, hielt ich mich zurück. Wenn ich Beweise gegen ihn finden wollte, musste ich in sein Büro gelangen. Und dafür würde ich Zeit in ihrem Haus brauchen. Mehr Zeit, als ich normalerweise dort verbrachte. Ich könnte mich als verschmähte Geliebte ausgeben, die für ein oder zwei Tage den Trost ihrer Eltern brauchte. Dann würden sie hoffentlich nicht misstrauisch werden, weil ich nach der Durchsicht von Dads sogenannten Beweisen nicht gleich davonrauschte.

»Wenn es um Männer geht, halte ich alles für möglich«, entgegnete ich und seufzte.

»Ganz recht«, stimmte meine Mutter mir zu. »Ich hoffe das Beste, aber falls Joe nicht der ist, der er zu sein scheint, wartet da draußen jemand anderes auf dich. Sag mir, wenn du über ihn hinweg bist, dann tätige ich ein paar Anrufe. Ich glaube, Jeanie Stockwells Sohn ist wieder single.«

Ich lächelte, antwortete aber nicht. Für mich würde es nie mehr einen anderen geben. Mit Joe war ein Traum wahr geworden, und daran würde ich festhalten. Wäre die Sache erst überstanden, würde ich den Rest meines Lebens mit den Erinnerungen an unsere gemeinsamen Tage verbringen.

In diesem Moment kam mein Vater schweißgebadet ins Esszimmer. Ich senkte den Blick, damit er den Hass, der in mir loderte, nicht sehen konnte. Er beugte sich zu meiner Mutter herunter und küsste ihre Wange, dann verließ er den Raum. Ich drehte mich auf meinem Platz um und sah ihm nach. Entgegen seinen sonstigen Gepflogenheiten schien er es nicht besonders eilig zu haben, zurück nach Savannah zu kommen, um mir den Beweis für Joes Betrug zu liefern. Im Gegenteil, es wirkte sogar so, als wolle er es sich hier gemütlich machen.

»Dad!«, rief ich, nachdem ich aufgesprungen und ihm ein paar Schritte nachgeeilt war. Er blieb stehen und schaute zurück. »Wann fahren wir nach Hause?«

»Ich habe noch etwas zu erledigen und warte auf einen Anruf. Und heute Nachmittag muss ich an einer Telefonkonferenz teilnehmen.«

»Ich dachte, du wolltest mir diese Beweise zeigen.«

Er nickte. »So ist es. Mir fehlt nur noch ein Teil des Puzzles. Ich würde es lieber auf einmal aufdecken. Gedulde dich, bis wir zu Hause sind.«

Er führte etwas im Schilde.

»Du hast mir gesagt, dass du die Beweise bereits hast.«

Er setzte zum Sprechen an, hielt dann aber einen Moment inne und schien nachzudenken. »Bald«, murmelte er schließlich.

Was hatte er vor?

»Entweder hast du nun einen Beweis, oder nicht.«

Er stieß einen schweren Seufzer aus. »Ich habe Fotos, aber ich suche immer noch nach der Frau.«

Das alles ergab keinen Sinn. Mein Vater hatte trotz Joes Warnung einem seiner Söhne Leid zugefügt. Mit Joes Abreise nach Tennessee sollte der Plan meines Dads aufgegangen sein. Er musste wissen, dass unsere Beziehung vorbei war. *Warum sucht er dann noch immer nach belastenden Informationen über Joe?* Je mehr ich darüber nachdachte, desto weniger verstand ich es. Dad *ahnte* vermutlich, dass ich über Chris informiert war, weil ich zugegeben hatte, dass Joe wegen eines familiären Notfalls abreisen musste. Warum hatte Dad mich nicht nach Details gefragt? Hielt er mich für so naiv, dass mir nicht in den Sinn kommen würde, *wer* hinter den Schüssen auf Joes Sohn steckte?

Ich brauchte Antworten, und zwar sofort.

»Dad?«

Er war weitergegangen, blieb aber an der Ecke zu ihrem Schlafzimmer stehen und schaute zu mir zurück.

»Ja, mein Blümchen?«

Der Kosename fühlte sich an wie eine Ohrfeige. Seit meiner frühen Kindheit hatte er nicht mehr liebevoll mit mir gesprochen, und mich jetzt so zu nennen, war eine echte Qual. Ich versuchte, dieses Gefühl abzuschütteln. Nichts konnte reparieren, was zwischen uns zerbrochen war. Er hatte das Blut eines Menschen an den Händen, der für mich wie ein Sohn hätte sein können.

»Warum sprechen wir nicht darüber, dass Joes Sohn angeschossen wurde?«, fragte ich schließlich. Ich musste seine Reaktion sehen. Ich musste das Aufblitzen von Schuldgefühlen oder das verräterische Glitzern in seinen Augen sehen.

»Angeschossen?«, fragte Mutter, die plötzlich hinter mir stand. »Meinst du mit einer Waffe?«

Ich ignorierte sie und beobachtete meinen Vater. Er zuckte mit den Schultern, als wäre diese Nachricht keine Neuigkeit für ihn. Trotzdem blitzten seine Augen nicht vor Schuld auf. Er wich auch nicht aus, wie ich es von einem Mörder erwarten würde. »Das hat nichts mit seinem Vater zu tun. Warum sollte mich das interessieren? FBI-Agenten werden ständig im Dienst verletzt.«

Für einen kurzen Moment fühlte es sich an, als würde mein Herzschlag aussetzen, nur um dann doppelt so schnell weiterzumachen. Das Blut rauschte in meinen Ohren, während ich zu verstehen versuchte, was er soeben gesagt hatte. *FBI-Agent? Sollte das heißen, dass …*

Der Raum begann sich zu drehen, und ich musste mich an der nächsten Oberfläche abstützen. Als mir bewusst wurde, was das bedeutete, keimte wieder Hoffnung in mir auf.

»Wiederhol das bitte«, bat ich und zitterte am ganzen Leib.

»Bernice?« Die besorgte Stimme meiner Mutter klang weit weg.

Ich winkte ab und bedrängte meinen Vater erneut. »Was meinst du damit, dass Chris im Dienst angeschossen wurde?«

»Margaret, warum sieht sie so blass aus?«, fragte mein Vater und zog die Augenbrauen zu einer scharfen Linie zusammen.

Ich schlug mit der Hand auf die Kommode neben mir, um mir seine volle Aufmerksamkeit zu sichern. »Antworte mir«, schrie ich. »Wurde Chris angeschossen, weil er seinen Job gemacht hat, oder bist *du* dafür verantwortlich?«

Kaum dass die Worte meinen Mund verlassen hatten, biss ich mir auf die Unterlippe.

Wahrscheinlich hätte ich das nicht sagen sollen.

Meine Mutter schnappte hörbar nach Luft und mein Vater riss den Kopf zurück, als hätte ich ihn geschlagen. »Hast du den Verstand verloren?«, fragte er und musterte mich finster.

Meine Hände zitterten so sehr, dass ich sie zu Fäusten ballen musste, um sie ruhig zu halten.

Wer nicht wagt, der nicht gewinnt, Bernice.

»Du hast also nicht auf ihn schießen lassen, um Joe zu vertreiben?« In meiner Stimme lag so viel Hoffnung, dass sie wie die eines Kindes klingen musste.

Mein Vater starrte mich entrüstet an. Und in diesem Moment wusste ich, dass er es nicht gewesen war. Wenn er etwas Unrechtes getan hatte und man ihn damit konfrontierte, drückte er sich gern vor einer Antwort. Doch wenn man ihn grundlos beschuldigte, verteidigte er sich schneller als ein Hase Haken schlagen konnte.

»Darauf werde ich sicher nicht antworten.« Er spuckte die Worte mit Verachtung aus. »Diesmal hast du den Bogen überspannt.«

Eigentlich sollte ich erleichtert sein, aber er brauchte in dieser Situation nicht den Beleidigten zu geben. Nicht nach dem, was er Eunice, Calla und mir all die Jahre angetan hatte. Er hat meine Schwester und mich enterbt und unsere Gefühle missachtet. Er behandelte uns wie seine Angestellten und nicht wie seine Töchter. Schließlich bot er mich Joe für ein Wochenende an und versprach ihm Millionen, wenn er danach die Stadt verließ. Ich war mit all dem fertig.

»Du hast kein Recht, das Opfer zu spielen«, sagte ich fest. »Du hast Eunice, Calla und mich behandelt, als wären wir wertlos und bedeuten dir nichts. Du hast es sogar gewagt, mit deiner Enkelin zu verfahren, als wäre sie Abschaum. Ich warne dich, Vater, wenn du noch einmal Hand an mein süßes Mädchen legst, lauere ich dir mit einem Baseballschläger auf. Und ich werde ohne zu zögern zuschlagen.«

Er blinzelte und schaute weg, während sich seine Wangen rot färbten. Die Scham über sein Verhalten stand ihm ins Gesicht geschrieben. Wenigstens hatte meine Mutter in dieser Sache recht gehabt. *Bestand vielleicht doch noch Hoffnung für ihn?*

»Wie könnte ich dich nicht verdächtigen? Du hast mich mein ganzes Leben lang schlecht behandelt. Außerdem hast du seine Söhne bedroht.«

»Ich würde *niemals* ...«

Ich hob meine Hand, weil ich seine Beteuerungen nicht hören wollte, und wandte mich an meine Mutter. Dad verhielt sich noch immer arrogant, daher musste ich ihn endlich in die Schranken weisen. »Wusstest du, dass er Joe fünf Millionen Dollar angeboten hat, wenn er mich vögelt und dann die Stadt verlässt? Mein eigener Vater hat sich als mein *Zuhälter* aufgespielt!«

»Preston!« Meine Mutter schoss ihm einen wütenden Blick zu.

Ich schaute ihn ebenfalls an und schüttelte meinen Kopf. »Du hättest mir genauso gut ein Messer ins Herz rammen können.«

Mein Vater sah zwischen Mom und mir hin und her. Er öffnete den Mund, als wolle er sich verteidigen, doch brachte nichts heraus.

»Scheiße«, fluchte er schließlich.

»Ganz genau«, erwiderte ich. »Wenn du dich wie ein Monster verhältst, brauchst du dich nicht wundern, wenn dich die Leute für eines halten.«

Er sah mir einen Moment lang in die Augen, dann nickte er. »Du hast recht. Ich bin zu weit gegangen, Bernice. Das habe ich schon an deiner Reaktion damals gemerkt und es sofort bereut, falls das für dich einen Unterschied macht. Es tut mir leid. Aber ein versuchter Mord? Wie kommst du auf diesen Gedanken?«

Ich war mir ziemlich sicher, dass die Hölle gerade zugefroren war. In meinem ganzen Leben hatte sich mein Vater noch nie bei mir entschuldigt.

»Du hast seine Söhne *bedroht*«, erklärte ich. »Als Joe mir erzählte, was Chris zugestoßen ist, dachte ich ... Joe hat es auch angenommen.«

Dad hob eine Braue und verschränkte die Arme. »Ich habe nur darauf hingewiesen, dass sie verwundbar sind, genau wie *du*. Ein Mann meines Formats hat weitreichenden Einfluss. Ich wollte ihn wissen lassen, dass ich nicht zögern werde, diesen Einfluss zu nutzen, um unsere Familie zu schützen. Um *dich* zu beschützen. Warum ich mir die Mühe überhaupt mache, werde ich wohl nie erfahren. Schließlich haben du und deine Schwester schon lange entschieden, eurer Familie den Rücken zu kehren.«

»*Wir* haben *euch* den Rücken gekehrt?« Ich lachte schockiert auf. Er war einfach unglaublich.

»Ja, natürlich.«

»Was hast du erwartet?«, fragte ich verblüfft. »Du bist derjenige, der von *uns* enttäuscht war und *uns* enterbt hat.«

»Müssen wir das jetzt diskutieren?«, wollte er sichtlich genervt wissen und kniff sich in den Nasenrücken.

»Preston«, warnte meine Mutter. »Findest du nicht, dass es nun endlich an der Zeit wäre, das Ganze aus der Welt zu schaffen. Wir sind beide nicht mehr die Jüngsten. Hast du tatsächlich vor, so abzutreten? Wenn dich deine Töchter hassen?«

»Ich hasse nicht ihn, sondern seine Taten«, verteidigte ich mich. »Das ist ein Unterschied.«

Sie verzog den Mund. »Er ist auch nur ein Mann, Bernice. Sei nicht so streng mit ihm.«

Er ist ein Mann? Das *soll eine Rechtfertigung sein? So wie er sollte ein Mann auf keinen Fall sein und sich auch nicht benehmen.*

Mein Vater fing bei diesen Worten tatsächlich zu lachen an.

»Sag es ihr, Preston«, drängte Mom. »Bring es hinter dich.«

Er starrte sie eine Weile an, aber sie hielt seinem Blick stand. Schließlich ließ er seinen Kopf in den Nacken fallen und schaute an die Decke. »Ich habe dich nicht enterbt, das habe ich immer nur behauptet. Meine Hoffnung war, dass du, nachdem du dich ausgetobt hast, wieder zu uns zurückfinden würdest.«

Diese Nachricht zog mir buchstäblich den Boden unter den Füßen weg. Zum Glück standen hier überall Bänke, auf die man sich sinken lassen konnte. »Warum?«, fragte ich. Meine Stimme war nur noch ein atemloses Flüstern. »Warum hast du uns das angetan?«

All die Jahre war ich überzeugt, dass er Eunice und mich aus der Familie ausgeschlossen hatte. Dafür hasste ich ihn und jetzt stellt sich heraus, er hatte *gelogen*. Mir war, als sollte ich gerade einen Herzanfall erleiden, so verletzt und schockiert war ich.

Mein Vater drehte sich um und schaute aus dem Fenster, ich folgte seinem Blick. Der blaue Himmel war mit Wolken übersät, die wie Wattebäusche aussahen. Während er sie eingehend studierte, wartete ich auf eine Erklärung. Sein Gesicht wurde grimmig, bevor er endlich antwortete. »Natürlich ging es darum, die Interessen der Familie zu wahren. Ich wollte vermeiden, dass du während deiner wilden Phase an einen Mann gerätst, der nur an deinem Vermögen interessiert war. Also wartete ich darauf, dass eine von euch erwachsen und einsichtig wird, damit wir diese Sache aus der Welt schaffen können«, erläuterte er und sah mich an. »Aber ihr seid *nie* erwachsen geworden.«

Aufgebracht erhob ich mich wieder. Wut war nur eines der vielen Gefühle, die in meinem Inneren tobten. Die Selbstgefälligkeit meines Vaters übertraf alle meine Vorstellungen. Manchmal benahm er sich so daneben, dass ich mich ernsthaft wunderte, wie er es zum Milliardär geschafft hatte. »Wir sind erwachsen, Dad, aber du bist zu blind, um das zu erkennen. Wir haben Calla Lily aufgenommen und behütet, als wäre sie unser eigenes Kind. *Sie* ist die Zukunft dieser Familie, oder hast du das schon vergessen?«

Er musterte mich einen Moment lang mit gleichgültiger Meine, dann wurde der Ausdruck in seinen Augen sanfter und er nickte. »Vielleicht hast du recht.«

Ich *hatte* recht. Mit vielen Dingen. Mit Joe.

»Ist es möglich, dass du dich auch in anderen Dingen geirrt hast?«

Er beäugte mich misstrauisch. »Wie zum Beispiel?«

»Joe.«

Er schüttelte den Kopf. »Meine Informationen stammen aus zuverlässiger Quelle. Ich liege nicht falsch.«

Ich rollte mit den Augen. »Du bist so stur.«

»Ich habe einfach recht, Bernice. Du wirst schon sehen. Dann sorge ich dafür, dass dieser Mann nie wieder einen Fuß über unsere Türschwelle setzt.«

Wir würden es sehen, denn Joe würde zurückkehren, sobald ... *Chris!*

Wie konnte ich das nur vergessen?

»Wie geht es seinem Sohn? Hat er es geschafft?«

»Wieso sollte mich das interessieren?«

»Kannst du es herausfinden?«

Er sah meine Mutter an. »Sie ist mindestens genauso stur wie ich, nicht wahr?«

»Dad, bitte«, sagte ich mit einem flehentlichen Tonfall, weil das hier verdammt wichtig war. »Kannst du es herausfinden? Mein Handy wurde am Strand weggespült, daher konnte mich Joe nicht erreichen.«

Ich hatte ihn tatsächlich erweicht. Seufzend nahm er sein Telefon zur Hand. Ich rührte mich nicht von der Stelle, während er den Anruf tätigte.

»Hat es der FBI-Agent geschafft?«, fragte er schroff.

Ich beobachtete sein Gesicht und hielt die Luft an, während ich im Stillen für gute Nachrichten betete. Als er sich zu mir wandte und nickte, machte mein Herz einen Sprung. Chris würde es schaffen und Joe würde zurückkommen! Erleichtert ließ ich mich wieder auf die Sitzgelegenheit sinken, lächelte meine Mutter an, die sich nah an meine Seite gestellt hatte, und nahm ihre Hand. »Jetzt kommt alles in Ordnung«, erklärte ich ihr. »Joe wird so schnell wie möglich zurückkommen und Dad ist kein Mörder.«

Trotzdem war er ein arroganter Mistkerl mit zweifelhaften Moralvorstellungen, aber damit konnte ich im Moment leben.

»Das hätte ich dir auch sagen können, Liebling. Dein Vater ist vieles, aber ein Mörder ist er nicht.«

Jetzt, wo sich der Staub gelegt hatte, schämte ich mich ein bisschen für meine vorschnellen Anschuldigungen.

»Er hat eine Menge Fehler, Mom. Vor ein paar Monaten hat er seine Enkelin geschlagen, da war es für mich nicht mehr weit zu Mord. Kein Mann sollte jemals die Hand gegen eine Frau erheben.«

Sie nickte zustimmend. »Soweit ich das beurteilen kann, kann er sich das selbst nicht verzeihen. Als ich an jenem Abend in die Villa zurückkam, fand ich ihn mit einer Flasche Scotch in seinem Büro. Auf die Frage, was er getan hatte, sah er mich nur mit müden Augen an. Erst am nächsten Morgen beichtete er mir, was er unserer Enkelin angetan hatte und dass er auf der Polizeiwache gewesen ist. Seine Schuldgefühle sind bestimmt einer der Gründe, warum er Devin nicht weiter bedrängt hat.«

Bei dieser Erklärung seufzte ich laut auf. Wir wussten beide, warum er nichts gegen Devin unternommen hatte – weil sich Devin nicht vertreiben ließ.

»Na ja, wahrscheinlich war es auch ganz hilfreich, dass Devin Calla schon ein paarmal das Leben gerettet hatte«, stellte sie schmunzelnd fest. »Dein Vater ist ein stolzer Mann, der gern die Kontrolle behält. Er hat sich bei Calla entschuldigt. Außerdem hat er betont, dass er, wenn er gewusst hätte, welch ein Mensch Bobby Jones wirklich ist, anders gehandelt hätte. Er ist seit dessen Verhaftung so durcheinander, dass er Jones' alten Posten noch nicht wieder besetzt hat.«

Die Hölle war wirklich zugefroren.

»Glaubst du, es besteht die Möglichkeit, dass er sich ändert?«

Sie zuckte mit den Schultern. »Immerhin hat er dir endlich gestanden, dass er dich und deine Schwester nicht enterbt hat. Ich würde sagen, das ist ein Anfang.«

Das hatte er, und ich war schon sehr gespannt, was Eunice dazu sagen würde. Wahrscheinlich würde sie Dad jeden Fluch entgegenschleudern, den sie kannte.

»Mom?«

»Hm?«

»Warum hast *du* uns das nicht gesagt?«

Nervös zupfte sie an ihrem Ärmel und sah schuldbewusst aus. »Zuerst war ich mit der Lüge einverstanden. Ihr wart beide so trotzig, dass es klug erschien, euch vor euch selbst zu schützen. Als wir euren Bruder verloren hatten, begann ich, meinen Kummer in Alkohol zu ertränken, und überließ alle Entscheidungen eurem Vater. Es tut mir leid, Liebling. Ich hätte schon längst etwas sagen sollen.«

Immerhin entschuldigte sie sich jetzt bei mir. Vielleicht sollte ich diese ganze Geschichte auch mal aus ihrer Perspektive betrachten. Aus der Perspektive einer Mutter mit zwei Töchtern, die ganz andere Vorstellungen vom Leben hatten, als sie es tat. In ihren Augen waren wir vermutlich schwer zu erziehen. Und als unser Bruder starb, änderte sich mit einem Schlag alles. Mom hatte recht, sie und Dad waren nicht mehr die Jüngsten. Ihnen blieben nicht mehr allzu viele Jahre. Nach der langen Zeit der Gleichgültigkeit zeigten sie nun endlich etwas von der Fürsorge, die ich mir immer von ihnen erhofft hatte. Das machte die Vergangenheit zwar nicht ungeschehen, aber es war ein Anfang, so wie sie gesagt hatte. Vielleicht wäre es gut, wenn wir alle nach vorne schauten, anstatt an altem Groll festzuhalten.

»Hatte er dir schon von dem Geld erzählt, das er Joe angeboten hatte, damit er mich verlässt?«

Wir lenkten unsere Blicke über meine Schulter und beobachteten meinen Vater beim Telefonieren. »Nein, das hat er nicht. Dass er so etwas versucht hat, überrascht mich aber nicht. Dieser Mann hat schon immer geglaubt, mit Geld alle seine Probleme lösen zu können.«

»Joe hat nicht einmal geblinzelt«, sagte ich stolz. »Er empfand das Angebot sogar als Beleidigung. Es ist egal, was Dad ihm vorwirft, er wird nicht weglaufen.«

Meine Mutter beugte sich mit einem Lächeln zu mir. »Gut. Denn du hast jemanden in deinem Leben verdient, der bedingungslos hinter dir steht.«

»Du behältst beide im Auge?«, fragte mein Vater in diesem Moment am Telefon. »Gut. Gut. Und der andere? *Ausgezeichnete* Arbeit. Sobald du die Bilder hast, die ich will, schickst du sie mir und hältst dich bereit. Ich möchte, dass dieser Mann ein für alle Mal aus dem Leben meiner Tochter verschwindet.«

13

Nachrichten

Joe

»Baby, ruf mich zurück.« Nachdem er Chris heute Mittag erneut besucht hatte, verließ Joe das Krankenhaus. Glücklicherweise hatte sich Chris die Kugel an einer günstigen Position eingefangen. Diesem Umstand und der hervorragenden Arbeit der Chirurgen hatte es sein Sohn zu verdanken, dass er sich rasend schnell erholte. Die Ärzte überlegten, ihn in den nächsten ein oder zwei Tagen nach Hause zu schicken. Joes zweiter Sohn Nick, der wie er an Chris' Seite geeilt war, hatte ihm versichert, seinen Bruder mit zu sich nach Hause zu nehmen, bis er wieder in der Lage war, alles allein zu meistern. Mit diesem Versprechen hatte Joe seine beiden Söhne umarmt und war gegangen. Er musste so schnell wie möglich zurück zu Bernice. Irgendetwas stimmte nicht. Er spürte es tief in seinem Innern.

Bis jetzt hatte sie weder auf seine Anrufe noch auf Nachrichten von ihm reagiert. Daher suchte er in seinen Kontakten nach Devins Nummer. Es klingelte, doch auch hier wurde Joe sofort an die Mailbox weitergeleitet. Gerade als er seinen Mund öffnete, um eine Nachricht zu hinterlassen, hörte er wie jemand seinen Namen rief. Er drehte sich um und stöhnte leise auf, als der Körper seiner Ex-Frau gegen ihn prallte.

Ganz automatisch griff er nach ihrer Taille, um sie beide im Gleichgewicht zu halten.

»Was zum Teufel machst du da?«, fragte er. Doch statt einer Antwort presste sie einfach ihren Mund auf seinen und schlang ihre Arme so fest um seinen Hals, dass er seinen Kopf nicht bewegen konnte. Sofort griff er nach oben, um sich aus ihrer Umklammerung zu befreien, als ihre Zunge seine Lippen berührte. Als hätte sie ihn verbrannt, zuckte er zusammen und riss sich von ihr los. Dann trat er zurück und wischte sich mit dem Handrücken über den Mund.

»Jesus! Was soll der Scheiß?«, fuhr Joe sie an.

Heather lächelte schüchtern und versuchte sofort, ihre Arme wieder um ihn zu legen. Joe wehrte sie ab und wich weiter zurück, woraufhin sie stirnrunzelnd stehen blieb. »Joe, Schatz, ist es nicht wunderbar, dass sich Chris wieder erholen wird?«

»Das ist es, Heather. Und jetzt erklär mir, warum du dich so an mich ranschmeißt.« Wieder streckte sie ihre Hand nach ihm aus und versuchte, mit einem Finger über seinen Arm zu streichen. Joe starrte sie finster an und trat noch weiter zurück.

»Freust du dich nicht, mich zu sehen? Immerhin ist es schon fünf Jahre her.«

Sogar die Haare in seinem Nacken sträubten sich, und Joe schaute sich auf der Straße um. Er hatte das Gefühl, dass sie beobachtet wurden. »Ganz ehrlich?«, murmelte er und suchte in der Menge nach einem bekannten Gesicht. »Es hätte mir nichts ausgemacht, dich für den Rest meines Lebens nicht mehr zu sehen.«

Heather schnappte nach Luft. »Du verdammtes Arschloch«, spie sie ihm förmlich entgegen.

Joe ging an ihr vorbei, ohne Antwort oder eine andere Reaktion. Er wusste nicht, welches Spiel sie hier trieb, aber er wollte keine Sekunde länger damit verbringen.

Ein letztes Mal wischte er sich über den Mund, auf den sie bestimmt ihren kirschroten Lippenstift hinterlassen hatte. In den fünf Jahren seit ihrem letzten Aufeinandertreffen war sie keinen Deut besser geworden. Egal, wie attraktiv sie äußerlich war, in ihrem Innern war sie ein garstiges Biest. Nun warf er doch einen Blick zurück, um sich zu vergewissern, dass sie ihm nicht folgte, und sah wie sie telefonierte. Angewidert musterte er sie. Mit ihrem hautengen roten Kleid und den Stöckelschuhen war sie todschick gekleidet. Jeder Mann, der sie nicht kannte, würde einen zweiten

Blick riskieren – und weglaufen, sobald sie den Mund aufmachte. Außer sie beschloss ihre Spielchen mit ihnen zu spielen. So hatte sie sich damals auch Joe geangelt. Erst gab sie sich zuckersüß, um ihn herumzukriegen, dann wurde sie absichtlich schwanger, damit er bei ihr blieb. Heather war wie pures Gift.

Gott sei Dank hatte er Bernice gefunden.

Wieder wählte er Devins Nummer, bekam ihn aber nicht ans Telefon. Als er auch bei seinem dritten Versuch direkt zur Mailbox weitergeleitet wurde, hinterließ er eine Nachricht. »Devin, hier ist Joe. Ruf mich an. Ich musste zurück nach Tennessee fahren, um nach meinem Sohn zu sehen. Ich kann Bernice nicht erreichen und will mich vergewissern, dass sie sicher nach Savannah zurückgekommen ist.«

Danach verstaute er sein Handy und machte sich auf den Weg zu seinem Mietwagen. Am nächsten Morgen würde er nach Virginia fliegen, um sein Motorrad abzuholen. Wenn er in der Nähe der Outer Banks noch nichts von Bernice gehört hatte, würde er zum Strandhaus fahren, falls sie dort auf ihn wartete.

Jetzt lenkte er seinen Mietwagen in Richtung Murfreesboro. Wenn er schon in der Stadt war, würde er im Club nach dem Rechten sehen. Früher an diesem Tag hatte er mit Brandon gesprochen, um herauszufinden, ob sie dem Spirituosendieb auf die Spur gekommen waren. Obwohl Devin sie bei der Ermittlung unterstütze, hatten sie ihn nicht ausfindig machen können. Seither hatte der Täter es auch nicht mehr versucht. Dennoch ärgerte es Joe. Es gab aber auch gute Nachrichten: Mikki, ihre beste Tänzerin, hatte gekündigt, nachdem sie vor kurzem ihr Jurastudium abgeschlossen hatte. Eine weitere Frau, die Joe, Mike und jetzt auch Brandon in ein besseres Leben verabschieden konnten.

Er lächelte ganz automatisch, als er an die vollbusige Blondine dachte. Sie konnte das Dummerchen perfekt spielen, um so die High-Roller-Kunden, bei denen die Geldscheine besonders locker saßen, in Massen anzulocken. Er war stolz auf ihre Entwicklung. So stolz, wie es nur ein Vater sein konnte.

Wegen des Verkehrs brauchte er fünfundvierzig Minuten, um von Nashville zum *Teasers* zu gelangen. Als er durch das Lokal nach hinten ging, winkte er dem Barkeeper zu. Da er weniger als eine Woche weg gewesen war, überrumpelte er wohl einige mit seiner Rückkehr. Er hörte, wie die Kellnerinnen und Kellner loskreischten, als sie ihn entdeckten. Auch einige der Tänzerinnen und Tänzer, die sich gerade aufwärmten, hatten ihn bemerkt. Er schüttelte den Kopf und ignorierte ihre Rufe mit einer Handbewegung. Statt sich auf Gespräche einzulassen, begab er sich auf direktem Weg zu Brandons Büro und klopfte an die Tür.

»Herein.« Brandons Stimme klang gepresst.

Joe wusste schon, was er vorfinden würde. Wie erwartet, stand eine ihrer Tänzerinnen im Büro und flirtete mit Brandon, während sie nur mit einem Spitzentanga und einen Push-up-BH bekleidet war.

»Bis später«, säuselte Rebecca.

Er beobachtete sie, bis sie die Tür von außen schloss, und schüttelte verärgert den Kopf. »Dieses Mädchen ist wie eine verdammte Schlingpflanze. Sie klammert sich fest und man wird sie nur mit Mühe wieder los.« Er richtete seine gesamte Aufmerksamkeit auf Brandon. »Wie geht's dir?«

»Es geht mir gut; ich versuche nur, Mikkis Platz zu besetzen.«

»Das wird nicht einfach, aber du bekommst das hin«, antwortete Joe und setzte sich auf einen Stuhl.

»Ich bin mir da nicht so sicher.«

Joe wollte ihm gerade einen Rat geben, als ein lautes Klopfen das Gespräch unterbrach. Er drehte sich in dem Moment um, als Sébastien, der Türsteher, den Kopf hereinsteckte. »Hey Boss, ich dachte, es interessiert dich, dass jemand wegen eines Jobs hier ist.«

»Siehst du? Ich habe immer recht«, sagte Joe selbstzufrieden.

»Die Sache ist die …«, fuhr Sébastien fort und wirkte unschlüssig. »Sie wirkt nicht wie eine Tänzerin.«

»Was meinst du?«, fragte Brandon, stand auf und ging um den Schreibtisch herum.

Sébastien öffnete nun die Tür ganz und machte eine einladende Geste mit seiner Hand. Dann nickte er und eine unschuldig aussehende Frau trat ein. »Meine Herren, darf ich vorstellen, das ist Aurora.«

Joe erstarrte. Sie sah tatsächlich nicht wie eine Stripperin aus; vielmehr erinnerte sie ihn an Bernice' Nichte. Die Frau wirkte viel zu unschuldig für das *Teasers.* Am liebsten hätte Joe sie an der Hand genommen und aus dem Club geführt. Er war bereit, Brandon zur Seite zu nehmen, um ihn vor einem Fehler zu bewahren, indem er sie einstellte, doch da bemerkte Joe den Ausdruck in Brandons Augen. Es war wie ein Schlag in die Magengrube. Der Junge war verloren.

»Aurora.« Brandon ließ ihren Namen über seine Zunge rollen, als würde er ihn schmecken. Joe musste sein Grinsen verbergen. »Bitte komm rein.« Brandon wies auf den Stuhl, den Joe gerade freigemacht hatte.

»Ich sollte jetzt sowieso gehen«, stellte Joe fest. Das Wort *Boom* tauchte in seinem Kopf auf, und er schüttelte es ab. Das wäre ein gefundenes Fressen für November. »Viel Glück, Aurora.« Joe sah Brandon an und zwinkerte ihm zu. »So wie es aussieht, wirst du es aber nicht brauchen.«

Er verließ den Raum und konnte sein Lachen nur mühsam zurückhalten.

Es zog ihn zur Bar und er überprüfte alles auf Sauberkeit. Die Flaschen waren voll, die Gläser ordentlich aufgereiht und bereit, wenn der Club gleich um vier Uhr öffnen würde.

Im Hintergrund lief bereits Musik, während sich die Angestellten bereit machten. Wenige Augenblicke später gingen die Türen auf, und die Kunden strömten herein. Es überraschte Joe immer noch, wie viele Männer jedes Mal auf diesen Moment warteten. Die Tänzerinnen und seine Familie hatten im Laufe der Jahre davon profitiert, aber es verblüffte ihn. Nacktes Fleisch konnte niemals die Liebe einer besonderen Frau ersetzen. Das wusste er besser als jeder andere.

An die Bar gelehnt, sah er zu, wie die Show im *Teasers* begann. Er konnte nicht sagen, dass er den allgemeinen Trubel vermissen würde. Doch die organisatorische Arbeit und seine täglichen Aufgaben hatten ihm Spaß gemacht. Seinen Abschluss in Betriebswirtschaftslehre mit Schwerpunkt Finanzen hatte er im Laufe der Jahre gut genutzt. Sie hatten sich in schwierigen Zeiten behauptet, sodass sie in den guten wachsen konnten. Dieser Teil des Geschäfts würde ihm fehlen.

Er sah, wie sich die Tür zu Brandons Büro öffnete, und ging dorthin, um sich zu verabschieden. Aurora kam ihm mit einem strahlenden Lächeln entgegen. Er brauchte gar nicht zu fragen, um zu wissen, dass Brandon sie eingestellt hatte. Es interessierte ihn, welche Position sie erhalten hatte. Tanzen würde sie bestimmt nicht. Davon war Joe überzeugt, immerhin hatte er selbst gerade die Frau seiner Träume gefunden. Brandon war ganz sicher nicht der Typ Mann, der einem anderen erlauben würde, seine Frau anzugaffen.

»Haben wir eine neue Mitarbeiterin?«, fragte Joe, als er ins Büro schlenderte.

»Ja. Sie fängt morgen um acht Uhr an«, antwortete Brandon und schaute immer noch verträumt zur Tür.

»Wie willst du morgen um diese Zeit hier sein, wenn du heute bis zum Ladenschluss bleibst? Und wenn wir schon dabei sind, kannst du mir gleich erklären, was zum Teufel sie bis zum Nachmittag tun wird?« Er schlug die Hände zusammen und starrte Brandon belustigt an.

»Sie kann die Büroarbeit erledigen«, verteidigte er sich. »Ich brauche Hilfe.«

»Seit wann?« Joe beugte sich vor und hob eine Augenbraue, als Brandon nicht antwortete. »Das habe ich mir gedacht.«

Grinsend verließ Joe den Raum. So gern er am nächsten Morgen hier sein würde, um die Show live mitzubekommen, noch viel lieber würde er bei Bernice sein. Ein letztes Mal ließ er seinen Blick durch die Bar schweifen und wollte gerade gehen, als er ein bekanntes Gesicht entdeckte und innehielt. Charlie. Er hatte sie vor einem Monat gefeuert, was hatte sie hier verloren? Er machte sich auf den Weg in ihre Richtung, blieb jedoch stehen, als sich ihm eine der Kellnerinnen lächelnd in den Weg stellte. »Hey Joe.«

»Candi. Wie geht's dir?«

Candi war eine alleinerziehende Mutter, die versuchte, aus einer schlechten Beziehung zu entkommen. Sie strippte nur selten und kellnerte meistens, aber ihre volle Figur garantierte ihr jede Menge

Trinkgeld. Bevor sie ihm antwortete, schaute sie über ihre Schulter.

»Mir geht's gut, Joe. Ich wollte dich unbedingt sehen, bevor du wieder verschwindest. Ich habe etwas für dich.«

»Spar dein Geld besser für dein Kind. Richte einen College-Fonds ein. Ich brauche kein ...«

Candi bewegte sich, bevor er reagieren konnte. Sie schlang ihre Arme fest um seinen Oberkörper und legte ihren Kopf auf seine Brust.

Joe erstarrte.

»Eins der Mädchen hat mir Bescheid gegeben, dass du da bist. Deine Abschiedsparty habe ich ja leider verpasst. Ich wollte mich bei dir bedanken, wie du mich als Chef immer behandelt hast. Du warst wie ein Vater für mich, mehr als mein eigener.«

Joe entspannte sich bei ihren Worten und hob seine Arme, um ihre Umarmung kurz zu erwidern. Er tätschelte sie sanft, bevor er zurücktrat. »Du hast ein gutes Leben verdient, Elizabeth.« Joe sprach sie bewusst so an und nicht mit ihrem Künstlernamen. »Lass dich nicht unterkriegen und arbeite weiter hart, hörst du? Und wenn du mal Hilfe brauchst, ruf mich an. Ich werde sehen, was ich tun kann«, sagte er eindringlich, während er seine Brieftasche hervorholte und eine Visitenkarte mit seiner privaten Handynummer herauszog.

Joe sah, wie ihr Tränen in die Augen stiegen. Sie streckte sich und gab ihm einen Kuss auf die Wange. »Ich wünschte, es gäbe mehr Männer wie dich«, murmelte sie, dann drehte sie sich um und ging weg.

Joe schaute ihr einen Moment lang hinterher. Er war überzeugt, dass sie klarkommen würde. Sie hatte Rückgrat und war eine von denen, die sich gegen die Scheiße dieser Welt wehrten, anstatt darin zu versinken.

Jetzt lenkte Joe seinen Blick zurück zu der Stelle, an der er Charlie gesehen hatte, aber sie war weg. Er suchte den Rest der Bar nach ihrem vertrauten Gesicht ab und ging dann zum Türsteher.

»Erinnerst du dich an Charlie?«, fragte Joe den Mann.

Der Kerl nickte und wies mit dem Daumen in Richtung Eingangstür. »Sie hatte es gerade sehr eilig von hier wegzukommen. Ein Typ war bei ihr.«

Sie hatten keine Regeln für Ex-Mitarbeiterinnen, die privat in den Club kamen, also ließ Joe es gut sein und trat nach draußen. Voller Zuversicht warf er einen Blick auf sein Handy. Er hoffte auf eine Nachricht von Bernice oder Devin. Nichts. Dann fiel ihm ein, dass Bernice von Devin ein Wegwerf-Handy bekommen hatte. In dem ganzen Chaos, das daraufhin ausgebrochen war, wusste er nicht, ob sie überhaupt ein Ladegerät dafür hatte. Falls nicht, müsste das Telefon mittlerweile den Geist aufgegeben haben. Etwas beruhigt von diesem Gedanken, stieg er in seinen Mietwagen.

Noch bevor er den Zündschlüssel herumgedreht hatte, wählte er die Nummer von November.

»Hey Joe. Wie geht's Chris heute?«

Er lächelte, als er ihre Stimme hörte. Sobald er sich in Georgia eingelebt hatte, würde er die ganze Familie einladen, damit sie Bernice kennenlernen konnten.

»Er ist ein Rouger, er wird schon wieder.«

»Ein wahres Wort.« Er konnte das Lächeln in ihren Worten hören.

»Ich fahre morgen zurück nach Georgia, daher ...«

»Komm doch zu uns nach Hause. Ich grille auf der Terrasse Burger, und Asher erobert mit den Mädchen den Pool.«

»Das klingt gut«, stellte er erfreut fest. Sein Telefon piepte und zeigte ihm einen eingehenden Anruf an. Er warf einen Blick aufs Display und sah, dass es Devin war.

Endlich.

»Ich muss los. Wir sehen uns gleich«, verabschiedete er sich von seiner Nichte und nahm den anderen Anruf entgegen. »Devin?«

»Ich habe deine *Nachrichten* bekommen«, erklärte er knapp.

»Hast du etwas von Bernice gehört?«

Eine Pause.

»Sie ist bei ihren Eltern.«

Erleichterung machte sich in seinem Körper breit. Der Kloß, der sich in seinem Magen gebildet hatte, löste sich auf.

»Erklärst du mir das mit der ersten Nachricht?«

Joe runzelte die Stirn. »Welche erste?«

»Ich konnte die Stimmen nur sehr gedämpft hören. Jedenfalls war da eine Frau, die dich *Schatz* nannte«, erklärte Devin mit scharfem Tonfall.

»Jesus«, murmelte Joe, als ihm klar wurde, dass Devins Mailbox die Konfrontation mit Heather aufgezeichnet hatte. »Sie nennt mich immer noch so, dabei sind wir schon seit Jahren geschieden.«

Wieder eine Pause.

»Triffst du dich etwa noch mit deiner Ex-Frau?«, fragte ihn Devin empört.

Joe konnte die angespannte Stimmung zwischen ihnen spüren und langsam begann Devins Haltung Sinn zu machen. Er hatte Joe damals gedroht, ihn aus der Stadt zu jagen, wenn er herausfinden würde, dass Joe nicht der Mann war, für den er ihn hielt.

»Für mich gibt es nur eine Frau«, gab Joe daher zurück. »Ich habe Heather seit fünf Jahren nicht mehr gesehen. Wir sind uns vor dem Krankenhaus in die Arme gelaufen und ich habe auf keinen Fall vor, das irgendwann mal zu wiederholen.«

Devin erwiderte nichts. Die Stille am anderen Ende der Leitung war ohrenbetäubend.

»Gibt es ein Problem?«, stieß Joe schließlich aus.

»Gib mir eine Minute. Ich rufe dich gleich zurück«, antwortete Devin wütend und legte auf.

Joe starrte auf das nun schwarze Display, während sich Unbehagen in seiner Brust breitmachte. Er musste zurück nach Savannah, so schnell wie möglich. Daher startete er den Wagen und lenkte ihn vom Parkplatz. Als er sich auf der Interstate in Richtung Flughafen befand, vibrierte sein Telefon mit einer eingehenden Nachricht. Sobald es ihm möglich war, hielt Joe am Straßenrand an.

Die Nachricht war von Devin. Joe öffnete sie und das dazugehörige Bild. Für einen Moment setzte sein Herz aus, als er auf ein

Bild von Heather und ihm starrte. Es war in dem Augenblick aufgenommen worden, als sich ihr Mund über seinem schloss. Seine Augen waren durch den Aufprall geschlossen und seine Hände lagen an ihrer Taille. Es sah tatsächlich aus wie die leidenschaftliche Umarmung eines Liebespaars. Obwohl er dabei gewesen war und Heather hasste, hätte er geglaubt, was dieses Bild andeutete: dass er Bernice betrog.

Jemand beobachtete ihn ...

Unbeschreibliche Wut strömte durch seinen Körper. Preston Armstrong hatte zwar seinen Sohn nicht erschossen, aber dafür hatte er ihm eine Falle gestellt. Joe war von ihm und seiner Ex reingelegt worden. Er ballte seine Hand zu einer Faust und holte tief Luft. Auf keinen Fall würde er kampflos aufgeben.

Während sein Blutdruck in die Höhe schoss, wählte er Devins Nummer. Nach dem zweiten Klingeln wurde das Gespräch verbunden, doch Devin sagte kein Wort.

»Ich bin von Preston Armstrong reingelegt worden. Meine Ex hat mich heute vor dem Krankenhaus überrumpelt. Deshalb hast du auch zwei Nachrichten. Kannst du den Ton bereinigen?«

Gott sei Dank wurde ihre Begegnung unabsichtlich aufgezeichnet.

»Willst du mir gerade weismachen, dass Preston deine Ex-Frau gefunden und sie dir dann eine Falle gestellt hat?«

»Es ist mir scheißegal, ob *du* mir glaubst. Für mich zählt nur Bernice. Trotzdem versichere ich dir, dass es genau so war.«

»Jesus«, sagte Devin und klang müde. »Ich glaube dir, so verworren es auch ist.«

»Sag mir, dass ein Spitzen-Detektiv wie du die Tonspur bereinigen kann.«

»Ich kann es versuchen. Aber es wird einige Zeit dauern und ich kann nicht garantieren, dass wir alles verstehen können.«

»Tu, was du kannst, und ich erledige den Rest. Jetzt mache ich mich auf den Weg zum Flughafen. Zuerst muss ich nach Virginia mein Motorrad abholen. Wahrscheinlich sehen wir uns dann morgen.«

»Wie geht es deinem Sohn?«

»Gott sei Dank geht es ihm gut. Die Ärzte werden ihn in ein

bis zwei Tagen in die Obhut seines Bruders entlassen ...« Joe zögerte, die Frage zu stellen, auf die er unbedingt eine Antwort brauchte. Er konnte sich die Wahrheit bereits denken. »Hat Bernice dieses Bild gesehen?«

Lange Pause.

»Ja.«

Schmerz brannte in seiner Brust und Joe schloss seine Augen. Dank ihres Vaters vertraute Bernice Männern nicht so leicht, und jetzt dachte sie, dass er sie betrogen hatte. Der Umstand, dass er so weit weg war und keine Möglichkeit hatte, sie zu kontaktieren, brachte ihn fast um den Verstand. In einem Anfall von Wut, die er nicht unterdrücken konnte, schlug er auf das Lenkrad ein, bis er sein Temperament zügeln konnte.

»Ich kümmere mich um den Ton, Joe. Komm einfach her.«

»Sag ihr ...« Er fand keine Worte. In seinem Kopf hämmerte es, nachdem sein Blutdruck mittlerweile ein neues Rekordhoch erreicht haben musste.

»Bernice ist mit ihren Eltern schon auf dem Weg zurück in die Stadt. Wenn sie hier ist, werde ich mein Bestes tun, um sie zu überzeugen. Calla hat auch versucht, sie anzurufen, aber sie will mit niemandem sprechen. Nicht einmal mit Eunice.«

»Ich hätte sie nicht dort lassen sollen«, stieß Joe hervor.

»Warum hast du es getan?«

Wieder eine Pause voller Bedauern.

»Weil ich dachte, wenn mein Sohn stirbt, müsste ich ihren Vater töten.«

14

Mufasa

Bernice

Ich lag im Bett und streckte meine Hand zur Seite aus. Statt Joe fand ich nur das Laken. Langsam öffnete ich die Augen und gewöhnte mich an die gedämpften Farben des Morgens. Ich starrte auf das leere Kissen, wo ich Joes Kopf erwartet hatte, und runzelte die Stirn. Dann fiel es mir wieder ein. Er war nicht bei mir, er war in Tennessee. Das Bild von ihm und seiner Ex-Frau kam mir in den Sinn. Ihr rotes Kleid, das sich eng an ihren Körper schmiegte, war an ihren Beinen hochgerutscht. Joe hob sie leicht vom Boden auf, während sie ihn küsste. Ich war noch immer erschüttert. Ich hatte geglaubt ... Ich hatte wirklich *geglaubt,* Joe wäre anders. Davon war ich überzeugt gewesen. Doch all das vergaß ich, als mir mein Vater sein Telefon mit diesem Bild auf dem Display reichte. Mein Kopf war zuerst wie leergefegt, bevor sich Gefühle des Verrats und der Unsicherheit darin breitmachten. Die Zuversicht, dass Joe und mich etwas Besonderes verband, verschwand. Enttäuschung beherrschte meine Gedanken, und ich war gefangen in rasender Eifersucht. Erst als diese Gefühle langsam abklangen, begann ich mich zu erinnern. Joe *war* anders. Das hatte ich gespürt.

Deshalb befand ich mich jetzt in der Villa meiner Eltern auf Hilton Head und nicht in Savannah. Ich hatte es tatsächlich gewagt, meinen Vater zu fragen, ob das Bild gefälscht war. Schließlich beschäftigte er einen IT-Mitarbeiter, der sich ohne Probleme ins Pentagon hacken konnte. Für ihn wäre es ein Kinderspiel gewesen, Joe und seine Ex-Frau in einem Foto zusammenzufügen. Doch mein Vater forderte weitere Bilder an. Und sie kamen. Während wir in den Familienjet stiegen, der uns nach Georgia bringen würde, begann sein Telefon zu piepen.

Die Bilder kamen stetig, eines nach dem anderen. Joes Ex-Frau rennt auf ihn zu und er dreht sich rechtzeitig um, um sie aufzufangen. Ihr Mund auf dem seinen, als würde sie seine Lippen genauso gut kennen wie ich. Ihre Arme waren so fest um seinen Hals geschlungen, dass kein Stück Papier mehr zwischen die beiden passte. Auf einem weiteren Foto streckte sie gerade ihren Arm aus, um ihn zu berühren, während er auf sie herabsah. Ihr Gesichtsausdruck war warm und offen, als würde sie ihn lieben.

Gott, tat es weh. So sehr, dass ich kaum atmen konnte. Der Schmerz überwältigte mich, bis ich mich nicht länger auf den Beinen halten konnte. Den Rückflug nach Hilton Head verbrachte ich in dem Versuch, mich zu beruhigen. Ich weigerte mich, mit meiner Mutter, Calla und sogar Eunice zu sprechen. Auf keinen Fall wollte ich ihr Mitleid. Denn obwohl die Fotos ein Beweis sein sollten, dass Joe genau wie jeder andere betrügerische Mistkerl war, wurde ich den Glauben nicht los, dass er mir so etwas nie antun würde.

Vielleicht war ich naiv, aber das war mir egal. Ich wusste, was ich in meinem Innersten fühlte. Ich vertraute ihm, und das wurde mir kurz vor dem Landeanflug bewusst. Die anderen kannten Joe nicht so gut wie ich. Ich war dabei, als er die Nachricht erhielt, dass sein Sohn angeschossen worden war. Und ich hatte seinen Blick gesehen, als ich ihm sagte, dass ich ihn liebe. Diese Gefühle und diesen Schmerz konnte niemand vortäuschen. In seinem Gesicht und seiner Körperhaltung war erkennbar gewesen, dass es ihn fast umbrachte, mich zu verlassen.

Mit diesem neu gefestigten Vertrauen in den Mann, den ich liebte, hatte ich mir, als wir in der Villa ankamen, das Handy meines Vaters geschnappt. Dann hatte ich mich in mein Zimmer zurückgezogen und die Bilder noch einmal betrachtet. Wieder war es wie ein Schlag in die Magengrube für mich, doch dieses Mal sah ich sie mit anderen Augen. Auf einem Foto war Joes Gesicht gut zu sehen. Seine Miene wirkte leer und nicht warm und liebevoll, so wie er mich immer ansah. Als sie ihn küsste, waren seine Augen geschlossen, aber seine Stirn war gerunzelt. Und als seine Ex-Frau nach seinem Arm griff, wirkte sein Kiefer angespannt. Fast konnte ich vor mir sehen, wie die Muskeln dabei zuckten. Wie damals, als er es mit meinem Vater zu tun bekommen hatte. Wenn man nur einen schnellen Blick auf die Bilder warf, sah man nichts anderes als ein Liebespaar. Doch bei genauer Betrachtung erkannte man Joes Wut. Das konnte nur eins bedeuten: Mein Vater hatte Joe reingelegt. Vermutlich hatte er dafür sogar eine ganze Stange Geld locker gemacht. Dad wusste nicht, wie man aufgab; das hatte er nie getan. Um ehrlich zu sein, konnte ich ihm nicht einmal böse dafür sein. Er war wie ein kleines Kind, das einen Wutanfall bekommt, wenn es nicht kriegt, was es will. Und genau wie bei einem Kind, das sich wegen eines Bonbons auf den Boden wirft, ignoriert man es besser, als sich davon beeindrucken zu lassen.

Mit neuer Entschlossenheit stieg ich aus dem Bett. Alles, was ich jetzt brauchte, war eine Dusche, frische Kleidung und eine Fahrt zurück nach Savannah. Ich musste mich auf den Weg nach Hause machen, um mein Handy von Devin zu holen und Joe anzurufen. Die ganze Familie hatte die Bilder gesehen – mein Vater hatte sie Eunice geschickt, damit sie ihrer armen jüngeren Schwester, die einen miserablen Männergeschmack hatte, beistehen konnte. Daher würde sie mich wahrscheinlich für eine Närrin halten, weil ich an Joe glaubte. Das war in Ordnung. Ich wusste, was ich wusste: Joe *war* ein guter Mann.

Nach der Dusche ging ich voller Tatendrang die Treppe hinunter. Noch vor einem Tag hatte ich gedacht, mein Vater sei ein Mörder und Joe käme nie wieder zurück. Die Dinge, die danach passiert waren, konnten meine Laune auch nicht heben.

Aber heute sah die Sache anders aus. Denn heute war der erste Tag vom Rest meines Lebens.

Ich eilte in die Küche, um mir Kaffee zu holen. Dort war eine Frau unbestimmten Alters dabei, den Gasherd anzünden. Sie trug die übliche Uniform, die mein Vater dem Hauspersonal aufzwang. Ein schwarzes Oberteil und eine schwarze Hose. Ich war seit Monaten nicht mehr bei meinen Eltern zu Gast gewesen, deshalb hatte ich diese Frau noch nie gesehen. »Ich bin Bernice«, stellte ich mich lächelnd vor und ging auf die Kaffeekanne zu.

»Mrs Baer«, antwortete die Frau und kam mir entgegen. »Ich werde den Kaffee gerne für Sie holen, Ma'am.«

Ich winkte ab. »Das mache ich gern selbst. Konzentrieren sie sich einfach darauf, Mufasa bei Laune zu halten.«

Sie blinzelte mich an. »Mufasa?«, fragte sie und verstand offenbar nicht, dass ich meinen Vater damit meinte.

Ich grinste. »Wie in *Der König der Löwen*. Er knurrt, wenn er will, dass alle zuhören. Denkt, er weiß mehr als Simba, weil er der Herr über alles ist.«

Sie zögerte und warf einen Blick zur Tür. »Ist er nicht eher Scar?«, flüsterte sie mir entgegen.

Ich hielt inne, um darüber nachzudenken, und schüttelte dann den Kopf. »Scar war verräterisch und durch und durch böse. Unser Mufasa ist ein Arschloch, ja, und engstirnig in seinem Handeln. Seine *Töchter* sollen sicher sein, damit sie Mufasas Königreich erben können. Wie Scar kann er extrem nervig sein, vor allem, wenn man einfach nur Spaß haben will – ganz zu schweigen von seinen mörderischen Wutausbrüchen, wenn er seine Nase in Dinge steckt, die ihn nichts angehen –, aber mein Vater ist nicht böse. Er ist einfach nur fehlgeleitet und muss von Zeit zu Zeit in die Schranken gewiesen werden. Ich habe über fünfzig Jahre gebraucht, um das herauszufinden, also geben Sie ihm etwas Zeit.«

Mrs Baer dachte über meine Erklärung nach. »Ich glaube trotzdem, dass ein bisschen von Scar in ihm steckt.«

Ich lächelte und nickte. »Ja, das stimmt, aber steckt nicht in jedem von uns ein bisschen Scar?«, sagte ich mit einem Augenzwinkern und ging mit meinem Kaffee auf die Veranda, die eine tolle Aussicht auf den Atlantik bot. Weil ein Sturm aufzog, war der Himmel heute grau und die Wellen waren hoch. Auf Tybee wäre es das perfekte Wetter zum Surfen. *Ich frage mich, ob Joe surft?*

Nachdem ich meine zweite Tasse getrunken hatte, setzte sich meine Mutter auf den Terrassenstuhl neben meinen. »Du scheinst besserer Laune zu sein«, bemerkte sie mit einem Hauch von Besorgnis.

Ich griff nach ihrer Hand und streichelte zärtlich darüber. »Mir geht's gut, Mom.«

Sie warf mir einen fragenden Blick zu. »Warum?«

»Warum es mir gut geht?«

Sie nickte. »Du warst so ... niedergeschlagen, Liebling. Was hat sich geändert?«

»Ich glaube, ich kann Dad jetzt besser verstehen«, begann ich. »Weißt du, all die Jahre hatte ich einen falschen Eindruck von ihm. Er ist durch und durch rücksichtslos, wenn es darum geht, seine Familie zu beschützen. Dabei ist er auch nicht zimperlich, wenn man bedenkt, dass er gegenüber Calla die Hand erhoben hat. Aber wenn man all die Dinge, die er im Laufe der Jahre getan hat, genauer betrachtet und nach seiner Motivation sucht, läuft es *immer* auf die Familie hinaus. Er ist ein alter Bastard, der alles tun würde, um den Namen Armstrong zu schützen, aber das *schließt* jeden von uns *ein*. Ich denke, er weiß einfach nicht, wie man Liebe zeigt. Und so seltsam es klingt, er manipuliert uns, weil er glaubt, er wüsste, was das Beste für uns ist. Und wenn wir das nicht auch so sehen, dann bringt er uns dazu, es zu tun.« Ich beugte mich vor und zwinkerte meiner Mutter verschwörerisch zu. »Er kann erst ruhen, wenn er weiß, dass alle nach seiner Pfeife tanzen, denn er verfügt ja über den Masterplan, damit alle glücklich sind.«

Das Lächeln, mit dem meine Mutter mich bedachte, war Südstaatencharme vom Feinsten. »Das ist die beste Erklärung, die ich je für sein grauenhaftes Verhalten gehört habe. Und ich glaube, du hast recht. Aber was hat das damit zu tun, dass du dich so schnell von deinem Liebeskummer erholt hast?«

Ich zuckte mit den Schultern. »Dad hat ihn reingelegt.«

Sie blinzelte. »Liebling ...«, begann sie vorsichtig. Ich hatte erwartet, dass sie so reagieren würde, also lächelte ich einfach.

»Mom, ich kenne Joe.«

Mit besorgter Miene sah sie mich an. »Bernice, ich bin mir nicht sicher, ob Preston kontrollieren kann, wen Joe küsst.«

Das Bild seiner Ex-Frau, die auf Joe zustürmte, als er mit dem

Telefon am Ohr auf die Seite gedreht war, erklärte alles. Dad hatte sie bestochen, damit es so aussah, als hätten sie ein Verhältnis. Vor meinem geistigen Auge konnte ich sehen, wie es sich wirklich abgespielt hatte.

»Dad kann Joe zu nichts zwingen. Aber ...« Ich machte eine dramatische Pause, weil ich mich gerade wie in einer Seifenoper fühlte. Die Kulisse passte perfekt. »... ich kann mir gut vorstellen, dass man mit einem kleinen Vermögen eine enttäuschte Ex umstimmen würde.«

Sie öffnete den Mund, um etwas zu erwidern, doch dann wurde ihre Miene ausdruckslos. Es schien, als würde sie es verstehen. Ihre Lippen verzogen sich, als hätte sie in eine Zitrone gebissen. »Ich hätte mich schon vor Jahren von ihm scheiden lassen sollen. Wenn mir der alte Kauz über die Jahre nicht ans Herz gewachsen wäre, hätte ich es getan.«

Ich streichelte wieder über ihre Hand. »Ist schon gut, Mom. Dad tut nur das, was er schon mein ganzes Leben lang getan hat. Er ist überzeugt, alles besser zu wissen, und handelt danach. Selbst wenn das bedeutet, dass er sich Liebhaberinnen ausdenkt, um mich vor einem Mann zu beschützen, den er nicht für den Richtigen hält. Wenn man genau darüber nachdenkt, verhält er sich wie ein liebenswerter Hund, der seinen Knochen bewacht.« Ich zuckte mit den Schultern. »Dad liebt mich. Das weiß ich jetzt. Ich kann seine verwerflichen Handlungen verurteilen. Aber ich kann die Gefühle, die dahinter stecken, nicht ignorieren. Ich würde auch *alles* in meiner Macht Stehende tun, um Calla Lily zu beschützen, wenn ich glaube, dass sie Probleme hat.«

»Stimmt, aber sich mit einem Mann zu verabreden, ist nicht gerade ein Problem, Bernice. Er hätte abwarten sollen. Auch wenn deine Erfolgsbilanz bei Männern nicht gerade rosig ist, hätte er nicht davon ausgehen dürfen, dass du Joe auch wieder verjagst.«

»Mom, wann ist Dad jemals vernünftig gewesen?«

Nun war sie es, die meine Hand tätschelte. »Wahrscheinlich hast du recht. Er ist ein Mann, den nicht viele lieben, aber sehr viele fürchten. Aber genug von ihm. Was hast du jetzt vor?«

»Ich werde nach Hause gehen und mit meinem Leben weitermachen.«

»Mit Joe?«

Ich hob die Brauen. »Hast du dir den Mann genau angeschaut?«

Sie lachte leicht. »Er ist ein Bild von einem Mann, alles andere wäre eine Lüge.«

»Er hat auch ein Herz aus Gold, und ich liebe ihn.«

»Sentimentaler Blödsinn, Blümchen«, warf mein Vater genervt ein und betrat seufzend die Veranda. Er wirkte wie ein rastloser Stier hinter Gittern. Nachdem er aufgehört hatte, auf und ab zu laufen, setzte er sich uns gegenüber, schlug ein Bein über das andere und blickte uns an. »Du hast deinen gesunden Menschenverstand verloren, Bernice. Es mag sein, dass ich Geld für Schmutz über diesen Mann geboten habe. Aber ich habe sein Rendezvous mit dieser Frau nicht erfunden. Seine Ex-Frau hat Todd, meinem Mann vor Ort, erzählt, dass sie und Joe sich trotz ihrer Scheidung immer noch mindestens einmal in der Woche treffen. Als Joe nach Tennessee zurückkehrte, kontaktierte Todd sie und sie sagte ihm, dass sie sich am nächsten Morgen nach dem Besuch bei ihrem Sohn treffen würden, um sich zu amüsieren. Die Fotos beweisen, dass sie nicht gelogen hat, und bestätigen, was ich schon vermutet habe. Er ist *nicht* gut genug für dich.«

Ich lehnte mich nach vorne und stützte meine Arme auf meine Knie. Mein Vater war stolz darauf, immer recht zu haben, aber ich musste diese Illusion nun zerstören. »Dad, sie hat wegen des Geldes gelogen.«

Seine Augen wurden traurig. »Es gefällt mir nicht, dich auf diese Weise zu verletzen. Da ich aber sehe, dass du das wirklich glaubst, lässt du mir wohl keine Wahl. Wenn du mir nicht glaubst, dann vielleicht einem Opfer seines betrügerischen Verhaltens. Einer Frau, der er hätte helfen sollen, wenn er so ehrenhaft ist, wie du sagst.« Mein Vater holte sein Handy heraus und wählte eine Nummer. »Ich habe dir das Flugzeug gestern Abend zurückgeschickt, um auf alles vorbereitet zu sein. Wie sieht es aus? Seid ihr startklar? Ich brauche sie so schnell wie möglich hier.« Dad hörte einen Moment zu, bevor er seufzte. »Sag ihr, dass sie bezahlt wird, sobald sie ihre Geschichte erzählt hat. Jetzt setz sie ins Flugzeug und bring sie zur Villa.« Er warf einen Blick auf seine Uhr. »Wir sehen uns in vier Stunden«, befahl er und legte auf.

Ich ließ den Kopf in den Nacken fallen. »Das wird nicht funktionieren. Ich werde kein Wort glauben, das aus ihrem Mund kommt. Vor allem, wenn dieses *sogenannte* Opfer seine Ex-Frau ist.«

»Es ist nicht seine Ex-Frau, die ich hierher bringen lasse.«

»Wer dann?«

»Hab Geduld, Bernice. Das alles wird heute zu Ende gehen Dann kannst du zurück in deinen kleinen Laden gehen und dich wieder mit voller Kraft um unser Mädchen kümmern.«

Zum ersten Mal waren wir einer Meinung. Ich würde heute in meinen *kleinen Laden* in der River Street zurückkehren.

Ich seufzte und stand auf. Es machte keinen Sinn, mit ihm zu streiten, vor allem, wenn er dachte, recht zu haben. Joe würde seine Unschuld beweisen, wenn er wieder bei mir war. »Ich kehre nach Hause zurück. So oder so, mir ist egal, was diese Frau zu sagen hat.«

Mein Vater verschränkte die Arme. »Du bleibst hier, bis die Sache geklärt ist«, verlangte er.

»Für mich hat sich das schon erledigt. Ich gehe jetzt.«

Ich wollte die Veranda gerade verlassen, hielt aber inne, als mein Vater erneut das Wort ergriff. »Und wie willst du abreisen? Ich lasse kein Taxi auf das Gelände und keiner meiner Fahrer wird dich ohne meine Erlaubnis zurück nach Savannah bringen.«

Ich drehte mich um und sah ihn finster an. »Warum tust du das?«

»Warum tue ich überhaupt etwas?« Er hob unschuldig die Hände. »Du hast es selbst gesagt, und du hattest recht. Ich würde *alles* tun, um meine Familie zu schützen. Sogar *dich* vor dir selbst.«

Verärgert ging ich zurück ins Haus. Es strotze nur so vor Reichtum. Ein steriler, monochromer Ort, an dem alles an seinem Platz war. Jessie war drinnen und hatte unser Gespräch zweifellos belauscht. Wie die Ratte, die er war, sein Schulterholster mit einer silbernen Schusswaffe in Sichtweite. Ich warf ihm einen bösen

Blick zu, woraufhin er mich angrinste und seinen imaginären Hut vor mir zog. Ich rümpfte meine Nase und marschierte direkt in das Arbeitszimmer meines Vaters. Dort durchsuchte ich seine Sachen, bis ich ein verwittertes Adressbuch fand. Mein Vater war altmodisch, wenn es um Telefonnummern ging. Obwohl er alle seine Kontakte in seinem Handy gespeichert hatte, wollte er sie auch in Papierform haben, für den Fall, dass er sein Handy verlor. Als ich die Seiten durchblätterte, um Callas Nummer zu finden, versprach ich mir, dass ich von nun an alle wichtigen auswendig lernen würde, damit ich im Notfall nicht ohne dastand.

Schließlich schnappte ich mir das elegante Schnurlostelefon meines Vaters und hielt es an mein Ohr. Calla nahm nach dem zweiten Klingeln ab. »Großvater?«

»Ich brauche eine Mitfahrgelegenheit zurück in die Stadt. Pronto. Kannst du die Arbeit schwänzen?«

Eine lange Pause. »Bernice? Bist du ...?«

Ich hatte keine Zeit für Höflichkeiten. »Kannst du mich jetzt abholen oder nicht, Liebling? Wenn du nicht kannst, rufe ich Eunice an.«

»Ähm, klar. Aber warum bringt dich nicht einer der Fahrer zurück?«

Ich schaute über meine Schulter und sah meinen Vater am Türrahmen seines Büros lehnen. »Weil *Mufasa* mich nicht gehen lässt.« Er grinste mich breit an. *Ja, ja, du bist ein furchterregendes Raubtier. Aber du hast deinen Meister gefunden. Joe wird zurückkommen!*

»Schon verstanden«, antwortete Calla. »Brauchst du eine *Wallflower*-Rettung?«

»Genau genommen brauche ich Joe. Aber ich werde mich mit dir begnügen, da er immer noch in Tennessee ist.«

Sie brach in Gelächter aus und murmelte etwas, das ich nicht verstehen konnte. »Wir werden so schnell wie möglich da sein«, rief sie schließlich und legte auf.

15

Sag es ihr selbst

Joe

Joe blieb vor einem verwitterten Backsteingebäude im Herzen des historischen Savannah stehen. Das Gebäude lag an der River Street und bot somit einen direkten Ausblick auf den Fluss. Er parkte sein Motorrad in einer Seitengasse und ging vors Haus. Unzählige Touristen tummelten sich auf der Straße. Die Luft um ihn herum duftete nach Salzlake und süßer Melasse, die von den Süßwarengeschäften angeboten wurde. Er musterte das alte Backsteingebäude, während sich die Leute an ihm vorbeidrängten. Es war drei Stockwerke hoch, mit grünen Fensterläden und zwei Schaufenstern. Im Erdgeschoss war ein Geschäft für Vintage-Kleidung namens *Frock You* untergebracht. Joe lächelte über den Namen und beim Gedanken an die Frau, die ihn sich vermutlich ausgedacht hatte, um ihren alten Herrn zu ärgern. Sein Blick wanderte zu dem zweiten Schaufenster. *Hawthorne Investigations* prangte mit großen Buchstaben über dem Eingang. Joe ging zur Tür, griff nach dem Messingknauf und drückte sie auf. Sofort strömte ihm kalte Luft entgegen, was ihn bei der Hitze draußen erleichtert aufatmen ließ. Als er eintrat, blickten ihm drei Augenpaare entgegen. Devin Hawthorne, Nate Jacobs und Bo Strawn nickten zur Begrüßung mit den Köpfen.

»Konntest du die Tonspur der Nachricht herausfiltern?«, fragte Joe direkt.

Devin nickte. »Ja das konnte ich und es hat deine Version der Geschichte bestätigt.«

Joe atmete erleichtert aus. Es fühlte sich an, als wäre ihm ein

Stein vom Herzen gefallen, der seit seinem Gespräch mit Devin am Vorabend schwer auf ihm gelastet hatte. Er war die halbe Nacht und den größten Teil des Tages unterwegs gewesen und hatte nur zum Tanken angehalten. Daher hatte er auch die eigentlich siebenstündige Fahrt in nur sechs geschafft. Kurz nach der Mittagszeit war er in Savannah angekommen. Sein Körper war erschöpft und sein Kopf voll Sorge, aber er war bereit für den Kampf. Die Wut trieb ihn an und hielt die Müdigkeit von ihm fern. Während der ganzen Fahrt hatte er nur an Bernice gedacht.

»Wo ist sie?«, fragte Joe.

»In der Villa auf Hilton Head Island«, antwortete Devin.

Jetzt, da er Beweise für seine Unschuld in der Hand hielt, begann sich Joe zu entspannen. Das Adrenalin wich langsam aus seinem Körper, dafür spürte er nun jedes seiner Jahre. Eine Fahrt hatte er noch vor sich, dann konnte er sich endlich mit Bernice in seinen Armen ausruhen.

»Lass uns gehen«, sagte er schroff und wandte sich der Tür zu.

»Er wird nicht zulassen, dass du sie mitnimmst, falls du es überhaupt ins Haus schaffst«, merkte Devin an.

Joe drehte sich zu dem jungen Mann um und hob eine Augenbraue. »Hat dich das damals abgehalten?«

Devin lächelte. »Nein.«

»Dann lass uns gehen.«

Joe riss die Tür auf und trat auf die Straße. Alle drei Männer folgten ihm.

»Vielleicht kann uns Calla reinbringen«, murmelte Devin und zückte sein Handy.

»Ich fahre«, erklärte Bo und deutete auf einen schwarzen Truck.

»Calla geht nicht ans Telefon«, sagte Devin, während Bo das Auto aus der Parklücke lenkte und sich in den Verkehr einreihte.

»Ich rufe Poppy an«, bot Nate an und hatte schon sein eigenes Telefon in der Hand. Als sie ebenfalls nicht abhob, sah Nate Devin an. »Das kann nichts Gutes bedeuten.«

Bo drückte einen Knopf auf seinem Armaturenbrett und eine elektronische Stimme fragte ihn, welche Nummer er wählen wollte. »Ruf Sienna an«, stieß Bo hervor.

Das Telefon klingelte zweimal, bevor sich eine wütende Frauenstimme meldete. »Das ist lächerlich, Großvater«, rief eine Frau, von der Joe annahm, dass sie Calla war.

»Sienna?«, knurrte Bo.

»Warte einen Moment. Cali nimmt gerade ihren Großvater auseinander. Das will ich nicht verpassen. Sie regt sich ganz schön auf.«

Bo warf einen Blick in Devins Richtung.

»Sie sind in der Villa. Warum überrascht mich das jetzt nicht?«, murmelte er verärgert.

Nate grummelte ein gedämpftes *Scheiße* vor sich hin. »Das hätten wir kommen sehen müssen. Nachdem die letzten Wochen so ruhig waren, sind wir wohl unvorsichtig geworden.«

Joe fing beinahe zu lachen an. Nach den Geschichten, die Devin ihm erzählt hatte, mussten diese Männer stets wachsam sein. Plötzlich ertönte Bernice' Stimme aus den Lautsprechern. »Es ist mir egal, *wer* diese Frau ist und was sie zu sagen hat. Wie ich dir heute Morgen schon erklärt habe, vertraue ich Joe voll und ganz.«

Seine Frau klang überzeugt und unnachgiebig, und bei ihren Worten schlug sein Herz schneller. Obwohl ihr Vater ihr ein verfängliches Bild von ihm und seiner Ex gezeigt hatte, glaubte sie immer noch an Joe. Himmel, *er liebte sie.* Von nun an würde er Gott jeden Tag dafür danken, dass er sie gefunden hatte. Keine Ahnung, womit er Bernice verdient hatte, aber das war ihm auch egal. Sobald er bei ihr war, würde er sie nie wieder loslassen.

Er entspannte sich zunehmend. Bernice glaubte ihm, ohne dass sie die Tonaufnahme gehört hatte. Das bedeutete ihm alles. Trotzdem würde Joe sie ihrem Vater vorspielen.

»Hey!«, ertönte eine weitere Frauenstimme, die Joe für Poppy hielt. »Nimm deine Finger von mir, Junge. Du hast *gesehen,* wie groß mein Mann ist. Wenn du mich nicht in Ruhe lässt, wird er zum *bösen Wolf.* Und das willst du auf keinen Fall.«

»Jessie«, spuckte Devin den Namen des Mannes angewidert aus.

Joe bemerkte, wie sich Nate auf dem Sitz neben ihm versteifte. Bo legte einen Schalter auf dem Armaturenbrett um und im nächsten Moment begannen die Sirenen am Auto ohrenbetäubend zu heulen. Dann stieg Bo fester aufs Gaspedal und der Truck schoss über die Straße.

Joe sah sich Nate neben ihm genauer an. Dieser stattliche Mann hatte einen so furchterregenden Gesichtsausdruck, dass er schon allein damit jemanden vertreiben könnte. »Du wirst zum bösen Wolf?«, fragte Joe neugierig.

Nate schaute ihn aus wütenden Augen an. Alle drei Männer waren richtige Raubtiere. »Ich bin halb Cherokee. Poppy füttert den guten Wolf mit ihrer Liebe, damit sich der böse Wolf nicht mehr blicken lässt.«

Joe nickte; er verstand genau, was Nate meinte. Wie Bernice es bei ihm tat, erfüllte auch Poppy Nate mit ihrem besonderen Licht und schenkte seiner Seele Frieden.

»Sienna«, rief Bo über das Stimmengewirr hinweg. »Rede mit mir.«

»Du kannst uns nicht rausschmeißen«, schrie sie in diesem Moment auf. »Poppy und ich gehen nicht ohne Cali oder Bernice. *Wallflowers* lassen *niemanden* zurück!«

»Todd wird in dreißig Minuten hier sein«, erklärte nun Preston Armstrong. »Meine Tochter kann das Haus verlassen, sobald ich sicher bin, dass sie mit Rouger fertig ist.«

Die Wut brodelte in ihm. Armstrong kannte offenbar das Wort *aufhören* nicht. Joe hatte beim besten Willen keine Ahnung, wen der alte Mann da anschleppte, aber er war sich sicher, dass es eine weitere Falle war.

In der Telefonleitung war ein Rascheln zu hören. So als würde Stoff über den Hörer streichen.

»Gib mir mein Telefon, du Trottel«, hörte man Sienna in einem genervten Tonfall sagen. Gleich darauf wurde der Anruf beendet.

Devin sah Bo an. »Fahr schneller.«

Bo beschleunigte den Wagen. »Dieser Scheißkerl geht mir so verdammt auf die Nerven.«

Devin nickte zustimmend. »Ein wahres Wort«, murmelte Nate

neben ihm.

Joe musterte ihre Gesichter und bemerkte in ihnen ein leichtes Zucken, fast so als würden sie gleich in stummes Gelächter ausbrechen. Irgendetwas sagte ihm, dass sie dieses Gespräch schon einmal geführt hatten.

Obwohl Hilton Head gut fünfundvierzig Minuten von Savannah entfernt war, schafften sie es in dreißig. Sie hielten vor einer massiven Felswand an, in die ein großes Eisentor eingelassen war. Die Anlage war auf jeden Fall dem eines Hollywood-Anwesens würdig. Sienna und Poppy standen davor und drückten unaufhörlich auf den Knopf der Gegensprachanlage, ihre Gesichter spiegelten ihre Empörung wider. Als erster sprang Nate aus dem Truck, Bo folgte gleich dahinter. Auch Joe verließ das Fahrzeug und ließ seinen Blick über die Felswand wandern. Vielleicht gab es einen Vorsprung, den sie benutzen konnten. Leider fand er keine Spalte oder Ritze, um sich festzuhalten oder darüber zu hieven. Er sah sich nach einem Baum um, der nah genug an der Grundstücksgrenze stand. Doch wie bei den meisten gut bewachten Häusern, befand sich die Bepflanzung innerhalb der Mauern.

Devin marschierte wortlos an ihnen vorbei und tippte beim Eingang einen Code ein. Er sah Joe an und zuckte mit den Schultern. »Vielleicht haben sie ihn nicht geändert, seit ich das letzte Mal hier war.«

Das Tor bebte leicht, dann öffnete es sich. Joe konnte über das Sicherheitsteam des alten Mannes nur den Kopf schütteln. Er wollte so schnell wie möglich zu Bernice und rannte los.

Als sie sich der großen Haustür näherten, sahen sie Jessie mit verschränkten Armen davor stehen. Er schüttelte bei ihrem Anblick den Kopf. Joe wollte sich schon auf den großen Mann stürzen, da packte ihn Nate an der Schulter und hielt ihn auf. »Ich bin dran«, knurrte Nate. »Der Wolf ist hungrig.«

Joe sah ihn an, schätzte den Größenunterschied zwischen ihm und Jessie ab und trat zur Seite. Manchmal war es gut, die jüngere Generation ein wenig Spaß haben zu lassen.

Jessie richtete sich zu seiner vollen Größe auf, bereit für den bevorstehenden Kampf. Er hob seine Arme abwehrend in die

Höhe, ballte die Fäuste und richtete seine Füße parallel zueinander aus. Wahrscheinlich um einen besseren Stand zu finden. Nate schenkte ihm ein Lächeln, das eher zu dem eines Serienmörders passen würde.

»Tritt ihm in den Hintern, Baby! Mach Hackfleisch aus seinen Eiern!«, rief Poppy.

Hackfleisch aus seinen Eiern?

Jessie machte den ersten Schritt. Er schwang seine Faust nach Nates Kopf, aber seine muskulösen Arme waren zu langsam. Nate duckte sich und landete im Gegenzug einen Nierentreffer. Joe verzog sein Gesicht. Die Wucht von Nates Schlag raubte Jessie mit einem schmerzhaften Stöhnen die Luft.

Jessie stolperte zurück, wankte kurz, richtete sich aber gleich wieder auf. Er bewegte sich langsam nach links, dann nach rechts, und Nate drehte sich, um ihn im Blickfeld zu behalten. Erneut machte Jessie einen Schritt nach rechts und verriet Nate somit sein nächstes Angriffsmanöver. Mit einer Geschwindigkeit, die Joe bei einem so großen Mann nie für möglich gehalten hätte, setzte Nate zu einem Roundhouse-Kick an, der Jessie zu Boden beförderte. Dauerhaft. Als klar war, dass Jessie nicht mehr aufstehen würde, beugte sich Nate zu ihm hinab. »Wenn du meine Frau noch einmal anfasst oder auch nur in ihre Richtung atmest, mache ich dich fertig. Das ist keine Drohung, das ist ein verdammtes Versprechen.«

»Oh, er ist so süß, findest du nicht auch?«, schwärmte Sienna an Poppy gewandt.

Währenddessen fuhr eine Limousine die Einfahrt hoch.

Ohne weiter auf Jessie zu achten, sah Joe zu, wie die Limousine zum Stehen kam. Er wollte unbedingt erfahren, was Preston Armstrong noch in petto hatte.

Er hörte, wie sich die Haustür hinter ihm öffnete, wandte seinen Blick jedoch nicht vom Wagen ab. Zuerst stieg der Fahrer aus, ging nach hinten und öffnete die Tür. Ein unscheinbarer Mann kam heraus. Joe schätze ihn auf knapp vierzig. Er war weder groß noch klein, sondern einfach durchschnittlich. Die Art von Mann, an die man sich nicht erinnert. Perfekt für verdeckte

Operationen. Aber Joe hatte ein Auge für Menschen, selbst wenn er sie nur einmal getroffen hatte. Oftmals erinnerte er sich noch Jahre später an sie. Das hatte ihm schon das eine oder andere Mal bei der Arbeit im Club geholfen, wenn er an seinem Schreibtisch saß und sich die Sicherheitsvideos ansah. Joe hatte diesen Mann erst vor einem Tag im *Teasers* gesehen.

Als Charlie, die Tänzerin, die er kurz vor seiner Pensionierung wegen der Drogen gefeuert hatte, aus der Limousine stieg, konnte er nur den Kopf schütteln. Anscheinend dachte sich Charlotte Pegg, dass sie einen Weg gefunden hatte, es Joe heimzuzahlen. Indem sie ihm etwas vorwarf, was er nicht getan hatte. Er wollte sich gerade zur Haustür umwenden, da tauchte ein dritter Kopf auf. Joe stolperte einen Schritt zurück, als Elizabeth Bunch, alias Candi, die Kellnerin, die ihn am Abend zuvor umarmt hatte, aus der Limousine stieg.

»Wollt ihr mich verarschen?«, knurrte Joe.

Beide Frauen sahen in seine Richtung, aber Elizabeth erwiderte seinen Blick nicht. Charlie hingegen starrte Joe an, und ein gehässiges Grinsen legte sich auf ihre Lippen.

»Du hast doch nicht ernsthaft gedacht, wir lassen es dir durchgehen, dass du uns wie Huren behandelst, oder?«, fragte Charlie und stolzierte um das Auto herum. »Du bist nichts als Abschaum, Joe Rouger, und wir werden dafür sorgen, dass Mr Armstrongs Tochter *genau* weiß, welche Sorte von Mann du bist.«

Weitere Leibwächter kamen aus dem Haus. Joe schüttelte den Kopf über die beiden Frauen; er hatte nicht vor, sie zur Rede zu stellen. Wie man sich bettet, so liegt man. Die Wahrheit würde ans Licht kommen, davon war er fest überzeugt.

Ein paar Kollegen von Jessie halfen ihm vom Boden auf, während die anderen die beiden Frauen ins Innere des Hauses begleiteten. Calla kam ihnen durch die bewaffneten Männer entgegen und hielt die Tür für Joe und den Rest der Gruppe offen. Sie lächelte Joe an, als er eintrat, und tätschelte seinen Arm.

Das Haus war riesig, aber wirkte kalt. Im gesamten Erdgeschoss war ein weißer Marmorboden verlegt, der im Licht blendend strahlte. Es sah aus wie eine Eislaufbahn. Zusammen mit den schwarz-weißen Accessoires, die nichts zu einer angenehmen Atmosphäre des riesigen Raums beitrugen, war klar, dass dies ein Haus und kein Zuhause war. Joe brauchte nicht lange, um Bernice zu finden. Er folgte einfach ihrer wütenden Stimme. Seine Frau war gerade dabei, ihrem Vater die Hölle heiß zu machen. Er ging den Flur entlang und bog dann links ab.

»Zwei, Dad? Du enttäuschst mich. Ich hatte mit mindestens zehn bezahlten Schauspielerinnen gerechnet.«

Joe betrat den Raum so ruhig wie möglich, die drei *Wallflowers* und ihre Männer direkt hinter ihm. Er hielt Prestons hartem Blick stand und streckte seine Hand nach Bernice aus. »Lass uns gehen, Baby.«

Bernice rief seinen Namen, sprang von der Couch und schlang ihre Arme um seinen Körper. Er vergrub seinen Kopf an ihrem Hals und sog ihren Duft ein. Die zwei Tage ohne sie hatten sich wie eine Ewigkeit angefühlt.

»Du wirst nicht mit diesem Mann gehen«, befahl Preston. »Zuerst musst du die Wahrheit erfahren. Sieh dir die Bilder an.«

»Das ist mir egal«, antwortete Bernice ihrem Vater. Ihre Stimme war gedämpft, da sie Joe noch nicht losgelassen hatte. »Du könntest Bilder von Joe mit ihnen im Bett haben, und ich würde es nicht glauben.«

»Bernice, du bist unvernünftig«, schimpfte ihr Vater.

»Er hat mich zu einer Nutte gemacht«, rief Charlie, und Joe erstarrte. Jeder seiner Muskeln spannte sich bei dieser Unterstellung an. »Er zwang mich, in den Privaträumen mit Kunden Sex zu haben. Und er nötigte mich, *ihm* einen zu blasen, um meinen Job zu behalten. Dabei drohte er mir, meine Bewährungshelferin anzurufen, wenn ich nicht tun würde, was er wollte. Und als ich mich weigerte, rief er sie an und log, ich würde Drogen nehmen. *Seinetwegen* habe ich meine Tochter verloren.«

Bernice zuckte in seinen Armen zusammen und sah zu ihm auf. Ihre Blicke verbunden, schien sie in seinen Augen nach der Wahrheit suchen. Nach einem langen Moment, in dem Joe den Atem anhielt, schüttelte sie den Kopf. »Lügen«, flüsterte sie, »alles Lügen.«

»Wir haben Bilder!«, rief Charlie.

Er drehte sich mit Bernice in den Armen um und schaute zum Schreibtisch. Schwarzweiße Hochglanzbilder lagen darauf verstreut. Charlie schnappte sich eines und schob es Bernice zu. Joe blinzelte und riss es ihr aus der Hand. Es war die Nacht, in der er sie gefeuert hatte. Sie lag vor ihm auf dem Boden, griff nach seinem Schritt und bot ihm an, ihm einen zu blasen, damit sie ihren Job behalten konnte.

Joe knirschte mit den Zähnen und sah Armstrong an. »Du verfolgst mich schon eine ganze Weile«, stellte er verärgert fest.

Armstrong lächelte wie ein Hai. »Ich beschütze *immer*, was mir gehört.«

Bernice langte nach dem Bild. Sie schien es zu studieren. Nach einer Minute knallte sie es auf den Schreibtisch. »Guter Versuch, Dad. Fast überzeugend, wenn ich sein Gesicht nicht so gut kennen würde. Er ist wütend, nicht erregt. *Ich* kenne den Unterschied. Und wer will schon ... nun, *das* mitten auf einem Parkplatz, um Himmels willen?«

Joe schmiegte sich an ihre Seite und lachte leise. Sein Engel spuckte Feuer und war kurz davor, ihren Heiligenschein Preston Armstrong an den Kopf zu werfen.

Ihr Vater knurrte, drückte ihr weitere Bilder in die Hand und murmelte etwas *von sturen Töchtern, die die Wahrheit nicht einmal dann erkennen, wenn man sie ihnen unter die Nase hält.* Joe sah, dass die meisten der Aufnahmen in der Zeit gemacht worden waren, als er seine letzten Tage im Club verbrachte. Ein Bild nach dem anderen zeigte spärlich bekleidete Frauen, die ihn umarmten. Die ganze Woche vor seiner Abreise nach Georgia war er von Tänzerinnen und Kellnerinnen gleichermaßen umarmt worden. Sowohl die Männer als auch die Frauen wollten sich von ihm verabschieden. Die Bilder waren nicht gerade verfänglich, aber er hatte Bernice erzählt, dass er sich nie auf eine seiner Tänzerinnen eingelassen hatte. Aber diese Bilder ließen es so aussehen, als würde er trotz der knappen Arbeitskleidung gern auf Tuchfühlung gehen.

Bernice blätterte ein Bild nach dem anderen durch, bis sie zu den letzten beiden kam. Sie waren vom Abend zuvor. Joe trug sogar noch immer das gleiche, verdammte Hemd. Elizabeth trat vor, ohne ihm in die Augen zu sehen, und tippte auf das Bild, auf dem Joe gerade seine Brieftasche öffnet.

»Ich sagte ihm, da er nicht mehr mein Chef sei, müsse er jetzt dafür bezahlen, mich zu vögeln. Dann erzählte er mir, dass er mit einer Frau zusammen sei, die keine Zeit für ihn hätte, und er vor seiner Abreise noch einmal vögeln müsse. Als ich zustimmte, weil er mir sonst immer Angst machte, wenn ich ablehnte, fragte ich, warum er mit einer Frau zusammen sei, die ihn nicht wolle. Er sagte, er könne mit einer schlechten Nummer leben, wenn er dafür ein Vermögen bekäme.«

Bernice schien diese Lüge nicht für eine Sekunde in Betracht zu zeihen. »Und wie viel Geld bekommst du dafür, dass du das behauptest?«, fragte sie stattdessen und schaute Elizabeth mit einem harten Blick an, der den ihres Vaters ähnelte. »Ich weiß, wenn ich einen Mann zum Brennen bringe. Joe hat das garantiert *nie* über mich gesagt. Und du hast ihn auch nie in *irgendeiner Weise* gehabt, da bin ich mir sicher. Und weißt du auch, warum? Ich *hatte* in meinem Leben schon mehr als genug schlechte Liebhaber. Ich erkenne einen guten, wenn ich mit ihm zusammen bin. Joe ist nicht nur gut, er ist *großartig*. Du hast ihn noch nie erlebt, denn sonst hättest *du* ihn jedes Mal nach mehr *angefleht*, sobald er den Club betreten hatte.«

Armstrong schloss die Augen, als ihn seine Tochter gerade geohrfeigt, und Joe hörte, wie ihre Mutter von irgendwo hinter ihm ein *Meine Güte* murmelte. Joe konnte sich ein Lächeln nicht verkneifen.

»Wir hätten Popcorn mitbringen sollen«, bemerkte Sienna kichernd. »Das ist besser als jedes Buch.«

»Es gibt nichts Besseres als ein Buch«, flüsterte Poppy.

»Devin ist besser als ein Buch«, bemerkte Calla mit einem Seufzen.

»Bo auch«, pflichtete Sienna ihr bei.

»Touché«, stimmte Poppy zu. »Wie ein Buch zu lesen, während man einen guten Kaffee trinkt.«

Die *Wallflowers* warfen heißblütige Blicke auf ihre Männer, kommentierten das Thema aber nicht weiter.

Dann trat Devin vor, sah Calla finster an und zog eine Akte unter seinem Arm hervor. Er legte sein Handy kommentarlos auf den Tisch, während alle schweigend zusahen, und drückte darauf, um das Gespräch zwischen Joe und seiner Ex-Frau abzuspielen. Als die Aufnahme endete, war Prestons Gesicht rot angelaufen.

»Ich weiß, wer auf deiner Gehaltsliste steht, Preston. Sie sind schlampig. Ich habe sie dabei erwischt, wie sie Joe und mich beobachtet haben, als ich in Tennessee war«, erklärte Devin und trat zurück, um sich neben Joe zu stellen. »Nachdem wir festgestellt hatten, dass Joe von seiner Ex reingelegt wurde, habe ich ein bisschen nachgeforscht. Ich fand heraus, dass sie gelogen hat, um noch mehr Geld zu bekommen. Was hast du ihr angeboten, damit sie ihre schmutzige Geschichte erzählt?«

Preston verengte seine Augen. »Fünfhunderttausend, wenn sie einen Beweis vorlegen kann«, gab er schließlich zu.

Devin beugte sich vor und zog die Kopien von zwei Kontoauszügen heraus. Er reichte sie Armstrong und wartete, bis dieser sie durchgesehen hatte. Armstrongs Blick wanderte zu Todd. Der Mann war offensichtlich nervös, so wie er von einem Bein aufs andere stieg. Der Schweiß rann ihm die Stirn hinunter. »Sieht so aus, als hättest du dir eine schöne Scheibe abgeschnitten. Zweihundertfünfzig für sie und zweihundertfünfzig für dich, Todd? Du warst nicht mal schlau genug, es so zu verteilen, dass man es nicht gleich findet.«

Armstrong war nicht dumm, er hatte nur keinen Bezug zur Realität. Er zahlte seinem Sicherheitsdienst nicht besonders gut, erwartete aber im Gegenzug Loyalität. Bei seinem Reichtum konnte er sich wohl nicht vorstellen, wie verlockend so etwas für einen Mann mit einem mickrigen Gehalt sein kann.

Joe warf einen Blick auf Elizabeth und Charlie. »Damit dürfte wohl klar sein, dass die Leute für Geld alles tun oder sagen würden. Bei dir verstehe ich es.« Joe zeigte auf Charlie. »Ich habe dich wegen den Drogen gefeuert, und du willst dich rächen. Aber von dir, Elizabeth, hätte ich so ein Verhalten nie erwartet.« Er wandte sich an die Kellnerin.

Sie zog ihren Kopf ein und seufzte. »Ich muss mich um ein Baby kümmern und habe keinen Mann in meinem Leben. Was glaubst du, warum?«

»Schafft sie hier raus«, befahl Preston seinem Sicherheitsdienst. »Ich möchte mit meiner Tochter sprechen.«

Ein stämmiger Mann trat vor und packte Charlie am Arm. Sie wehrte sich und schrie über die Schulter, sie wolle ihr Geld. Sie brauche es, um ihre Tochter zurückzubekommen.

Doch Preston schüttelte nur den Kopf darüber. Dann zog sich ein hämisches Grinsen über sein Gesicht. »Wirklich, Bernice? Willst du einen Mann in deinem Leben haben, der sich mit solchem Abschaum abgibt?«

In diesem Moment riss sich Charlie los, und noch bevor jemand reagieren konnte, zog sie die Waffe aus dem Halfter des Wachmanns und richtete sie auf Armstrong. Joe stieß Bernice zur Seite und rutschte über den Schreibtisch, um ihren Vater zu schützen, als ein ohrenbetäubender Knall die Luft zerriss. Hitze durchzog seinen Körper, als er Armstrong zu Boden warf. Joe stöhnte unter dem Aufprall, dann verwandelte sich die Hitze in Feuer. Er hob den Kopf, um Luft in seine Lunge zu bekommen, und sah dabei Armstrong in die vor Angst geweiteten Augen. Der alte Mann war leichenblass. Joe hörte, wie Bernice seinen Namen schrie, während er versuchte, sich aufzurichten. Er sackte zur Seite, konnte nicht richtig atmen und machte sich nun ernsthaft Sorgen.

Armstrong schob Joe auf den Rücken und schaute auf seine Brust hinunter. »Ruft einen Krankenwagen. Sofort!«, rief er aus und drückte seine Hand fest auf Joes Brust.

»Joe!« Bernice' verzweifelter Schrei hallte durch den Raum, während Joe dem alten Mann in die Augen sah. Der Blickkontakt fühlte sich für Joe wie eine Rettungsleine an, die ihm langsam entglitt.

»Sei ein besserer Vater«, brachte er mühsam hervor, während ihm vor Schmerz und Blutverlust schwindelig wurde. »Sag ihr, dass ich sie liebe.«

Bevor Armstrong antworten konnte, wurde er weggezogen,

und Bo Strawn erschien über Joe gebeugt.

Er hielt Armstrongs erstaunten Blick weiterhin fest, während Strawn sein Hemd aufriss. Der alte Mann war immer noch blass und hatte Joes Blut an den Händen. Außerdem sah er benommen und verwirrt aus. Dann änderte sich sein Gesichtsausdruck schlagartig, und er wurde wütend. Man konnte die näherkommenden Sirenen schon hören, als sich Armstrong auf die Knie fallen ließ und Joes Hand ergriff. »Du wirst es ihr selbst sagen, wenn es dir besser geht. Hast du mich verstanden? Ich *befehle* dir, es ihr selbst zu sagen.«

Wenn Joe noch einen klaren Gedanken hätte fassen können, hätte er wahrscheinlich gelacht. Er musste sein eigenes Leben für Armstrong geben, um endlich von ihm akzeptiert zu werden. Joe drückte die Hand des alten Mannes, bevor die Dunkelheit ihn in einen schmerzlosen Schlummer hüllte.

Epilog

Neuanfänge

Joe

Eine kühle Meeresbrise wehte durch das Schlafzimmerfenster und ließ die Vorhänge tanzen, als sich Bernice über Joe erhob. Mit langsamen, geduldigen Bewegungen glitt sie an seinem Schwanz auf und ab und verlängerte somit die süße Folter. Am liebsten hätte er sie auf den Rücken gedreht und sich tief in ihr versenkt, aber die Wunde in seiner Brust ließ das noch nicht zu.

Er hatte das Krankenhaus erst an diesem Tag verlassen, nachdem er sich mehr als eine Woche von der Schussverletzung erholt hatte. In einem Privatzimmer. Mit Ärzten, die sich nur um ihn kümmerten. Preston Armstrong hatte darauf bestanden, dass er die beste medizinische Versorgung bekam, die man für Geld kaufen konnte, und er wäre immer noch dort, wenn er sich nicht auf eigene Verantwortung entlassen hätte.

Charlie hatte ihm in den Rücken geschossen. Die Kugel prallte von einer Rippe ab, bevor sie an der Seite seiner Brust austrat. Dabei drang ein abgebrochener Knochensplitter in seine Lunge ein. Er hatte verdammtes Glück, dass Bo da gewesen war. Durch seinen Beruf hatte er eine medizinische Ausbildung, mit der er Joe am Leben hielt, bis der Krankenwagen eintraf. Trotzdem verlor Joe so viel Blut, dass die Ärzte ihn für zwei Tage in ein künstliches Koma versetzten.

Jetzt befand er sich zusammen mit Bernice auf Tybee Island, wo sich Privatärzte um seine Bedürfnisse kümmerten, während er sich in der Obhut seiner Frau erholte. Alles auf Preston Armstrongs Anweisung und auf seine Kosten. Bernice' Vater hatte es auch auf sich genommen, sich um alle rechtlichen Angelegenheiten zu kümmern, die mit dem Schuss einhergingen. Der Sheriff war einmal kurz in sein Krankenzimmer gekommen, um seine Aussage aufzunehmen, danach wurde Joe nicht mehr von ihm belästigt. Charlie, daran hatte Joe keinen Zweifel, würde die Höchststrafe dafür bekommen, dass sie versucht hatte, Savannahs bekanntesten Mann zu erschießen. Weil Joe eine Kugel für den alten Mann abgefangen hatte, war Armstrong jetzt in mehr als einer Hinsicht dankbar.

Joe würde sich über diese Wendung amüsieren, sobald er schmerzfrei lachen konnte.

Die Hölle war nicht nur zugefroren, sie spuckte auch die Sünder wieder aus.

»Wahrscheinlich sollten wir das nicht tun«, brachte Bernice stöhnend hervor und versuchte, ihn zu reiten, ohne ihn zu verletzen. »Warum habe ich mich von dir dazu überreden lassen?«

Joe griff nach oben, umfasste Bernice' Nacken und zog ihren Mund zu seinem. »Weil ich in dir sein will, wenn ich dir sage, dass ich dich liebe.«

Bernice zuckte, ihre Muskeln zogen sich um ihn zusammen, und der Schmerz und das Vergnügen entlockten seiner Kehle ein Stöhnen. »Du liebst mich?«, hauchte sie.

»Mehr als ich mit Worten ausdrücken kann«, flüsterte er gegen ihre Lippen, dann eroberte er ihren Mund und ließ Taten lauter sprechen als Worte.

Er hatte zwei Tage lang in dem Krankenhausbett gelegen, bevor er die Augen öffnen konnte. Dabei bekam er mit, wie Bernice ihn anflehte, aufzuwachen, weil sie ihn liebte und er wieder gesund werden musste. Ihre süße Stimme zu hören, hatte ihn aus der Dunkelheit geholt. Er hatte dem ewigen Licht den Rücken zugekehrt, um zu seiner Frau und seinen Söhnen zurückzukehren. Er war noch nicht bereit, abzutreten. Bernice war sein Engel, der dem Tod die Tür vor der Nase zugeschlagen hatte.

»Ich liebe dich auch.« Sie wiederholte es mit dieser sexy, honigsüßen Stimme, die sie hatte. Der Tonfall hinterließ ein herrliches Gefühl auf seiner Haut, als er ihre Hüften packte und sie bat, weiterzumachen.

»Ich will nicht in Sünde mit dir leben«, verkündete er in die Nacht hinein.

Ihr Kopf fiel nach hinten, als er sie fest auf seine Länge zog, und ein leises Wimmern erfüllte den Raum. »Okay.«

Atemberaubend.

Sexy.

Verdammt schön.

»Ich will auch keine große Hochzeit. Nur unsere Familien.«

Ihr Kinn neigte sich keuchend nach unten, und sie hielt in ihrer Bewegung inne. Sie starrte ihn mit den größten blauen Augen an, die er je in seinem Leben gesehen hatte.

»Du willst mich heiraten?«

Eigentlich hatte er warten wollen, bis er sich einigermaßen erholt hatte. Er wollte mit ihr am Strand im Mondlicht spazieren gehen und dort um ihre Hand anhalten. Aber er hatte kürzlich gesehen, wie schnell alles vorbei sein kann. Deshalb wollte er nicht warten. *Alles, was zählt, ist das Hier und Jetzt.* Worte, die er in vollen Zügen zu leben gedachte. Trotzdem wollte er diesen Moment auch nicht auf seinem verdammten Rücken liegend verbringen. Also biss er die Zähne zusammen, spannte seine Bauchmuskeln an und stemmte seinen Oberkörper hoch, bis er ihr direkt in die Augen sehen konnte, während sie immer noch auf ihm saß. »Wir heiraten«, sagte er. »So bald wie möglich.«

Ihre Augen glitzerten im warmen Kerzenschein. Sie füllten sich mit Tränen und mit unendlicher Liebe. »Heirate mich, Baby«, flüsterte er und wischte über ihre Wange.

Sie nickte schnell und stieß einen erstickten Schrei des Glücks aus, dann küsste sie ihn nach allen Regeln der Kunst. Joe konnte sich nicht länger aufrecht halten und ließ sich wieder zurück aufs Bett sinken, ohne ihren Kuss zu unterbrechen.

Vor einem Jahr hatte er einen Engel am Strand gesehen, und jetzt würde er sie zu seiner Frau machen. Die Jahre der Aufopferung waren Geschichte. Nun hatte er das gefunden, wonach er sein ganzes Leben lang gesucht hatte: eine temperamentvolle Frau, die mit einer solchen Überzeugung an ihn glaubte, dass es ihn demütig machte. Durch sie fühlte er sich von seinen Sünden reingewaschen. Er war durch ihre Liebe von allen Leiden geheilt.

Bernice ritt ihn, bis ihre Haut von Schweiß benetzt war und sie beide unter dem überwältigendsten und emotionalsten Vergnügen zitterten, dann schmiegte sie sich an seine Seite. So lagen sie einige Zeit da. Ohne ein Wort zu wechseln, lauschten sie dem Meeresrauschen bei Nacht.

»Hast du Chris und Nick von den Taten ihrer Mutter erzählt?«, fragte Bernice schließlich und strich mit ihren Fingern vorsichtig über seinen Bauch.

Seine Söhne waren an seiner Seite geblieben, bis sie wussten, dass er über dem Berg war. Trotzdem hatte er ihnen nicht gesagt, was ihre Mutter getan hatte. Ihre Beziehung zu Heather war schon an guten Tagen kompliziert. Er brauchte es nicht noch schlimmer zu machen. Heather hasste Joe, und das war für ihn in Ordnung. Aber er wusste, dass sie tief in ihrem Inneren ihre Söhne liebte. Er würde nicht derjenige sein, der das, was von ihrer Beziehung zu ihnen übrig geblieben war, zerstören würde.

»Das habe ich nicht vor, nein.«

Bernice nickte, ihre Haare strichen wie eine Feder über seine Haut. »Wahrscheinlich ist es besser so. Falls sie doch noch mal Ärger macht, könnte ich meinen Vater auf sie hetzen. Und Eunice auch. Sie ist dein größter Fan, weil du unseren Vater gerettet hast.« Sie kicherte.

Bernice war nicht die Einzige, der Prestons und Eunice' neu entdeckter Respekt vor Joe aufgefallen war. Der alte Mann war täglich ins Krankenhaus gekommen. An manchen Tagen unterhielt er sich mit den beiden über nichts Wichtiges, an anderen Tagen ging es ums Geschäft. Um genau zu sein, um das *Teasers*. Bei seinen Nachforschungen über Joe war Armstrong überrascht, als er erfuhr, dass sich Joe nach seinem Uni-Abschluss auf Finanzen konzentriert hatte. Obwohl Joe sauer über seine Einmischung war, verbuchte er es als Vergangenheit und ließ es auf sich beruhen. Doch Bernice' Vater konnte nicht aufhören und so fingen sie zu fachsimpeln an.

»Dein Vater will, dass ich sein Sicherheitsteam leite«, sagte Joe schließlich mit amüsierter Stimme. »Er hat Devin damit beauftragt, alle seine Leute zu überprüfen, und er dachte sich, dass ich mit meiner Erfahrung im Club und im Umgang mit rüpelhaften Kunden der perfekte Leiter für das Team bin.«

Bernice hob ihren Kopf. Ihr Gesichtsausdruck entlockte ihm ein kurzes Lachen, was ihn mehr schmerzte, als er zugeben wollte. Schließlich lächelte sie und senkte ihren Kopf wieder auf seinen Oberarm. »Damit habe ich kein Problem, denn das bedeutet, dass du auch ein Auge auf Calla Lily haben wirst.«

Er fuhr mit der Hand durch ihr seidiges Haar und entspannte sich noch ein Stück weit mehr. »Ich habe abgelehnt«, erklärte Joe. »Also haben wir uns auf eine andere Position geeinigt.«

Sie kuschelte sich enger an ihn. »Was immer du willst, Baby«, sagte sie, ihre Stimme war schlaftrunken.

Joe lächelte an die Decke. Er würde noch bis morgen warten, um ihr zu sagen, dass er der neue Finanzchef von *Armstrong Shipping* war.

Danksagung

An meine Familie: *All* das hier ist für euch. Danke, dass ihr immer für mich da seid.

Julia Goda und Mayra Statham, ich liebe euch beide bis zum Mond und zurück. Ihr haltet mich bei Verstand.

Deb Hawblitzel Schultz, ich liebe dich wie eine Schwester. Danke, dass du mir immer den Rücken stärkst.

Nichole Hart, Gi Paar, Jane S Wells, Angela Shue, Jamila Giel, und Victoria Dixon: Danke, dass ihr euch die Zeit nehmt, meine Fehler zu korrigieren. Es bedeutet mir viel, dass euch die Figuren, die ich zum Leben erwecke, genauso am Herzen liegen wie mir.

Joanne Thompson und Karen Hrdlicka, ihr seid die Rockstars der Wörter! Danke für all eure harte Arbeit und für eure Freundschaft, die ich so sehr schätze.

Meine Wallflowers, was soll ich sagen? #Crossfire – ihr habt mich in der bisher schrecklichsten Zeit meines Lebens aufrecht gehalten, und das werde ich euch nie vergessen. Wallflowers lassen niemanden zurück, und ihr habt bewiesen, dass ihr durch und durch Wallflowers seid.

Teeny's Tarts, du bist einfach großartig. Vielen Dank für all deine Unterstützung. Ich schätze es sehr, dass du deine Freizeit opferst, um dieser Wallflower bei ihren Büchern zu helfen.

Und an mein Dream Team, das von Anfang an dabei ist: Ich liebe euch mehr, als ihr euch vorstellen könnt. Das Wort *Danke* reicht bei weitem nicht aus. Ich werde *nie* vergessen, wie alles angefangen hat. Wer mich dazu gebracht hat, diesen Schritt zu wagen. Ich wünsche euch allen nichts als Liebe und Glück.

ROMANCE EDITION

Weil es kein schöneres Thema gibt als die Liebe

Entdeckt weitere sinnlich-romantische Romane und durchstöbert das Programm auf unserer Homepage unter
www.romance-edition.com

Oder besuche uns auf unseren Social Media Seiten. Ihr findet uns auf Facebook oder auf Instagram, wo spannende Diskussionen rund um den Liebensroman sowie tolle Gewinnspiele auf euch warten!

Wir freuen uns auf euren Besuch!